家康の軍師④

玄武の巻

岩室　忍

朝日文庫

本書は書き下ろしです。

家康の軍師④

玄武の巻

目次

第十二章　金地院崇伝

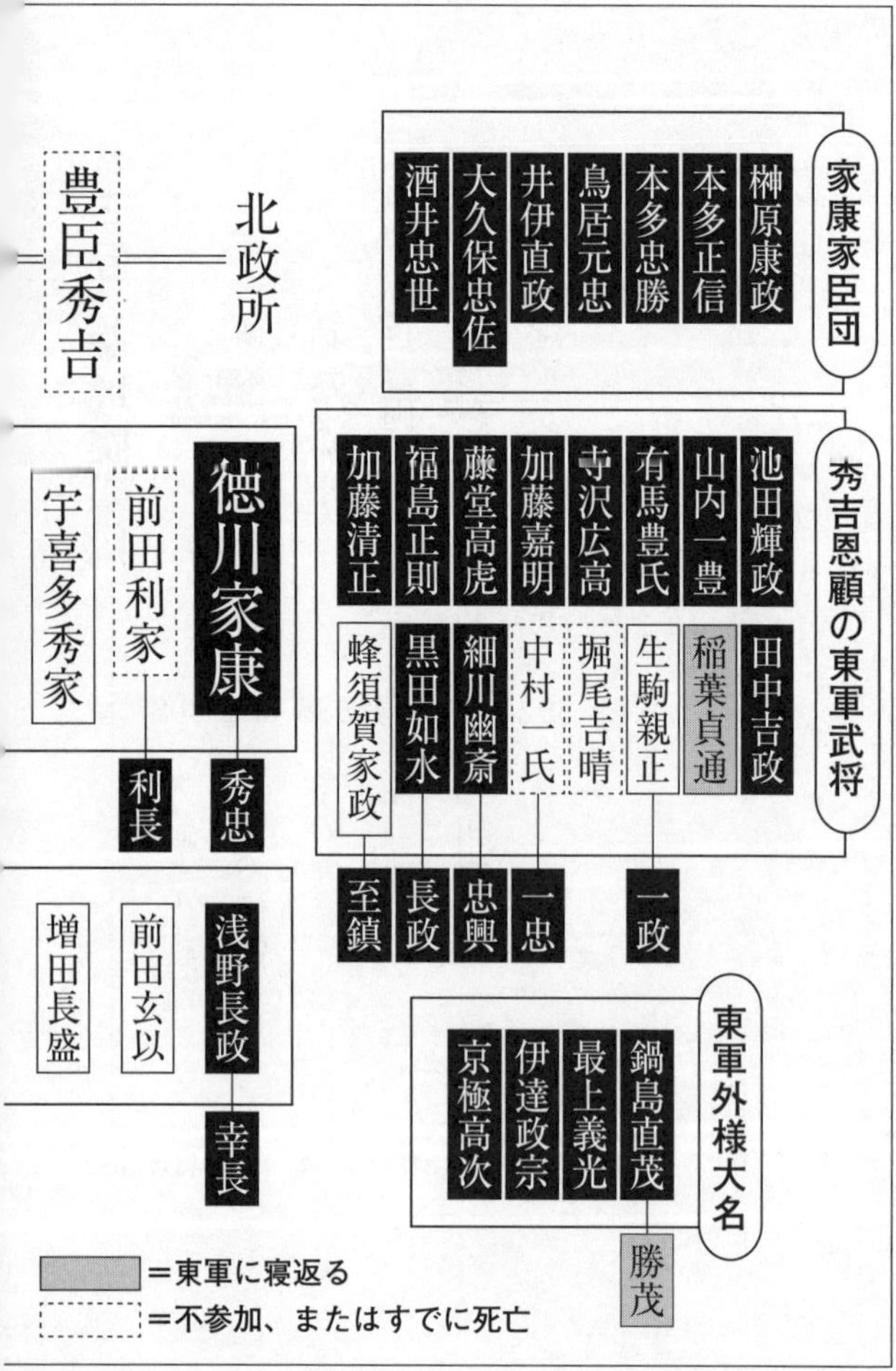
家康家臣団
榊原康政
本多正信
本多忠勝
鳥居元忠
井伊直政
大久保忠佐
酒井忠世
秀吉恩顧の東軍武将
池田輝政
山内一豊
有馬豊氏
寺沢広高
加藤嘉明
藤堂高虎
福島正則
加藤清正
田中吉政
稲葉貞通
生駒親正
堀尾吉晴
中村一氏
細川幽斎
黒田如水
蜂須賀家政
一政
一忠
忠興
長政
至鎮
東軍外様大名
鍋島直茂
最上義光
伊達政宗
京極高次
勝茂
北政所
豊臣秀吉
徳川家康
前田利家
宇喜多秀家
秀忠
利長
浅野長政
前田玄以
増田長盛
幸長
＝東軍に寝返る
＝不参加、またはすでに死亡

関ヶ原　おもな東西武将人脈図

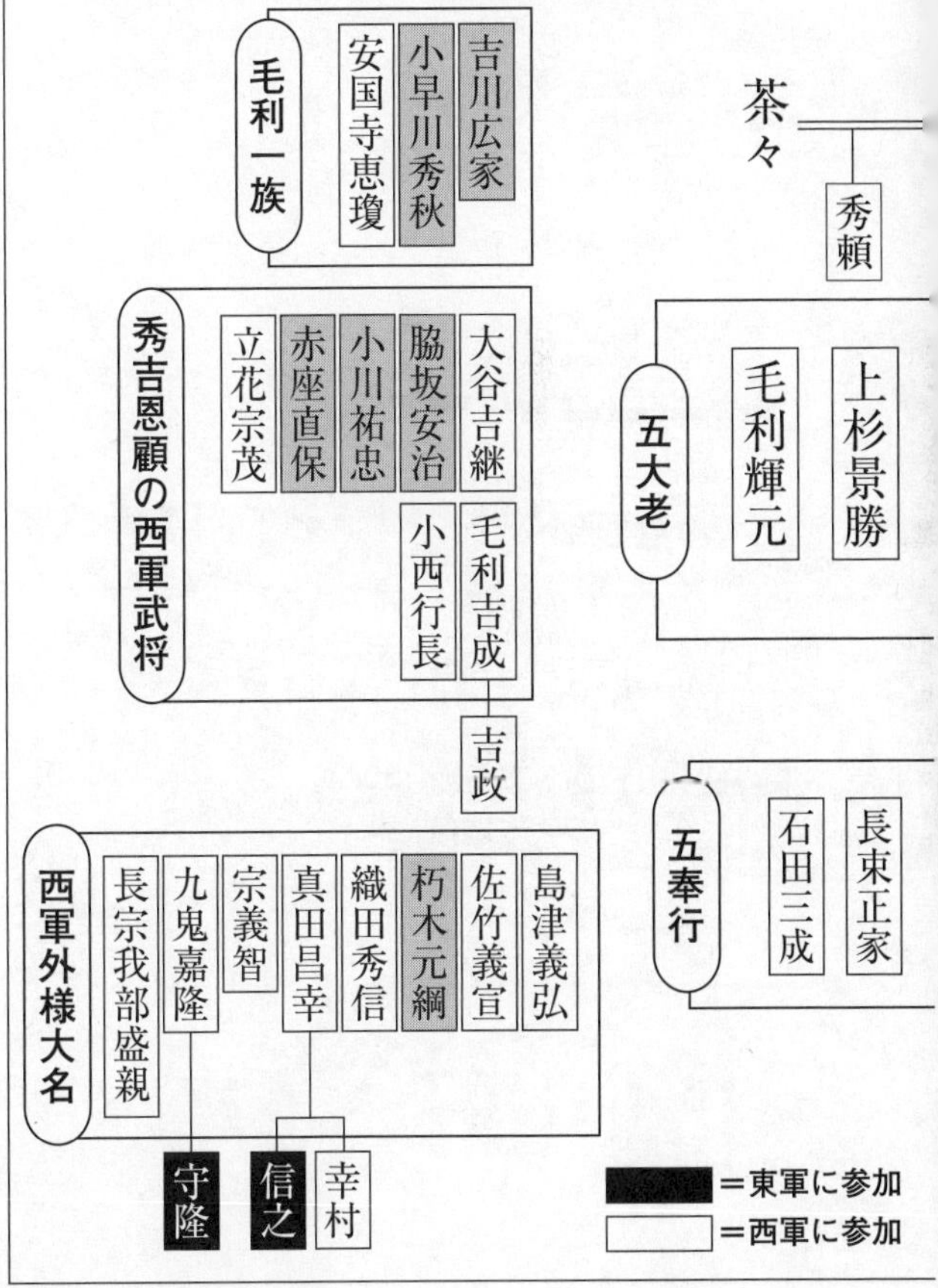
茶々
秀頼
毛利一族
吉川広家
小早川秀秋
安国寺恵瓊
秀吉恩顧の西軍武将
大谷吉継
脇坂安治
小川祐忠
赤座直保
立花宗茂
毛利吉成
小西行長
吉政
五大老
上杉景勝
毛利輝元
五奉行
長束正家
石田三成
西軍外様大名
島津義弘
佐竹義宣
朽木元綱
織田秀信
真田昌幸
宗義智
九鬼嘉隆
長宗我部盛親
守隆
信之
幸村
＝東軍に参加
＝西軍に参加

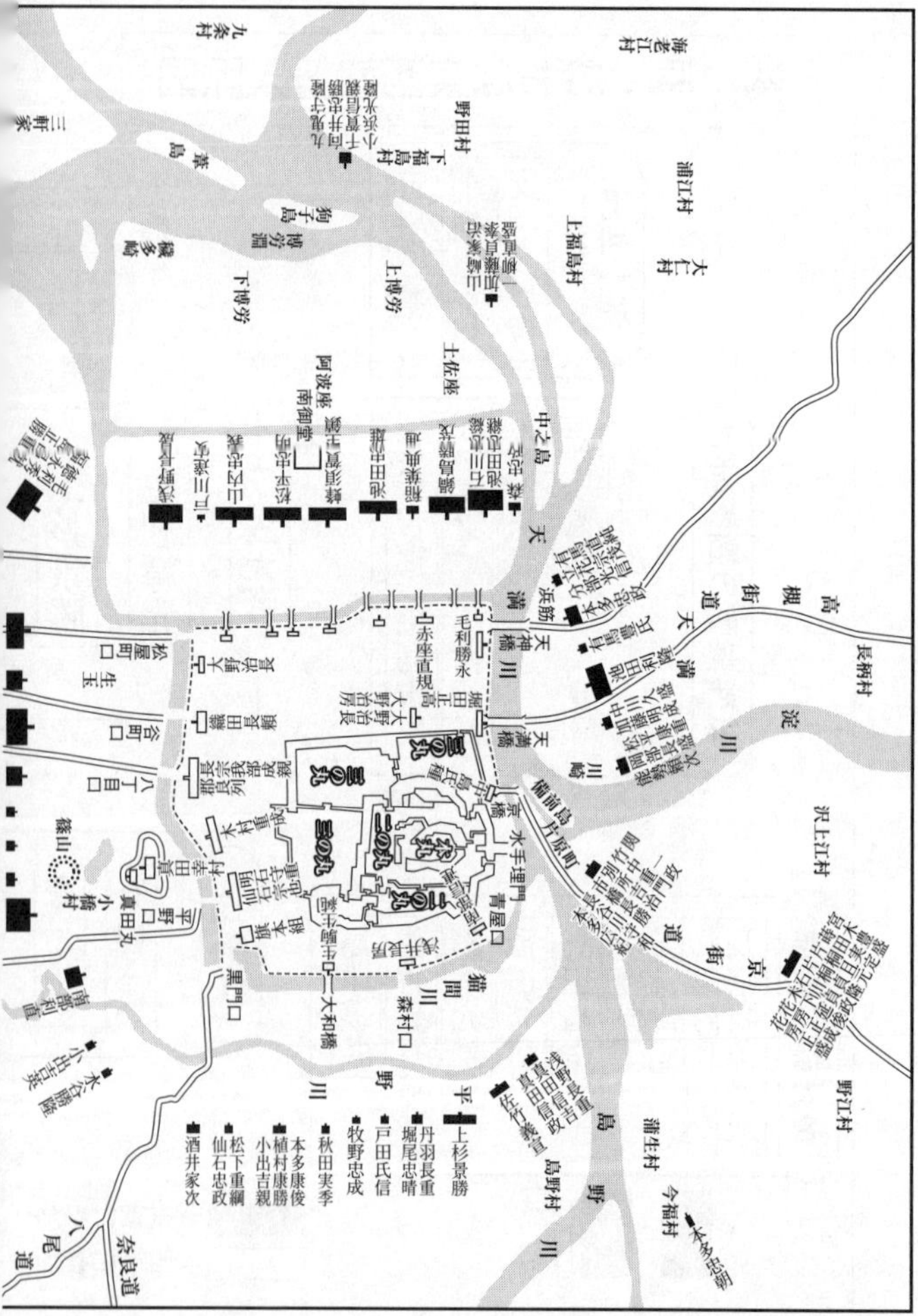

高槻街道
天満
長柄村
淀川
京街道
野江村
蒲生村
今福村
鳥野村
鴫野川
沢上江村
備前島
片原町
川崎
天満橋
天神橋
天満川
浜筋
中之島
土佐座
阿波座
南御堂
上博労
下博労
博労淵
穢多崎
狗子島
葦島
上福島村
下福島村
野田村
浦江村
海老江村
九条村
三軒家
大仁村
松屋町口
谷町口
八丁目口
生玉
篠山
小橋村
平野口
真田丸
黒門口
猫間川
森村口
大和橋
平野川
奈良道
八尾道
青屋口
京橋
水手埋門
本丸
二の丸
三の丸
毛利勝永
赤座直規
上杉景勝
丹羽長重
堀尾忠晴
戸田氏信
牧野忠成
秋田実季
本多康俊
植村康勝
小出吉親
松下重綱
仙石忠政
酒井家次
佐竹義宣
真田信吉
真田信政
南部利直
木下延俊
小出吉英

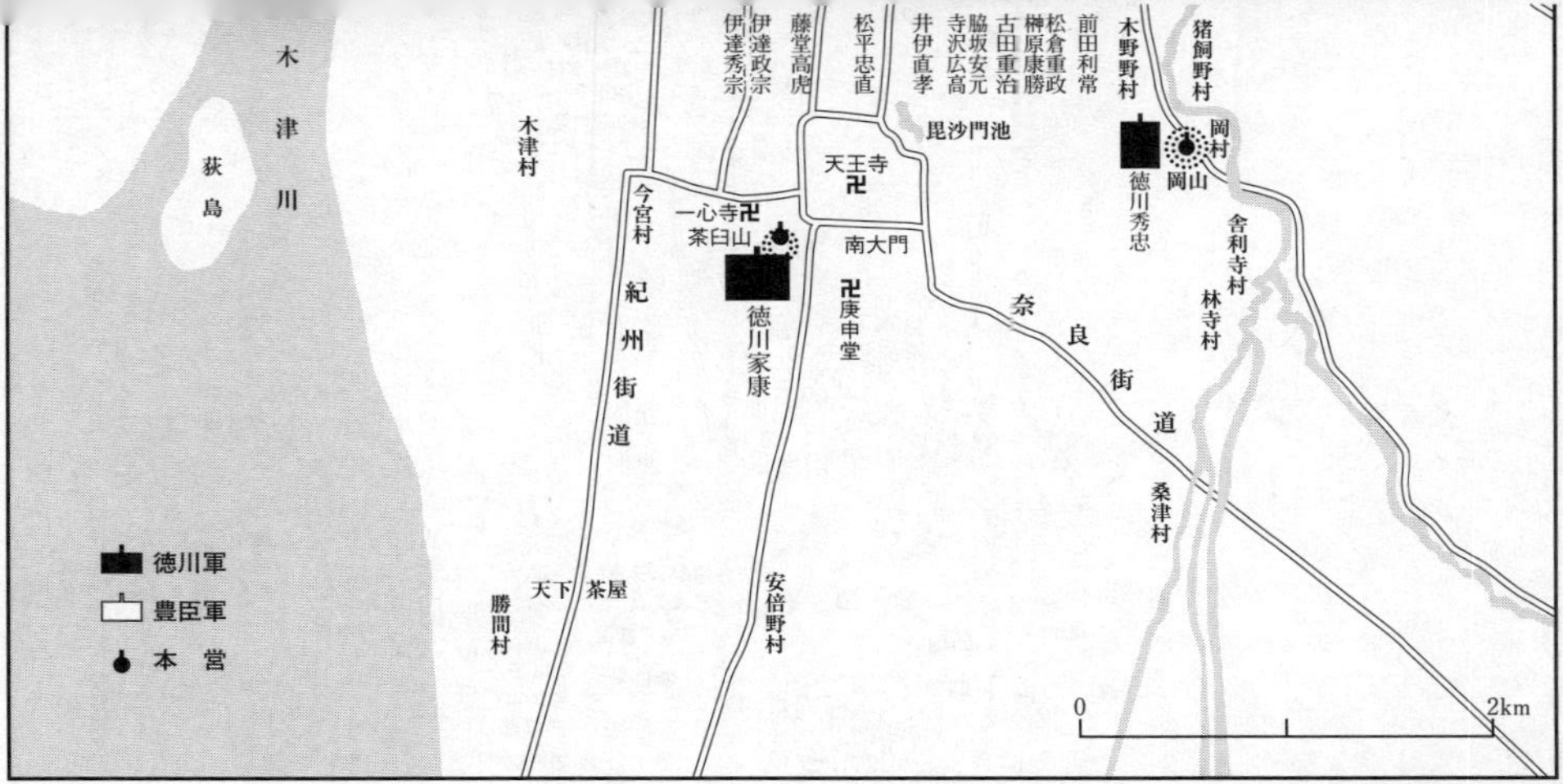
木津川
荻島
木津村
勝間村
天下茶屋
紀州街道
今宮村
一心寺
茶臼山
徳川家康
安倍野村
伊達秀宗
伊達政宗
藤堂高虎
松平忠直
天王寺
南大門
庚申堂
井伊直孝
寺沢広高
脇坂安元
古田重治
榊原康勝
松倉重政
前田利常
毘沙門池
奈良街道
木野村
徳川秀忠
岡山
猪飼野村
岡村
舎利寺村
林寺村
桑津村
0
2km
徳川軍
豊臣軍
本営

大阪冬の陣両軍配置図

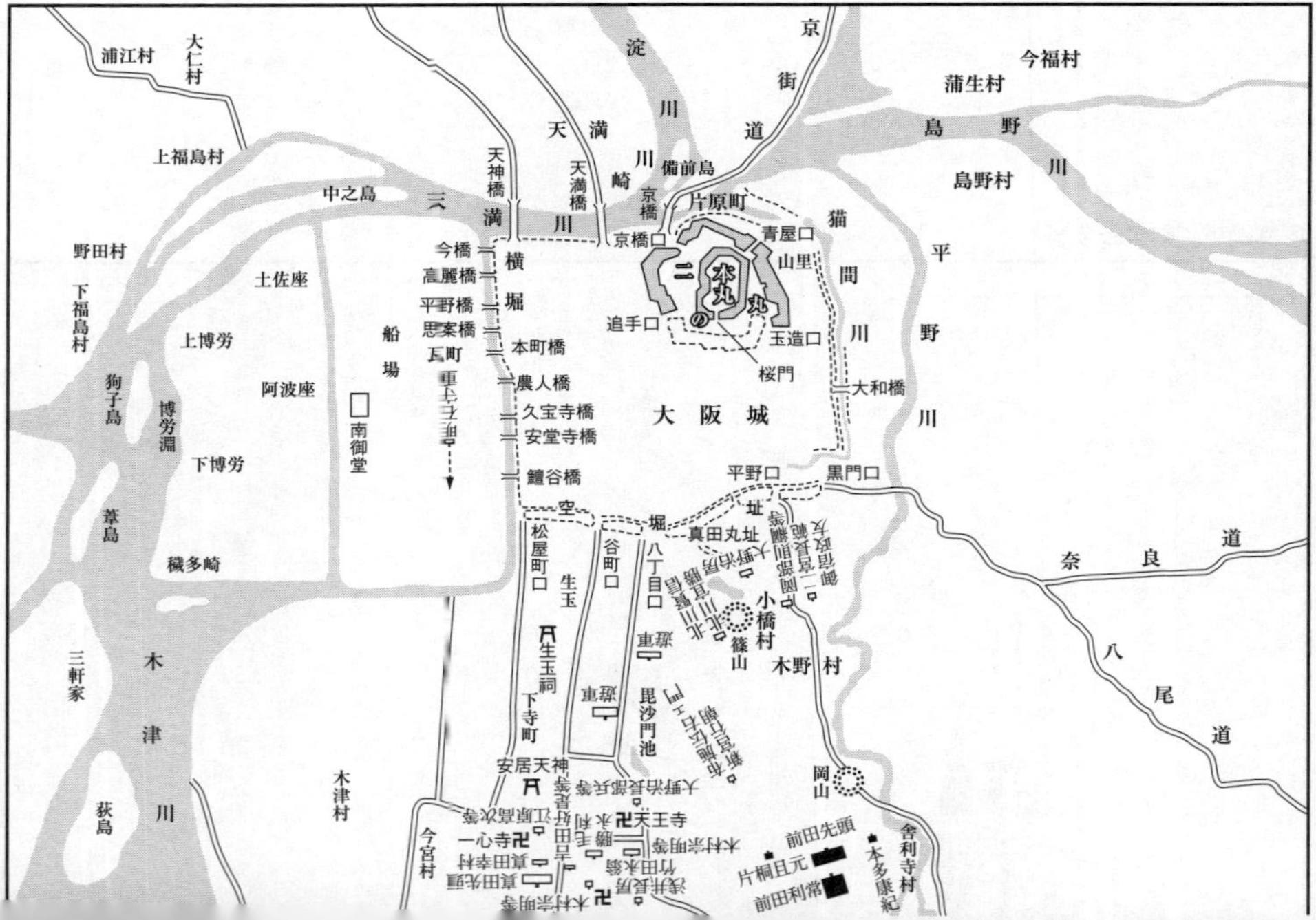
浦江村
大仁村
上福島村
野田村
下福島村
中之島
土佐座
上博労
阿波座
狗子島
博労淵
下博労
南御堂
船場
瓦町
葦島
穢多崎
三軒家
木津川
荻島
木津村
今宮村
淀川
京街道
天満
天満川
天神橋
天満橋
崎
京橋
備前島
片原町
今橋
高麗橋
平野橋
思案橋
本町橋
農人橋
久宝寺橋
安堂寺橋
鰻谷橋
横堀
京橋口
青屋口
山里
本丸
二の丸
追手口
玉造口
桜門
大阪城
大和橋
平野口
黒門口
猫間川
平野川
今福村
蒲生村
鳥野川
鳥野村
奈良道
八尾道
空堀
松屋町口
谷町口
八丁目口
真田丸址
生玉
生玉祠
下寺町
安居天神
毘沙門池
篠山
小橋村
木野村
岡山
舎利寺村
前田先頭
片桐且元
前田利常
本多康紀
一心寺
真田幸村
真田先頭
木村宗明等
浅井長房
竹田永翁
天王寺
毛利勝永
大野治長部兵等

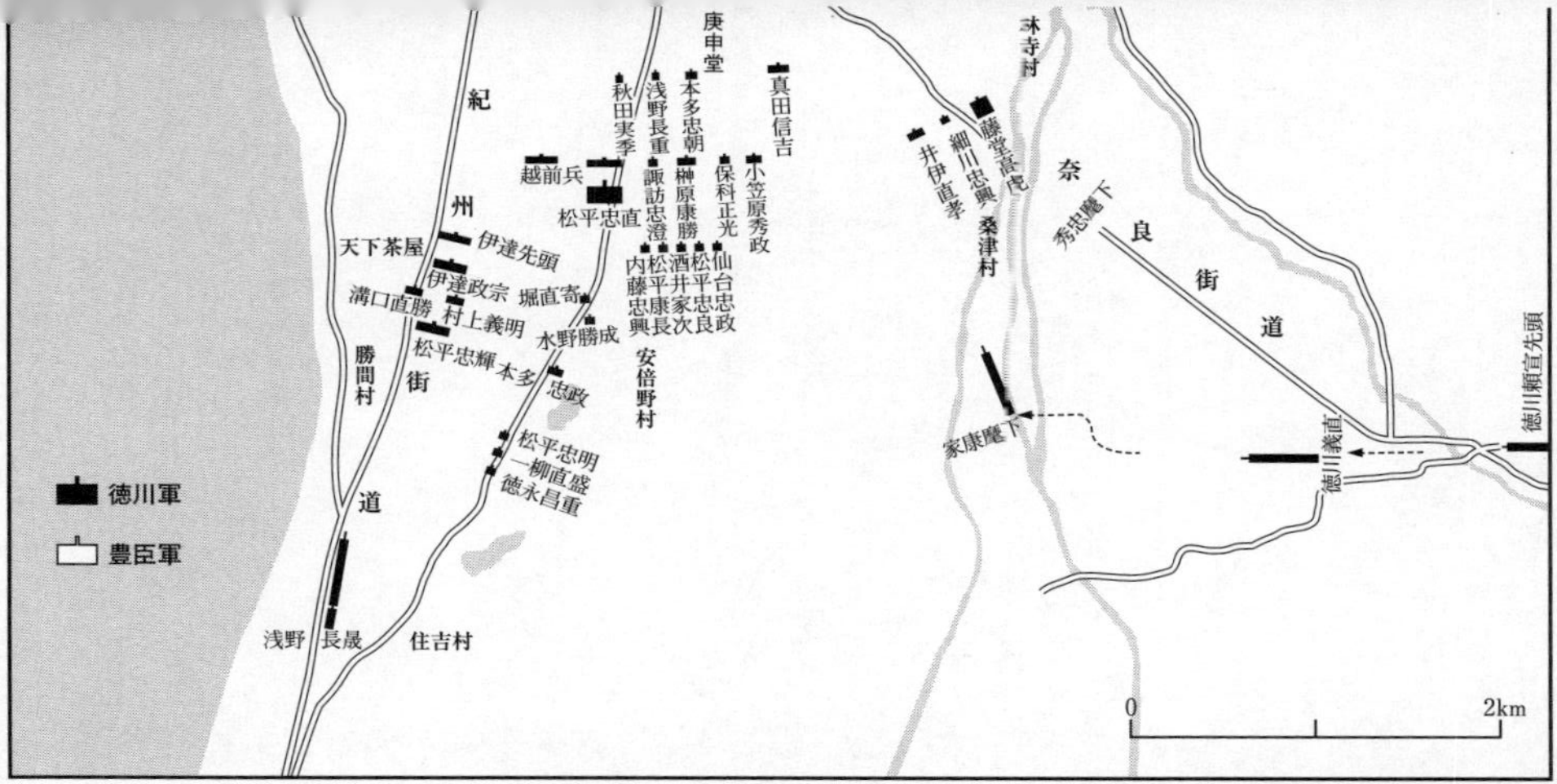
徳川軍
豊臣軍
紀
州
街
道
天下茶屋
勝間村
浅野 長晟
住吉村
伊達先頭
伊達政宗
溝口直勝
村上義明
堀直寄
松平忠輝
本多忠政
水野勝成
松平忠明
一柳直盛
徳永昌重
越前兵
松平忠直
秋田実季
浅野長重
本多忠朝
諏訪忠澄
榊原康勝
保科正光
小笠原秀政
仙台忠政
松平忠良
酒井家次
松平康長
内藤忠興
庚申堂
真田信吉
安倍野村
藤堂高虎
細川忠興
井伊直孝
桑津村
奈
良
街
道
秀忠麾下
家康麾下
徳川義直
徳川頼宣先頭
0
2km
大阪夏の陣両軍配置図

割れる。金地院崇伝は吉田神道の大明神を主張、南光坊天海は山王一実神道の大権現を主張した。

将軍秀忠から下問があって、二人はそれぞれの考えを述べたが、天海が大明神は滅んだ豊臣家の豊国大明神で、縁起が良くないと秀忠に披露する。

それが決め手になって将軍が東照大権現を選ぶ。

神に葬儀は必要ないが、密かに江戸の増上寺において行われ、日光山に廟社が建てられると家康の遺骸が久能山から移される。

泣き虫竹千代がついに玄武となり、北天に昇りこの国の守りについた。

完

家康《いえやす》の軍師《ぐんし》④　玄武《げんぶ》の巻《まき》　朝日文庫

2023年1月30日　第1刷発行

著　者　岩《いわ》室《むろ》　忍《しのぶ》

発行者　三宮博信
発行所　朝日新聞出版
〒104-8011　東京都中央区築地5-3-2
電話　03-5541-8832(編集)
03-5540-7793(販売)

印刷製本　大日本印刷株式会社

Published in Japan by Asahi Shimbun Publications Inc.
定価はカバーに表示してあります

ISBN978-4-02-265085-6
落丁・乱丁の場合は弊社業務部(電話 03-5540-7800)へご連絡ください。
送料弊社負担にてお取り替えいたします。

家康の軍師④

玄武の巻

第十章

上杉景勝

戦い前夜

家康の暗殺計画と噂された事件が終息すると、武将たちが続々と領国に戻って行った。

四人の大老も大阪や伏見から姿を消した。

多くの大名たちが戦いの匂いを嗅ぎつけたのである。それは戦いに命を懸ける武将の勘ともいえた。

間もなく戦いが始まるという匂いだ。

五大老の一人、会津若松の上杉景勝は新領地の整備が終わっていないため、直江兼続に命じて神指《こうざし》城を築城させて軍備の増強をはかっている。

そんな大名たちの動きが家康に頻繁に聞こえてくるようになった。

この頃、明や朝鮮の言葉がわかり秀吉の政治顧問として、政権内で明と朝鮮のことに当たっていた臨済僧がいた。

その名を西笑承兌という。

相国寺を復興したことから相国寺承兌とか、泰長老などと呼ばれ秀吉だけでなく関白秀次や、大阪城の茶々や秀頼とも親交を持っている。

南禅寺に入って修行もした西笑承兌は五十二歳で、佶長老と同じ臨済僧で周易を習得し二人は易学の双璧だった。

その西笑承兌も家康の傍にいることが多くなった。

泰長老は内政のことを佶長老は外交のことを専らにする。二人は同い歳で同じ臨済僧だから気が合うらしくよく話をした。

家康は臨済僧の能力を高く評価している。何んといっても佶長老の薬湯には助けられていた。

家康の体調はすこぶる良い。

日々若返って行くようで体がポカポカと温かく、寝所には若い側室が欠かせなくなった。

家康の寝所には側室が入れ代わり立ち代わりで、千賀がその支度でいつも忙しくなってきた。

豊臣政権は内大臣徳川家康の政権になりつつある。

加賀の前田利長を暗殺計画の嫌疑で抑え込むことに成功。家康にとって次の問題は関東の隣にいる会津百二十万石の上杉景勝であった。

「次は会津だな？」

「はい、上杉さまは前田さまのように易々とはいきません。少々歯応えがきついかと思われます」

「戦になるか？」

「間違いないかと……」

夜中にカリカリやりながら家康と信長老がよからぬ相談を始める。

「佐和山の男と繋がっていると聞いたが？」

「はい、三成殿とは仲が良いと聞いておりますが、それは上杉さまではなく直江殿のように聞いております」

「直江？」

「直江兼続殿にございます。上杉さまの正室で武田信玄の娘の菊姫さまが病弱で京で療養をしておられます。その菊姫さまの傍に仕えておられるのが、直江殿の正室お船殿だそうで、この菊姫さまとお船殿は南化玄興《なんかげんこう》さまに帰依されておられます」

「あの鶴松さまの祥雲寺か？」

「はい……」

家康がいう祥雲寺とは秀吉が鶴松の菩提を弔うため、南化玄興に開山させた京の東山にある寺のことだ。

南化玄興は後陽成天皇も帰依している国師で、妙心寺でもっとも若い三十三歳にして五十八世大住持になった天才である。

泰長老や佶長老より十歳年上の臨済宗の大善知識だった。

「佶長老はなんでも知っているな……」

「地獄耳かと……」

二人の話は上杉景勝、石田三成、真田昌幸のことだった。この三人が何んとも厄介だと佶長老はにらんでいる。

家康が京や大阪にいる時、江戸はいつも景勝の射程内にあった。

大軍で一気に南下してくると、その上杉軍を関東の国境に配備した徳川譜代の大名たちで防戦。

国境を突破される前に江戸の旗本八万騎が臨戦態勢に入る。

それが徳川軍の関八州を守る作戦だが、その時に西国の豊臣恩顧の大名が動く可能性があった。

江戸が北と西から挟み撃ちにされるのが最もまずい。

そんな可能性を考えながら、家康は会津に帰国した上杉景勝の振る舞いが気になっている。

慶長五年（一六〇〇）の年が明けると上杉家は着々と領内整備を急いでいた。

家康がその上杉景勝との交渉に当たらせたのが、秀吉の傍にいて景勝をよく知っている西笑承兌だった。

家康の傍に泰長老と佶長老がいることは重要だった。参謀と軍師である。

秀吉は奥州伊達政宗と関八州徳川家康の中間、会津若松に百二十万石という大大名の上杉景勝を楔として打ち込んだ。

そういう事情を泰長老は秀吉の傍で見てきた。

この効き目は抜群で放置すれば家康政権の泣き所になりかねない。

かといって家康が景勝は邪魔だからと、勝手に西国に移らせるということもできない。

そんなことをすれば一気に戦いに突入する危険があった。

前田討伐事件を切っ掛けに緊張が高まりつつある。そんな時、九州で思わぬ事件が起きた。

三月十六日にオランダの商船リーフデ号が豊後に漂着したのである。

三本帆柱の木造帆船は二年前にオランダのアムステルダムを出航、大陸の南端マゼラン海峡を回ったが悪天候で五隻の船団がバラバラになった。

一隻はポルトガル船に拿捕《だほ》され、もう一隻はスペイン船に拿捕され、もう一隻は航海をあきらめてオランダに引き返した。

リーフデ号はチリ沖で僚船のホープ号と合流できたが、そのホープ号は日本を目指している間に沈没してしまう。

単独で悪戦苦闘しながら、何とか九州豊後臼杵《うすき》の黒島の海に漂着した。

だが、百十人の乗組員は病で倒れたり海賊に襲われたりして、豊後沖に着いた時には二十四人に激減している。

その生存者の中でなんとか立って歩けたのが六人だけという悲惨さだった。

翌日に三人が亡くなり、やがて七人が亡くなり、生存者は十四人になってしまったという。

海で遭難するということはそういうことで過酷だ。

その十四人の中にオランダ人航海士のヤン・ヨーステンと、イギリス人の航海士ウイリアム・アダムスがいた。

漂着船のことはすぐ長崎の寺沢広高に通報された。

広高はアダムスら乗組員を拘束し、大砲十九門や火縄銃や火薬などの武器を没収、すぐ大阪城に急報して指示を仰いだ。

この時、イエズス会の宣教師が長崎奉行に、オランダ人やイギリス人を即刻処刑するよう要求する。

西欧では同じキリスト教でもカトリックのスペインやポルトガルと、プロテスタントのオランダやイギリス人が激しく争っていた。

そのためリーフデ号の僚船二隻が拿捕されている。

日本や明だけでなく、世界は覇権争いで激しく動いていた。この頃まだアメリカは存在していない。

オランダ人やイギリス人はスペイン人には敵である。

家康はイエズス会の宣教師の言葉を信じていて、オランダ商船リーフデ号は海賊船だと思い込んでいた。

すぐ生存者の中からアダムス、ヨーステン、メルキオールの三人を大阪に護送させリーフデ号も回航させる。

三月三十日に家康は大阪城で三人を引見するが、海賊どころかなかなかの紳士で何も隠さず、リーフデ号の航路やその目的が交易にあることなどを話した。

また、イギリスやオランダがスペインやポルトガルとなぜ争っているか、その紛争が長引いていることなどを家康に説明する。

その正直な態度を家康は大いに気に入った。

海賊などではないことを了解するが乗組員はしばらく投獄、イエズス会の処刑要求には耳を貸さなかった。

そういう人を見る目を家康は持っている。日本人も異国人も同じだ。

家康に気に入られたアダムスとヨーステンは、家康の家臣になって帰国できないことになる。

アダムスは二百五十石の旗本になり、帯刀を許され武士の三浦按針となった。

領地は三浦半島の逸見《へみ》に与えられた。

外交の通訳や朱印船貿易の手助け、造船などで活躍したが、家康亡き後は秀忠や家光に異国人独特の率直な物言いが警戒され、憂鬱な日々を過ごし青い眼の武士は平戸で死去する。

ヤン・ヨーステンは耶楊子《やようす》と名乗り朱印船貿易に従事、その功績で家康から屋敷をもらうがその場所が、耶楊子から八代洲と呼ばれ八重洲となって江戸城の傍にその名前が残った。

後年、ヨーステンは帰国しようとジャカルタまで行くが、その先の交渉がうまくいかずに日本へ戻ろうとし、船が途中で座礁してしまい溺死してしまったという。

遠い異国に来れば祖国に戻りたくなるのは当然だ。

メルキオールは貿易商をしていた。

だが、寛永十六年（一六三九）の鎖国令によって十月にジャカルタへ追放され、二年後にジャカルタで死去したと伝わる。

このようにして、他のリーフデ号の乗組員も日本に残り、十四人の誰一人も帰国することができなかったといわれている。

このリーフデ号事件において、家康が三浦按針や耶楊子を手に入れたことが大きかった。

世界がどのように動いているかがよくわかる。

カトリックのスペインやポルトガルは、キリスト教を利用して植民地を拡大したが、プロテスタントのイギリスやオランダは、交易のみを求めていることなどがよくわかった。

家康が望むのは交易でオランダやイギリスと考えが近い。

この頃、越後を上杉家から引き継いだ堀秀治は、直江兼続が上杉家の会津移転の際に、越後の年貢米を全部持ち去ったのは不当であると騒いでいた。

年貢米の半分を返してもらいたいと訴えている。

命令によって大名家が移封された時、領国の年貢米の半分は城に残して立ち去るのが礼儀であった。

そうしないと次に入った大名は米がないため困る。

百二十万石と急に大きくなったために、なにかと米が必要になると思ったのか、兼続は主人の景勝に何も言わずに米を全部持ち去った。

それを堀秀治が怒っている。

誰が聞いても秀治の言い分の方が正しい。だが、直江兼続は秀治の訴えを無視してしまう。

怒った秀治が上杉家の謀反だと家康に訴える。

そんな時、出羽の最上義光から会津の上杉家が軍備を増強し、不穏な動きになっていると家康に知らせてきた。

確かに上杉家は急に大きくなって、領地の整備が軍備の増強に見えなくもない。出羽の最上家としたら、米沢城三十万石に直江兼続が入り、山を越えれば会津若松でそこへ急に、百二十万石の大大名が出現したのだから穏やかではなかった。その上杉家が築城したり道を整備していれば、当然のごとく軍備の増強に見えてしまう。

隣の最上家は上杉に侵攻されないかと疑心暗鬼になる。

出羽の最上家は長い間、越後の上杉家とは出羽庄内の領地を巡って、攻めたり攻められたり争ってきた。

それを考えると米沢の直江兼続と会津の上杉景勝は脅威である。

さらに上杉家の家臣で家康とも親しい津川城代の藤田信吉《のぶよし》と大森城代の栗田国時の二人が、会津から江戸に出て秀忠に上杉家の釈明をしようと向かう途中、直江兼続の仕向けた家臣たちに襲撃され栗田国時が殺害される事件が起きた。

三月十一日に藤田信吉は上杉家から追放されたとも言う。

これに対して家康は四月一日に伊奈昭綱を正使に、増田長盛の家臣河村長門の二人を会津の景勝に問罪使として派遣する。

ところがこの時、直江兼続は近江佐和山城の石田三成らと連絡を取り合って、徳川家康との一戦はやむなしの腹を固めていた。

この問題にあたっていたのが西笑承兌だった。承兌は上杉景勝に上洛して弁明するよう要請する。

それに対する返書が後年に直江状と呼ばれる文書である。

上杉景勝に逆心など全くないこと、家康の上洛要請に応じられないのは新しい領国に入って一年しか経っていないので忙しいという。

そこまではいいが、家康が前田利長に取った振る舞いなどは不審である。要請に応じ上洛すれば褒美をもらえる、というようなことは景勝には似合わないこと、隣国や家中からあれこれと讒言が出るようでは、上洛どころか使者すら出すことができない。

などなど家康の命令には従えないということが遠回しに書かれていた。

この直江状にはあれこれ真偽があるようだ。

だが、この頃すでに徳川家康と上杉景勝の間に深い溝ができ、双方が引くに引けない状況になっていたことは間違いない。

上洛の命令に従わない者は敵であるというのは、信長と朝倉義景、秀吉と北条氏政などと同じである。

そのような慣習から家康は上杉景勝が戦う覚悟だと見た。

そういうことなら家康も受けて立つしかない。家康には京の天皇と大阪城の秀頼がいる。

ここは豊臣家対徳川家の対立にするのではなく、家康対景勝の戦いにする。あくまでも、豊臣政権の代行者である家康の上洛命令に逆心を表した景勝を征伐するしかないという構図にすることだ。

官位官職は家康が内大臣で景勝が中納言だった。

この直江状は兼続と連歌を通して友人の西笑承兌に宛てた書状である。西笑承兌は家康からも信頼され外交顧問としても、上杉景勝との交渉に当たるなど重要な役割をしていた。

この返書の後も上杉家は上洛を模索したようだがうまくいかない。景勝の身の安全が確信できなければ、上洛したくてもできない話で危険な雰囲気になりつつあった。

「信長老、上杉の動きをどう見るか？」

「はい、伊達と最上に備えつつ、内府さまと一戦に及ぶ構えかと思います」

「それで？」

「天の時かと存じます。太閤さまが亡くなり、前田利家さまがその後を追われ、治部少輔さまが失脚、豊臣家は太閤さま亡き後の不安から二つに割れましてございます」

「天の時……」

「この傷口をより押し広げるのは、今この時しかないかと思われます。冷静に考えて正気になった西国の大名たちが、大阪城の秀頼さまのもとに結束してからでは厄介にございます」

「今ならより混乱するか？」

「御意、太閤さまという頼れる大木がなくなり、大名たちの多くは次に頼れる大木を探しております。それが内府さまであることは見えておりますが、首には豊臣恩顧という軛《くびき》がついております。この軛をはずせるのは混乱の時だけにございます」

「なるほどな……」

家康は佶長老の話を聞きながらカリカリ薬研を回していた。

「人は冷静になると利害や情、矜持に囚われて大きな動きはできなくなります」

「誰もが保身に走るか？」

「はい、混乱の中であれば人はどんな恐ろしいことも平気でできます」

「確かに、信長老はおもしろいことをいうわ。それで地の利は？」

「北の上杉征伐と見せかけて、内府さまに従わぬ西の者たちを、野戦に引きずり出す策はいかがにございましょうか？」

「北と西か、大軍になるぞ？」

家康が薬研を回す手を止めた。北と西の二正面作戦かと思った。

「はい、確かに十万を超える大軍になりましょうが、所詮、敵は寄せ集めの大軍にて、それをまとめて内府さまと決戦のできる大将がおりましょうか？」

「影法師がいるではないか？」

薄暗い蠟燭の明かりに家康の大きな目がギョロッと気持ち悪い。

「毛利輝元もいる？」

「輝元さまは優柔不断という噂にて、小早川隆景さまのいない毛利軍など張り子の虎にございます」

「石田三成は？」

家康が影法師ではなく三成と名前で言った。

家康がまたカリカリと薬研を回した。

こんな時に何んともカリカリとうるさく落ち着かない。

「さて、治部少輔さまの下にどれほどの大名が集まりましょうか、例の七将たちなどは間違いなく離反すると思われます。影法師が動けば願ってもないことにございます。本来であれば前田さまが大将に相応しいのでしょうが、今は母上さまのことがあり身動きができません」

「大阪城が動くのではないか？」

「はい、それが一番厄介にございます。もし万一にも、秀頼さまが鎧を着られ瓢簞の馬印を大阪城に立てると、それは太閤さまの亡霊にて内府さまでも戦うのは難しいかと思われます」

「このわしが子どもに勝てないか？」

「御意、これは理屈ではございません。情にございますれば厄介にございます。七将がまず大阪城に駆けつけましょう。その大阪城には二百万石の米と七百万両の軍資金がうなっております」

「無理か？」

「そのようにならない策が必要にございます。それに一人、油断のできない男が信濃におります」

「六文銭だな?」

「はい、この男は武田信玄さまの折り紙がついている男にて、戦上手は天下一品、奇策を用いる頭脳を持っております。妻は石田治部少輔三成さまの奥方の姉にございます。二人が手を握ることも考えられますので、眼を離せない男かと思います」

「覚えておこう。それで地の利はどうなのだ?」

「その昔、南北朝の頃、南朝の鎮守府将軍畠山顕家が新田義興など東国勢を率いて西に向かい、北朝方の足利勢に土岐勢と青野ヶ原にて激突、大軍を破って勝利したことがあります」

「その青野ヶ原とは美濃だな?」

「はい、大垣、垂井、関ヶ原のあたりと思われます。かなりの大軍を展開できる場所にございます」

「なるほど、信長老は何んでも知っているか?」

「はい……」

ニッと微笑んだ信長老が暗がりで気持ち悪い。この二人はこういう暗がりが好きなのだ。

こういう怪しい話をしている時が、この二人は生き生きしているのだから困る。

後に高野山に流された真田昌幸が、この青野ヶ原で家康と関ヶ原の戦いの再戦をやれば、必ず勝つといったと伝わる場所である。

実は、この南北朝の青野ヶ原の戦いの再現を石田三成も考えていた。天才は考えることが似ていた。

「それで残るのは人の和だな？」

「はい、内府さまの軍勢は固い結束がございます。戦いの時、人の和とは味方の和ばかりではなく、敵の人の和を引き裂くことが肝要にございます」

「裏切りか？」

「はい、人の心は強いようでもろいものでございます。その胸の内に深い楔を打ち込めばよろしいかと思います。裏切りでも寝返りでも……」

「うむ……」

家康は楔とは加増の約束だろうと信長老の話に納得だ。

誰でも五十万石、百万石の加増には眼が眩むはずだと思う。

家康はことに南北朝の青野ヶ原の話は気に入った。家康の新田源氏は、新田義貞が足利尊氏に敗れはしたが後醍醐天皇の南朝である。戦うなら源氏が勝ったその青野ヶ原がいいと思う。家康はその気になった。それを悟られまいと薬研をカリカリやっている。ここからが大切な勝負の時だ。

だが、信長老はそんな家康の心の動きを読み切っている。

「青野ヶ原だな。一つ一つ手を打とう」

「御意！」

ここで三成の青野ヶ原と家康の青野ヶ原がかみ合った。

ついに戦いの時だ。

まずは大阪城の秀頼の動きを止め、七将を始め多くの豊臣恩顧の大名を味方に引き込むことだ。

その謀略は家康の薬湯を飲みたくない本多正信が得意だ。

もし、その味方が少なかった時にどうするか、それでも家康は戦うのは今しかないと思う。

徳川軍だけでも十万を超える兵力がある。

戦いの大義名分は、上洛して大阪城の秀頼に挨拶すべき上杉景勝が応じず、敵対する構えでいるのは不届きだ。

仕掛けは大きく混乱も大きければ大きいほどいい。

家康と信長老は六韜三略の実践者だと思っている。戦いに負けるはずがないと確信していた。

そのために緻密な作戦を考えればいい。

別れの盃

五月三日に家康は西笑承兌から直江状を見せられて上杉征伐を決意する。

即日、家康が会津の上杉景勝征伐を呼号して、戦いの開始をことさら大袈裟に宣告した。

素早く征伐軍の先鋒に福島正則、細川忠興、加藤嘉明の三人を決定する。

伏見城の留守居には家康の腹心中の腹心鳥居元忠を命じた。

鳥居元忠は泣き虫竹千代が今川の人質になった時から、腰巾着のように傍から離れなかった男だ。

この大阪城の大袈裟な騒ぎは家康の謀略である。

突然の会津征伐の決定に前田玄以や長束正家、石田三成らが家康に征伐中止の嘆願をしたが受け入れられない。

既に、家康の腹は決まり狙いは定まっている。

急なことで石田三成や毛利輝元などは、こんな情勢では家康に挙兵することなど考えられなかった。

だが、そこはさすがに天才石田三成である。

ここで家康が動くならその時こそ、家康を倒す千載一遇の戦いの機会ではないかと直感した。家康を叩き潰さない限り大阪城の秀頼の将来は暗い。

どう考えても家康が天下取りに動くことは間違いない。石田三成も戦うなら今しかないと思う。

家康が動けばその影法師も動くということだ。

大阪城の秀頼が鎧を着て金瓢箪の大馬印を立てれば、豊臣恩顧の大名は全国から馳せ参じるに違いない。

この石田三成の読みは家康と全く同じだった。

秀頼を総大将にできれば勝てる。だが、秀頼を戦場に出すかを決めるのは母親の茶々だ。そこが家康にとっても三成にとっても読みの難しいところだ。茶々の考えがわからない。

家康と信長老は茶々が秀頼を戦場には出さないと読む。そこを三成は茶々を説得すれば出すのではと読んだ。

こういう読みの違いが戦いでは勝敗を分けることになる。

秀吉は亡くなる前に、家康に茶々をやるとまで言って、秀頼のため家康に抱きついた。

だが、家康は茶々を抱かなかった。

その家康は秀吉の生前から秀頼母子の様子を見てきた。秀頼に鎧を着せて戦場に出すような茶々ではないと見ている。

逆に三成は自分が説得すれば茶々は応じてくれるはずだと思う。それは三成のうぬぼれではないのか。

茶々という一人の女の心の中を、家康と三成はまるで逆に読んでいた。

三成は秀頼が鎧を着て大阪城の庭に出て、秀吉から譲られた金の千成瓢箪を立てればいいと思っている。

秀吉の大馬印はまだ天下無敵だ。

だが、その千成瓢箪の馬印が大阪城に立つ可能性は考えられない。家康の読みの方が正しかった。

秀吉と同じように秀頼可愛いの茶々は、幼い子に一《いち》の谷馬藺後立《たにばりんうしろだて》付き兜をつけさせ鎧を着せるなど言語道断なのだ。そんなに戦いをしたければ秀頼とは関係なく、戦好きな大人たちだけでやりなさいということだ。

家康はそんな茶々の気持ちを読み切っている。

もし、三成が挙兵しても旗印のない戦いになるだろう。そこを三成がどう考えるかだと思う。

家康と信長老はそのあたりを冷静に考えていた。

「影法師は動くか？」

「はい、間違いなく動きましょう。この時しか影法師の立つ時はないかと思います」

「秀頼は動かないぞ……」

「それでも今しかございません。内府さまの政権が固まってからでは、影法師がどんなに騒いでも周囲が騒ぎません。今なら全国が大騒ぎになります」

「太閤が亡くなって不安が蔓延しているか？」

「御意、次は内府さまの天下と誰もがわかっていますが、豊臣恩顧の大名の中には内府さまでは納得できない者たちが少なからずおります」

「毛利、宇喜多、小西……」

「宇喜多さまなどは影法師よりも急先鋒かと思われます」

「西笑禅師と話したか？」

「はい、色々とご教授をいただきました」

信長老は臨済宗妙心寺派の岩倉の円通寺にいたことから、臨済宗の多くの僧たちとの交流がある。

京都五山は別格本山の南禅寺を筆頭にすべて臨済宗の寺である。

その寺同士の交流は頻繁に行われ、僧侶たちも修行は建仁寺でしたが、妙心寺の大住持になるなどということがあった。

大徳寺の僧が妙心寺の大住持になるなどということもある。

五山とは別格の南禅寺の他に、天竜寺、相国寺、建仁寺、東福寺、万寿寺という五山をいうが、京に臨済宗の大寺はほかにも多い。

大徳寺、妙心寺、西芳寺などである。

これらの寺は政治的な理由から五山に入っていない。こういう寺々には別の呼び名がついている。

武家面《づら》というと武士の信仰を集めた南禅寺のことであった。

学問面というと五山文学を作った建仁寺、茶面というと利休などの茶の湯と関係の深い大徳寺のこと。

算盤《そろばん》面というと三千を超える末寺を持つ妙心寺。

声明《しようみよう》面というと僧たちの声明が美しい相国寺、伽藍面というのは通天橋など建物自慢の東福寺である。

これらの寺の僧の交流が自由なのも臨済宗の特徴だった。

だからこそ臨済宗は乱世の中に、優秀な人材を続々と輩出したのである。家康の傍にもそんな臨済僧がいた。

「内府さまが京、大阪からいなくなれば、おそらく影法師はすぐにでも動きだしましょう」

「それでどれほどの兵力になると思う？」

「ざっと勘定して十万ほどにはなるでしょうか、ですが所詮は寄せ集めにございます。恐るるに足りないかと思います」

「十万……」

家康はずいぶん多いと思った。

だが、冷静に西国の反家康の大名たちを見渡すと、おおよそそれぐらいの兵力にはなる勘定だ。

秀吉は関白秀次事件でだいぶ味方を失ったが恩顧の大名はまだ多い。

信長老は本多正信からも話を聞いて、どうしても三成に味方するだろう大名の見当をつけている。

そうすると十万前後で大幅に超えることはない計算になる。

兵力の上で家康が負けるとは思えなかった。だが、戦いはやってみなければわからない不確定さが多くある。

信長老は占筮と兵法を駆使して戦いの全貌を考えようとしていた。

三万や五万の戦いならどこでもできるが、二十万を超える兵力が激突できる場所となるとそう多くはない。

やはり尾張の木曽川あたりから美濃、近江の青野ヶ原ぐらいしかない。

二人はいつものように夜遅くまで薬研を回しながら話し合って、翌早朝、まだ暗いうちに信長老が大阪城の西の丸から姿を消した。

千賀に一通の書状が残されていて、家康のために煎じる薬湯のことが書いてあった。

信長老は三成が動いた時に陣を敷きそうな場所を探すつもりだ。それは三成が有利と考える場所だ。

三成の考えそうなことが手に取るようにわかる。その条件は三成がよく知っているところだ。尾張、美濃、近江の辺りの地形は三成が熟知しているだろう。

急な出陣でさすがの三成も考えが限定されるはずだ。

このところ、信長老が考えてきたことで思い当たる場所があった。夜明け前の暗い道を墨衣の僧が京に急いでいた。

六月二日になって家康は関東の諸大名に対して、会津征伐のための陣触れを出した。

徳川軍にも出陣の支度をするようにという指図だ。

六月六日には家康が大阪城西の丸において会津征伐の評定を行った。上杉には謀反の意思があるということだ。

既に、陣触れがなされており、誰が何といおうが家康の決心はもう揺るがない。

その頃、信長老は一人中山道の不破関にいた。

ここは古代から三関の一つといわれ、この不破関を境に東を関東、西を関西と呼んだ。

この関は壬申の乱の翌年（六七三）に天武天皇の命により東山道に設置された。その時、他の二つの関も設置された。

東西の中山道に北からの北国街道と、南からの伊勢街道が交差する交通の要衝の地であった。

青野ヶ原の一角で不破関があることから関ヶ原とも呼ばれている。

他の二関は北陸道に愛発関《あらち》、東海道には鈴鹿関があって天子のおられる都を護ってきた。

中でも不破関はここを突破されると、三成の城である佐和山城がすぐである。

不破関は天下第一の関で、壬申の乱以来多くの戦いが、この地で繰り広げられてきた。

天武天皇が奈良の飛鳥浄御原宮《あすかきよみはらのみや》を守るために三関を設けたともいう。

信長老は不破関一帯から関ヶ原、垂井、大垣など青野ヶ原周辺を数日歩き回って、その地形や道や川などを頭に入れ岐阜城下に向かった。

その岐阜城には織田信長の孫の織田秀信が、十三万石の大名岐阜中納言として入っている。

稲葉山の岐阜城は東西の要の城だ。この岐阜中納言も幼い頃に秀吉にひどい目にあわされている。

秀信の曽祖父斎藤道三が築いた。

三法師と呼ばれていた頃だ。

信長の孫でありながらわずか三万石の捨扶持で、焼け残った安土城に入れられた。秀吉に殺されそうになるが丹羽長秀が庇い、坂本城に引き取られたことで三法師は生き延びた。

その岐阜中納言は二十一歳と若いが、信長の孫であることから官位官職は高い。

信長老は岐阜城を見上げながら、「御曹司はどっちに味方するのかのう……」

とつぶやいた。

織田秀信は家康と出陣すると見られている。

信長老が若い頃に世話になった妙心寺は、この美濃とは切っても切れない深い関係がある。

妙心寺を開山した関山慧玄《かんざんえげん》は信濃高梨家の人だが、美濃の伊深に庵を結んで隠棲していた時に、花園上皇に召されてその離宮を妙心寺とした。

信長の軍師沢彦宗恩も国師快川紹喜も美濃の人である。

そのため臨済宗の寺が多いのも美濃なのだ。信長老は錫杖《しゃくじょう》を鳴らしながら清洲城に向かった。

木曽川を挟んだ尾張と美濃が戦場になる可能性もある。

それは木曽三川の他に大垣城、岐阜城、犬山城と堅城が、不破関を守るように前線に並んでいるからだ。

信長老はこの三城の辺りから不破関にかけて主戦場になると読んだ。

三成は間違いなく地の利を知っているここに出てくる。だが、木曽川より南に下がることはないだろうと思う。

木曽川を越えて尾張に出てくると平坦な地形になる。

青野ヶ原のように山あり森ありという複雑な地形ではない。三成は布陣しやすい青野ヶ原方面を戦いの場に選ぶはずだ。

そこは古来からの戦場だ。

賢い三成は間違いなくそういう戦いの歴史を知っていて、不破関周辺に布陣するに違いないと信長老は見た。

六月八日には後陽成天皇から家康に晒布《さらし》百反が下賜された。

出陣する家康は内大臣であるため、理屈上は率いる兵は官軍ということになる。上杉軍は賊軍ということだ。

朝廷から錦旗《きんき》は出ないが家康は官軍の総大将である。

六月十五日に家康が出陣するため、大阪城西の丸の留守居に天野康景と佐野綱正が命じられた。いよいよ家康が天下に力を見せる時が来た。誰もが知りたい家康の実力である。

同日、秀頼から家康に黄金二万両と米二万石、名刀正宗の脇差と天下の大名物茶器、楢柴肩衝《ならしばかたつき》が引き出物として下された。

翌六月十六日に家康は大阪城から会津に向かって出陣した。

その日は伏見城に入城する。

家康はニコニコと上機嫌であったという。多くの豊臣恩顧の大名が家康に従うことになった。

家康は戦をしたかった。徳川家と豊臣家は違うとはっきりさせる戦いだ。

それでいて名目上は、秀頼のために家康が戦うということになっている。これはあの気持ち悪い三人の老人がたくらんだことだ。

その夜、家康五十九歳は、伏見城の留守居を命じた鳥居彦右衛門元忠六十二歳と二人だけで酒を飲んだ。

今生の別れの盃である。

「苦労をかけるな……」

「望むところでございます。この老骨に良き死に場所を賜り、このようにうれしいことはありません」

「うむ、これを……」

「はい、有り難くちょうだいいたします」

元忠が家康から盃を渡された。

それに家康が酌をした。初めてのことだ。

元忠は今生の別れの盃になることをわかっている。一気にグッと飲み干して盃を家康に返した。

幼い日に人質の泣き虫竹千代の近習になった時からの運命だ。

あの日、泣き虫竹千代に命を捧げると覚悟を決めて、駿河の今川家に行った元忠である。

ここで死ぬことに悔いはない。

むしろ、還暦を過ぎて長生きしてしまったと思う。

「彦右衛門、すまぬがわしは今、手勢不足でな。そなたに残せる兵は三千ばかりしかいないのだ」

「殿、それがしの心配は下さるな。天下の無事のためであればこの城には、それがしと大給松平の近正殿の二人で事足ります。将来、殿が天下を取る時には一人でも多くの家臣が必要にございます」

「わしがここを離れるとすぐ敵が押し寄せるだろう」

「はい、もし、変事が起きて大軍にこの城を包囲された時は、火を放ち大暴れして討死にするしかございません。大人数をこの城に残すのは無駄というものでございます。一人でも多くの家臣をこの城からお連れ下さるよう願いあげまする」

「彦右衛門……」

「殿に賜った死に場所がこのような立派な城とは果報者にございます。末代までの語り草になるような大暴れをして御覧に入れます。なにとぞ、竹千代さまには天下を取って下さるよう願いあげまする」

「わかった。もう一献……」

「頂戴いたします」

老将鳥居元忠は家康に最後の奉公をする覚悟を話した。家康は小さく頷いたが元忠の言葉が嬉しかった。

「今となっては人質も楽しかったな？」

「はい、川干しをした時、殿は大きな鯰《なまず》を捕まえられました」

「うむ、あの鯰の串焼きは天下一品であった」

「それがしにお下げ渡しいただきました。実に美味にてありがとうございました」

元忠は五十年も前のことに礼を述べた。二人は昔話をしながら、機嫌よく深夜まで酒を酌み交わし永《なが》の別れを惜しんだ。

「殿はこの戦をしたかったのではございませんか？」

「わかるか？」

「はい、いつになく生き生きとお顔が輝いておられます」

「そうか、それはわしの油断だな」

「御意、殿のお顔は無表情がお似合いにございます」

「なるほど……」

「殿の天下を見られませんが、この老骨はそれのみを夢見てまいりました。ご武運を……」

「うむ、必ず勝つ！」

二人の老人が嬉しそうに話しながら酒を酌み交わした。

天下大乱の時

翌六月十七日に家康は伏見城を出発し上方を離れ江戸に向かう。

家康を護衛する井伊直政、本多平八郎ら徳川軍三千余に、福島正則、藤堂高虎、細川忠興など豊臣恩顧の大名が多数従軍していた。

家康が伏見城に残した兵力はわずかに千八百人と少なかった。

この後、伏見城は四万の大軍に包囲され、老将鳥居元忠は千八百人と十三日間も戦い抜いて全滅する。

その元忠の首は京橋口に晒された。

それは友人の佐野四郎右衛門によって、徳川家と所縁《ゆかり》の深い知恩院に葬られる。

三河武士の鑑《かがみ》とされた元忠の血染めの畳は、江戸城に運ばれ伏見櫓に上げられて、登城する大名たちが仰ぐことになる。

その畳は明治になって鳥居家に下げ渡されたと伝わる。

命よりも名を惜しむのが武士である。

この戦いは家康が主導する戦いだが、あくまでもその体裁は上杉討伐であり、秀頼の上洛命令に従わない景勝の謀反として、大阪城の豊臣家が上杉家を討つというものなのだ。

ここが微妙で家康と景勝の対決ではない。

福島正則ら豊臣恩顧の大名で東海道筋の諸大名は、秀頼の名代である家康の出陣に従軍するのは当然である。

西国から馳せ参じる大名とは意味合いが違う。

東海道筋の諸大名は、秀吉が家康を箱根山の東に追いやった後に、家康の領地だったところに家康対策としておかれた大名たちだ。

西から尾張清洲城の福島正則、三河岡崎城の田中吉政、三河吉田城の池田輝政、遠江浜松城の堀尾忠氏、遠江掛川城の山内一豊、駿河駿府城の中村一忠などが東海道筋に並んでいる。

これら江戸や会津に近い大名とは別に、西国の大名の伊予板島城の藤堂高虎などはまた東海道筋の大名たちとは違う。

豊臣家への忠誠とは別に家康に対する思惑がある。つまり家康に味方したい大名たちだ。

逆に家康が上方から離れるのを見て、反家康で動こうという大名も少なくない。西国には宇喜多家のような反家康勢力が多く、石田三成などはその動きを見ながら虎視眈々と、家康が大阪城や伏見城からいなくなるのを狙っていた。

そんな不穏な動きを大名たちが感じている。その上で自分の身の振り方を決めると考えている。

そんな西国の動きに呼応したくない大名が、家康の出陣に従軍することになった。端から石田三成が嫌いとか、豊臣政権はもはや家康政権だと目端を利かせる大名が少なくない。

九州豊前中津城の黒田長政などは家康に積極的に味方している。

その父親の黒田官兵衛も秀吉の軍師だったが、今や豊臣家に見切りをつけるように家康に鞍替えしていた。

肥後熊本城の加藤清正などは死ぬほど石田三成が嫌いだ。

伊予松山城の加藤嘉明なども清正と似ている。

肥前唐津城の寺沢広高、讃岐高松城の生駒一正や、阿波徳島城の蜂須賀至鎮《よししげ》なども家康に近い。

当然、態度のはっきりしない大名もいた。

毛利家などは周防岩国城の吉川広家と、安国寺恵瓊が不仲で分裂気味である。恵瓊は三成とかなり親しいが、広家は毛利家のことを心配して旗幟《きし》を鮮明にできないでいる。

同じようなのが小早川秀秋で秀吉にいじめられた恨みもあった。だが、叔母の北政所お寧さんに育てられた大恩がある。その北政所が大阪城から追い出されたような格好になっていた。

秀秋はあれこれ考えてしまうとなかなか態度を決められないでいる。だが、腹の中では家康に味方したい。

それを言い出せば家中が大騒ぎになり真っ二つに割れる。

家臣に暗殺されるような危ないことも起こりかねない。

戦いにおける大名の身の振り方は、あちこち引っかかりがあって、簡単には決められないのが常だ。

そこに謀略や裏切り寝返りの隙間が生じる。

そんな手がかりを求めて大名間を早馬が走り回り、おもいもよらないところで誰かと誰かが会っていたりする。

本多正信などはこの時とばかりに黒田長政と相談して謀略に余念がない。

まさに正信は徳川軍の謀略担当である。悪徳の塊のような本多正信は恩賞の加増を口にして、誰彼なしに味方に引きずり込む。

戦いの前はなんでもありだ。勝たないことには話にならないということである。正信は生き生きと裏切り寝返りの謀略に張り切っていた。

そのうち信長老は片時も家康の傍から離れなくなる。三成に代わって信長老が家康の影法師になる。

まだ旅をしている信長老が心配なのは時々見せる家康の弱気だ。泣き虫竹千代の頃からそういう癖があった。弱気になるとすぐ死にたくなり腹を切りたくなる。

そんな家康の性質を信長老は見抜いていた。

占筮では圧倒的な強運の持ち主が家康なのだ。それを知っている信長老は強気で家康を励ます。

そんな弱気になる予感もあった。

一方でこういう戦いが始まる時は、大将の体調管理が何よりも大切である。強気になったり弱気になったり、時として体に変調をきたし、人はその時の体調によって判断が大きく違ってしまう。

戦いがそういうことで決まることもある。

例えば魏の曹操が二十万の兵を率い、呉の孫権の二万と蜀の劉備の一万と戦った赤壁の戦いで、曹操が大敗し諸葛孔明が名を上げるが、実はこの時、曹操は歯の激痛に苦しんで悩乱していたという。

家康の祖父の清康のように陣中で殺されることすらある。

戦場では何が起こってもおかしくない。戦いの場は誰もが異常な気持ちになるところなのだ。

まずは家康の体調だ。

それを信長老は警戒して家康に飲ませる薬湯に日々気を遣っていた。

信長老の指図に従って千賀が家康に薬湯を出している。名医などといわれる者より信長老の生薬の方が信頼できる。

家康が調合した薬は少々危なっかしい。それは正信が知っている。

食事には毒見役とか鬼役などという者がいるが、家康の生薬を毒見するのだけは危なくて誰もが遠慮したい。

逃げられないのが家康のために死んでもいいと言って後悔している正信だ。

そもそも滅法苦い薬湯は気持ちが悪い。

その頃、信長老は近江、美濃、尾張、三河と、戦場になる可能性の高い辺りを探しながら遠江まで来て浜松城にいた。

その浜松城に六月二十三日に家康が到着する。

伏見城から浜松城まで六日間とは少々ゆっくりな行軍である。

「どうであった？」

「はい、美濃と尾張を入念に見てまいりました」

「不破関か？」

「御意、敵が待ち伏せするには良い地形にございました。気になるのは岐阜城と東の犬山城、西の大垣城、この三つの城を落とすには難儀かと……」

「岐阜中納言……」

「はい、厄介なお方かと思います」

「遅れているが、わしと会津に向かう約束だが、治部少輔からの誘いがあったらぐらつくか？」

「まだ、お若いので……」

「岐阜城か、池田輝政なら落とせると思うが？」

「はい、岐阜城はかつて池田さまの城でしたから、守り方も攻め方も知っておられるものと……」

「そうだ」

「清洲城の福島さまも……」

二人は出陣の遅れている岐阜城の織田秀信の動きを気にした。

その秀信は大阪城で秀頼に拝謁して出陣の祝いに、黄金二百枚と兵糧三千石を下賜された。

七月一日には岐阜城から出陣することになっていた。

ところがその支度に手間取っていると石田三成から、「この戦いに勝ったなら岐阜中納言さまには美濃と尾張の二ヶ国を差し上げたい」と、強烈な勧誘を受けてグラッと腰が砕ける。

なんとも大きな恩賞だ。

美濃と尾張の百万石は祖父信長と父信忠の領地で、その二ヶ国が手に入るとなれば秀信にはこの上なく魅力的だった。話がだいぶ違ってくる。

腰砕けの秀信はこの三成の勧誘にあっさり屈してしまう。

まだ若い、織田宗家の御曹司はここで判断を間違い、信長の織田宗家は滅亡してしまうことになる。

上方から家康がいなくなると三成は活発に動き始めた。そんな状況を家康と信長老がいつものように話し合う。この二人の話し合いは細かなところまで検討された。

毛利輝元の動きが怪しい。この男には優柔不断なところがあった。誰が味方で誰が敵になるかなどほぼわかっていた。その去就がはっきりしないのは小早川秀秋なのだ。

酒ばかり飲んでいるなどとあまり良い噂がない。その頃すでに、黒田長政は小早川秀秋に狙いを定め、秀秋の家老の稲葉正成と長政の双方が親しくしている平岡頼勝に働きかけていた。

秀秋の弱点を狙い撃ちしている。育ててくれた北政所お寧さんの立場を考えて、身の振り方など間違いのないよう振る舞うべきだと説得した。

秀秋は母と慕ってきたお寧さんの名が出ると弱い。本多正信と黒田長政は、秀秋が家康に味方するのはほぼ間違いないと思えるほど話を詰めていた。

吉川広家などとも家康に味方するよう話が進んでいる。

広家の心配は輝元の振る舞いなのだ。毛利百二十万石の去就は戦いに大きく影響する。

この上杉征伐の動きは畿内や関東だけの話ではなく、奥州、出羽はもちろん西国九州まで諸大名を二分する動きになっていた。黒田官兵衛や加藤清正はいち早く家康への味方を表明。ここでつまずくと大名家は潰れる。

風雲は急を告げて動き出した。諸大名の生き残りをかけた判断は難しい。

六月二十九日に家康は平塚宿で東海道を離れ、鎌倉鶴岡八幡宮に立ち寄って戦勝祈願を行った。

鶴岡八幡宮は源氏の氏神である。

家康とその傍にいる佶長老は何かを待っているようだ。徳川軍が伏見城を離れたのが十七日で、二十九日に鎌倉というのは行軍が少し遅い。この時、家康と佶長老の眼は会津より近江に向いていた。

佐和山城の影法師がどう動くかだ。必ず動くはずだ。

家康は東進を急がずじっと何かを待つように、上方からの知らせを待っているようにさえ見えた。

その家康は会津征伐より、反家康の大名たちの挙兵の知らせを待っている。

徳川軍が大阪や伏見から離れたのは、敵の存在を明らかにして挙兵を促す家康の謀略だ。本当の狙いは北ではなく西である。

この戦いは上杉征伐ではあるが、豊臣恩顧の諸大名を分裂させる戦いでもある。家康が豊臣家を潰す戦いはまだ先だ。今は秀吉が育てた豊臣恩顧の大名を分裂させ、共食いのように戦わせて弱体化させる。

家康と信長老が考えた狡猾な戦略だった。

六十歳を目前にして五十九歳の家康は兎に角戦いたかった。

体調もいい、気力も充実している。これまで見てきた徳川軍の中で今の徳川軍が最も充実し強い。

その徳川軍が戦場から離れて何年も経っている。

朝鮮出兵でも徳川軍は戦っていない。戦わない兵は怠惰になり必ず腐る。

そうならないように、家康はことあるごとに鷹狩りをして兵を動かしてきた。

鷹狩りは大名家の軍事訓練に他ならない。

戦わない兵が腐らないように家康はあれこれ工夫をし考えてきた。

国境に配置した徳川家の譜代大名たちにも、決して兵を腐らせることのないように指図している。

それは家康には戦うべき敵がはっきり見えているからだ。

家康の野望の前に立ち塞がるのは豊臣家だけだ。いざという時、腐った兵では戦いにならない。

今は豊臣家をどこまで弱らせるかだ。

信長老は秀吉がいざという時には、豊臣家は大阪城を捨てて西国か九州に拠点を移すことまで考えていただろうと思う。

家康の強さを知っていた秀吉はそのため家康を関東に移した。

万一の時に豊臣家は九州へ逃げる可能性さえある。足利尊氏が九州に逃げて大軍を集め復帰してきたように。

その西国や九州には毛利、島津だけでなく黒田長政、加藤清正、細川忠興、小西行長、立花宗茂など、秀吉が育てた一騎当千の大名たちがいる。秀吉が秀頼のために大名たちを九州に配置した。

そんなことまで信長老は考えていた。

秀頼の生き残りのために秀吉がどれほど考えたかだ。明らかに秀吉の頭には尊氏がいたと思う。

七月二日に家康一行が江戸城に入った。西からの報せがない。

その頃、石田三成は西軍を結集しようと、畿内や西国から江戸に向かおうとする大名たちを近江で止めていた。

西軍に味方するよう説得を始めている。

上杉討伐から徐々に三成を中心に、東の家康、西の三成の戦いへと様相が変貌しつつあった。

家康に味方しようとする大名はいち早く江戸に下っている。

今頃、のこのこと東に向かうのは、あまり家康に味方したいとは考えていない大名だろうと三成は思う。

その三成は親友の大谷吉継から「そなたは人望がないから大将には向かない」と、はっきりいわれて総大将は毛利輝元、副将は宇喜多秀家という布陣にすることを了承する。

大谷吉継は家康との関係は悪くなかった。

だが、親友の三成に味方をしてくれるようにと懇願された。

吉継は秀吉の落とし胤といわれる男で、聡明で信頼のできる男だったが重い病に罹っていた。家康の強さをわかっていながら、吉継は長くないだろう命を親友の三成に与える決心をする。

吉継は白い頭巾と布で顔を隠していた。

こういう戦いでは鳥居元忠や大谷吉継のような、主従や親友との命の絆の伝説が残ることが少なくない。

それだけ生きるか死ぬかの厳しい戦いだということだ。

七月五日に上方では副将の宇喜多秀家が、豊国神社にて出陣式を行い家康と戦う覚悟を決めた。

一気に戦機が熟して緊張が高まり上方に戦いの風が吹き始める。

その頃、敦賀城五万石の大谷吉継が軍と共に、会津征伐に向かうため北国街道を南下して中山道の垂井まで出てきた。

そこへ近江佐和山城の石田三成からの使いが現れる。

その使者の口上は佐和山城まで来てもらいたいとのことだった。三成は吉継を待っていた。

吉継は三成が何を考えているか予想がついた。

垂井に軍を止めて吉継は佐和山城に駆けつける。三成は家康の不在を利用して挙兵したいという。

二人は十日を挟んで頻繁に密議を重ねる。

十二日に大阪城の前田玄以、増田長盛、長束正家の三奉行が、安芸広島の毛利輝元に書状を出して大阪城に入るよう要請した。

関東から西国まで戦機が満ちてくる。

その一方で増田長盛は家康の家臣永井直勝に、大谷吉継の眼病のことや石田三成の不穏な動きや出陣のことなどを知らせた。

それぞれが身を守るために動くのが戦いだ。

ほぼ同時期に家康には大阪城に戻ってきてほしいと、茶々や三奉行が考えていたようだとの噂もあった。

敵味方が錯綜して誰が何を考えているかわからない。

それがわかるのは振る舞いだけだ。誰がどんな振る舞いをしているかだ。言葉は当てにならない。

こういう大きな戦になると生き延びるために、敵味方の両方に二股をかける者は常に現れる。

二股どころではなく三股も四股も平気だ。生き残るためには仕方がない。

このギリギリの決断は途方もなく厳しい。

翌七月十三日に毛利輝元の家臣の宍戸元続が榊原康政、本多正信、永井直勝に、安国寺恵瓊が輝元の命令で東進しているが、その軍勢を近江から大阪にまで戻したと知らせてくる。

翌十四日には吉川広家も榊原康政に同じようなことを報告している。

それぞれがそれぞれに生き延びるため、必死で虚々実々の駆け引きをしていた。家康に味方しようと出かけても戻る者もいる。

どの大名もここで策を誤ることはできない。

宍戸元続は書状の中で安国寺恵瓊の軍勢を近江から大阪に動かしたのは、石田三成と大谷吉継の関与があったからで、主人の毛利輝元は何も知らないことであると庇っている。

毛利輝元という人はこういう危急の時は、あまりあてにならない男のようだ。事態は刻々と動き、反家康の西軍も集結が始まって、一気に風雲急を告げる状況になっている。

翌十五日に毛利輝元が安芸広島から大阪城に向かって出立する。

ところがこの輝元がおかしなことを始める。領地の周辺に戦いを仕掛けて領地拡大の戦いを始めるのだ。この男はなにを考えているかわからない。

どさくさまぎれに総大将のやることではない。あまりに狡いやり方で輝元とはその程度の男でしかなかった。

輝元は出陣の際、加藤清正に秀頼への忠節のためだと書状を送った。島津義弘は上杉景勝に毛利輝元、宇喜多秀家、大阪城の三奉行、小西行長、大谷吉継、石田三成が、秀頼のために挙兵したと伝え、それに自分も同意するという書状を送っている。

ついに戦機は奥州から九州まで広がった。

ポツンと上方に残された鳥居元忠は十五日に籠城の覚悟を固め、兵を配備して押し寄せてくるだろう大軍を待つことにした。

京や伏見には間もなく開戦になると噂が広がっている。

七月十七日になると伏見城の鳥居元忠のところに、大阪城の前田玄以、増田長盛、長束正家の三奉行から追い払われた徳川軍五百人が逃げてきた。

大阪城の二の丸を警備していた徳川軍で、元忠はこの徳川軍を受け入れると、家康が残してくれた千八百人と合わせ、二千三百人で籠城する構えを取った。

何日持ちこたえられるか分からないが、この戦いの初戦になることは間違いないだろう。老将は戦支度を命じて本丸に本陣を置き、敵が攻め寄せて来るのを静かに待った。

松平近正は伏見城三の丸に陣を敷いて戦いの時を待っている。

太閤秀吉が築いた伏見城に徳川軍が入って、それを豊臣軍が攻撃するというおかしな戦いが始まろうとしていた。

状況は徐々に家康と三成の戦いになり、双方が秀頼のためだと少しねじれてきた。本来は会津の上杉征伐なのだが、家康と佶長老の腹は豊臣恩顧の大名が分裂した戦いにしたい。

本質は豊臣家と徳川家の戦いなのだ。

それを隠して家康は豊臣恩顧の諸大名を利用したい。そのためには秀頼を埒外に置いておくことが大切だ。

だが、一方の三成たちは鎧を着せて秀頼を引きずり出したい。

そこがこの戦いのねじれて難しいところである。大阪城の茶々は可愛い秀頼を決して戦場には出さない。

何ともおかしな戦いではある。

同じ十七日に奉行や三成らが家康を弾劾するため、十三条からなる「内府ちがいの条々」なる文書を諸大名にばらまいた。

家康が秀吉の死後に、秀吉の言いつけに違背した数々の罪を書き連ねた弾劾文だった。

前田利長にも毛利輝元と宇喜多秀家から同じような文書が送られる。

だが、前田家は芳春院を江戸へ人質に出して、どうにも動けないのが実際のところだった。

同日、石田三成は大谷吉継らを糾合して挙兵した。

ここに東西が大分裂した戦いが始まった。予定通り総大将は毛利輝元、副将が宇喜多秀家である。

その大阪城に入った毛利輝元が問題だった。

雇われ総大将のようで戦場には出ない。二十九歳の若い宇喜多秀家が戦場の大将である。そもそも総大将不在の陣立てでは戦いが危ない。端からバラバラ感が漂っていた。

三成は大阪城下の大名屋敷から、大名の妻子を人質に取ろうとしたが、細川忠興の妻ガラシャこと珠子は、キリシタンであることから自害を拒み、家臣によって殺害されるという事件が起きる。

この事件に三成が驚いた。人質に死なれては人質にならない。

家康はすでにこのことに気づき大名の妻たちの帰国を認めている。これも秀吉が決めたことに違背していた。

大名の妻たちは秀吉の人質だった。

家康の帰国許可が出たことで、大阪城下に大名の妻たちはあまり残っていなかった。ガラシャの細川家は京や丹後が拠点だから残っていたのである。

このガラシャ事件を大名の妻たちが見習い、次々と自害するようなことになっては困ったことになる。

諸大名の恨みを恐れた三成は、大名から人質を取ることを急遽中止にする。

何んともバタバタで三成らしくない。もう少し落ち着いて戦いを進めないと勝てるものも勝てなくなる。

翌七月十八日に宇喜多秀家を大将に、四万余の大軍が続々と伏見城に押し寄せて包囲した。

これが事実上の開戦である。

この日、石田三成は京の豊国神社にいて、家康と戦うことを秀吉に報告する。

この時、小早川秀秋は伏見城を攻める西軍の中にいた。

内府ちがいの条々

翌七月十九日に毛利輝元が大阪城二の丸に入った。

同日夜、伏見城の戦いが本格的に始まった。戦いを仕掛けたのは鳥居元忠だった。

「城下を焼き払えッ！」

元忠の命令で十九日の夜、夜陰に紛れて籠城兵が城外に出ると、狙いを定めて城下の前田玄以や長束正家の屋敷に火を放った。

「襲撃だッ！」

「敵を撃ち殺せッ！」

突然、燃え上がった火が城下の空を赤々と焦がしている。

「敵の攻撃だぞッ！」

「火をつけやがったッ、撃ち殺せッ！」

包囲軍が一斉に騒ぎ出す。鉄砲の音が城下に鳴り響いた。昼夜を分かたず鉄砲の撃ち合いが続く。真夏の夜の戦いが始まった。

伏見城は頑丈で鉄砲の撃ち合いぐらいではビクともしない。

太閤秀吉が京と大阪の間から両方をにらむために築いた伏見城は指月城ともいう。宇治川からも出入りができるようにできていて、秀吉好みの豪壮華麗な天守を持つ堅城である。

七月二十二日になるとその城を宇喜多秀家、大谷吉継、小西行長、小早川秀秋、吉川広家、長宗我部盛親、鍋島勝茂、長束正家、島津義弘ら四万の大軍が完全に包囲してしまった。

四万対二千三百では元忠がどうあがいても戦いにならない。

島津義弘は当初、家康からの援軍要請があって、急遽千人の兵を率いて伏見城に駆けつけた。

この義弘の振る舞いは怪しかった。

すると鳥居元忠はそんな援軍要請など聞いていないと、島津軍の入城を拒絶したのである。もし援軍と偽った謀略だった場合、敵を城内に入れてしまうことになる。そうなれば戦う前にたちまち内部から崩壊して陥落してしまうだろう。元忠はそれを恐れた。

最早、全滅を覚悟している元忠に援軍など必要ない。

元忠に入城を拒否された島津義弘と、その島津軍は大軍の中で孤立し行き場を失ってしまう。

そこで義弘は機転を利かせ、考えを変えて包囲軍の西軍に入ることにした。

だが実は、島津義弘は数日前の十五日に上杉景勝に対して、上方では毛利、宇喜多、前田、増田、小西、長束、大谷、石田などが集結して大軍に膨れ上がっていると知らせていた。

島津家が上杉家に味方するという。

詳細は石田治部少輔より連絡があるだろうと、書状を送って反家康を鮮明にしていたのだ。

ということは家康の援軍要請というのは大嘘ということだ。

何が本当で何が嘘なのかわからないのがこういう戦いである。騙した方より騙された方が悪い。

油断したから騙されるという理屈だ。

元忠が見破ったように、騙して伏見城を落とす謀略だった。

ことほど左様に戦いになると、何がまことか嘘かわからなくなるのが常だ。どんな時でも騙された方が悪いのが戦いだ。

元忠が義弘を疑ったのは家康が本当に援軍要請をしているなら、あの今生の別れの盃を交わした時、家康がこういうことがあるかもしれないと、話さないはずがないと主従の固い絆からそう思った。

ここは「老将、見事なり！」というしかない。

猛将島津義弘も老将の覚悟には、まったく歯が立たなかったということだ。

だが、義弘などは旗幟がはっきりしている方だった。

包囲軍の中には徳川軍から調略を受けて、西軍から東軍に寝返ろうとしている大名がいる。

その一人が秀吉の養子になりながら、秀頼が生まれてお払い箱にされた男だ。

小早川家に無理やり養子に出され、賢人小早川隆景に拾われ秀吉や秀頼に、おもしろくない気持ちを持っている。

それは北政所お寧さんの甥小早川秀秋と、もう一人は毛利輝元の優柔不断さと軽率さを危惧している吉川広家の二人だった。

事実、この大戦を目前にして、その戦いを利用して領土を拡大しようと、毛利輝元は兵を領国に残しその毛利軍に西国での戦いを命じていた。

何んとも姑息で恥知らずな輝元を、西軍の総大将に担ぐというのだから笑止千万である。

そのことを広家はわかっていたようだ。

結局、輝元はすべてを失うが吉川広家が西軍を裏切ったおかげで、毛利家は長門や周防で生き残ることができた。

幕末期に関ヶ原の恨みと長州軍は声高に叫んだが冗談ではない。いい加減な輝元のおかげで滅び去った大名家は少なくない。その大名家こそ毛利家を恨んでいるだろう。

それを棚に上げて関ヶ原の恨みが長州気質というならお笑い草だ。歴史は後に真相を表すことがある。

恨みを叫ぶ前に長州軍は関ヶ原の戦場にも出てこないで、腑抜けで愚かな総大将の輝元の振る舞いを恥じるべきだ。

秀秋の寝返りを輝元は知っていて止めなかったとも伝わる。

まったく戦う気のないとんでもない男を、吉継や三成は総大将にしてしまったことになる。

これでは勝てる戦いも勝てない。いや、すでに戦う前に勝敗は決していた。

戦いのすべての責任は総大将にある。雇われ大将でもその責任から逃れられない。

この七月十九日に徳川秀忠が、江戸城から会津に向かって出陣した。

その頃、東国と西国の間を密約の文書を運ぶ早馬が頻繁に駆け抜けていた。真書もあれば偽書もある。

真書だったが戦いの結果、偽書になったというのも少なくない。

戦いに勝ったら領国を安堵するから味方をするように、加増するので味方を願うなどという。

どこまで当てになるかわからない密書ばかりだ。

それでも戦いの手掛かりにはなる。大名はその真偽を見破って生きるための態度を決めるしかなかった。

戦いに勝たなければ話にならないのだからつらい。

二日後の七月二十一日に家康が江戸城から出陣して会津に向かう。大阪城を出て一ヶ月が過ぎていた。

家康、正信、信長老の話し合いは、江戸城の奥で毎晩のように行われた。

三人は味方と敵の分析をし、これからの戦いの見通しを検討する。伏見城の攻防のことはまだ家康の耳に達していない。

その頃、真田昌幸が内府ちがいの条々を下野犬伏《いぬぶし》で受け取っていた。

このことから石田三成と真田昌幸の天才同士は、詳細な連絡を取り合っていなかったのではとわかる。

天才というものはなぜか、相手の才能を認めたがらない傾向がある。それにしても昌幸と三成は姉妹を妻にしている義兄弟なのだ。そんな二人が連携しないのはおかしなことだ。いや、関係が近いからこそ不仲ではないのだが、親密になれないということがあるかも知れない。

何んとも厄介な二人だった。家康にはその方がありがたい。

内府ちがいの条々を読んだ昌幸は、犬伏にすぐ長男信之と次男信繁こと後の幸村を呼んだ。

上杉征伐ではなく東西の戦いになった時、真田家の去就をどうするかを決めなければならない。真田家を生き残らせるためにどうするか、という極めて重要な話し合いでつらいことになった。

三人には真田の家名がなくなることは耐えがたい。

上杉とのかかわりは深くないが、東西の戦いということになるとガラリと話が違ってくる。

真田昌幸は三成と妻が姉妹であり義兄弟だ。

昌幸はかつて鳥居元忠や大久保忠世の率いる徳川軍と戦い、上田城から追い散らしたことがある。

その後になるが長男信之は、猛将本多平八郎の娘小松姫ことお稲を家康の養女として妻にしていた。

つまり信之はどうあっても徳川軍から離れられない。

一方、次男の信繁は人質として、秀吉の傍に長く近侍していたことから、秀吉の命令で大谷吉継の娘を妻にしている。

こうなると妻との関係から昌幸と信繁は三成の味方、信之は家康の味方ということになる。

真田家は真っ二つに割れることになった。喧嘩別れをするわけではないが敵味方の戦いになるということだ。

双方に引くに引けない義理が絡んでいた。

こうなってしまってはどちらかが生き残れば、六文銭の真田家は滅亡しないという選択しかない。

親子には厳しい犬伏の別れとなった。

武家にはこういうことが起こりかねない。

七月二十四日になって家康は下野小山《おやま》で、伏見城から来た鳥居元忠の急使と会って石田三成の挙兵を知った。家康と佶長老が待ち望んだ報せである。

家康は即刻、会津征伐を中止にすると決断、事態が急転した。

これを待っていた家康も正信も佶長老も同じ気持ちだ。来るべきものが来たということである。

「佶長老、いよいよだな？」

「はい、まずはこの薬湯をお飲みください。気が静まりますので……」

「うむ、苦いか？」

「いつもよりは少々苦くいたしました……」

「薬湯は苦くないと効き目がないような気がする」

家康はそう言って元佶の差し出した茶碗を持って、飛び切り苦い薬湯を一口含んだ。

「いかがにございますか？」

「効く。これはなかなか効くぞ……」

そう言ってもう一口苦い薬湯を口に含んだ。

「治部少輔さまは早い決着を望んでいるように思われます」

「わしもそう思う」

家康は薬湯の茶碗を後ろの千賀に渡し「残りを飲め……」といった。

千賀はいつものことだから驚かないが、飛び切り苦い薬湯の残りを一口ですすって空にした。

「苦いか？」

「はい、結構にちょうだいいたしました……」

千賀は余計なことを言わない。黙って元佶に薬湯の茶碗を返す。

「ありのままを諸大名に話すことが良いと思われます」

「動揺するのではないか？」

「はい、そこを見極めるのも大切にございます。このような時に狼狽《うろた》えるようでは頼りがいがなく……」

「そうだな。当てになる者だけで戦をするか、のう佐渡……」

「御意にございまする」

家康は既に謀略好きな本多正信に、黒田長政を使って福島正則を説得するよう命じている。正則の清洲城は岐阜城と近く美濃侵攻の拠点になる城だ。

何んといっても秀吉の血筋で、三成嫌いの福島正則がどう振る舞うかは、諸大名の身の振り方に大きく影響する。

正則と清正の三成嫌いは双璧だ。

「佐渡守さまが抜かりなく、福島さまの動向が大切にございますので……」

「うむ……」

「先ほど占筮を見ましてございます」

「どうであった？」

「地風升《ちふうしょう》、陽位五爻《ごこう》の君位、大吉にて深く根を下ろします」

「そうか、大吉か？」

「内府さまは大きな運をお持ちにございます。拙僧は内府さまのように大運をお持ちの方を知りません」

「余はそんなに幸運か？」

「はい……」

佶長老こと三要元佶は四書六経に優れ、易経の筮法においては並ぶ者がない。

西笑承兌も易経の名手だが占筮は佶長老の方が優れている。泰長老もかなわないという。

足利学校では多くの学僧たちに教授してきた。

今は家康のために占筮を行っている。

信長老はいつも不思議に思うのだが、家康の占筮を見て悪い卦が出たことがない。こういう人は滅多にいない。

やがてこの元佶の占筮が認められて、江戸幕府は毎年、年次の吉凶を足利学校に提出させるようになる。

家康は佶長老の占筮と薬草学を信じていた。

この時、佶長老は三成の吉凶も知っていた。それは口にすることをはばかったのである。

三成は初爻《しょこう》とでたのである。

この位は若いとか未熟とか、身分が低いとか卑しいという解釈になる。それを佶長老は口にしなかった。

翌二十五日に家康は家臣たちを集めて評定を開いた。家康の腹は大阪城から出陣したとき既に決まっている。その狙いは三成を倒し、豊臣恩顧の大名を分裂させ、その力を半減することにある。

石田三成や大谷吉継などの挙兵は想定内で驚くことではなかった。

その程度のことを予測しないで、このような戦いの支度はできるものではない。今こそ戦う時だと思う。

家康は上方の動きがすべてわかっている。

今頃、伏見城の鳥居忠元が壮絶な戦いをしているだろう。既に討死しているかもしれない。

気になるのは家康に従って会津征伐に来た大名たちの妻子のことだ。

秀吉が大阪城下や京に住まわせていたことで、戦いになれば人質になることは間違いない。

三成がそんな大名の妻子を放置しておくはずがない。

このような日が来ることを予想して、家康は諸大名の妻子に領国へ帰ることを許したのだが、細川家のガラシャのように大阪や京、伏見の屋敷に残っている者が少なくなかった。

大名たちに戦いのため、その妻子を捨てろとはさすがに家康でも言えない。

そこで主な家臣たちと今後の対応を協議した。

その結果、東西を二分しての戦いになることを諸大名に伝え、家康に味方するか三成に味方するかは自由だと宣言することにする。

人の心を易々と縛ることはできない。

こういう時、人とは面白いものでこうしろと命じられると、いや、ちょっと待ってくれと自分の都合を言いたがる。

だが、逆に好きにしてくれといわれると、それがしは妻子のことなど気にしてはいないなどという。最も気にしていることを否定したりする。

強気に武士としての矜持に生きようとすることが多い。

どんな誠実な人も少なからず天邪鬼の気質を持っている。それが人のおもしろいところだ。

家康はそんな人の心の襞までわかっている。

この時、家康は世にいう小山評定のような、諸大名たちとの派手な評定などは開いていない。

大歌舞伎は大権現さまの作り話だ。

この程度のことでみなさんはどうしますかなどと、大将が狼狽えを見せるようでは戦いには勝てない。

会議は開いたが諸大名など集めてはいない。

家康はこの程度のことは作戦の内だと、すました顔でわしについて来いと堂々と振る舞った。一癖も二癖もある大名に迷いなど微塵も見せてはならない。あたふたと大名たちを集めて評定をするような半端な家康ではなかった。家康の傍には六韜三略の番人のような信長老がついている。家康には王者の振る舞いを伝授する。

それでも家康は時として弱気になるから困る。

この時の家康は威風堂々、ついてくる者だけと一緒に戦おうとする。大歌舞伎などない。

おもしろおかしくするためにすべては後世の創作である。

福島正則などは黒田長政に説得されおとなしかった。もうすでにやるべきことを覚悟している。

粗方《あらかた》の武将は腹を決めていた。

家康に従ってきた武将に、腹の据わっていない武将などはいない。すべて考えた上で家康に従った確信犯なのだ。

この会議で家康は三つのことを決めた。

まず豊臣恩顧の大名は先に東海道を西上して身の振り方を決めること。もう一つはその東海道軍の後から徳川軍を率いて、家康が出陣し尾張の清洲城のあたりで合流することである。

このことに誰も異論はない。

最後は徳川軍の半分の兵力である四万を、秀忠が率いて中山道を京に向かうことであった。

単純明快な決定だった。

こういう時に難しいことをあれこれ言っても頭には入らない。

家康と信長老はこの時、いざとなれば徳川軍だけでも戦う覚悟でいた。旗本八万騎で充分に戦える。

そこに二、三の大名が味方すれば十万の大軍になる。

これから先は東海道や中山道を、西軍が大軍で下ってくるかもしれない。その三成と戦うことになれば少々厄介だ。

それをわかっていて家康と信長老は、徳川軍の敵になるも味方になるも、ご随意にどうぞということである。

三成は木曽川より南には出てこないと読んでいる。

なぜならそこには天敵福島正則の清洲城があるからだ。信長老の読みは不破関が戦場だということだ。戦いを知っている三成なら青野ヶ原以外戦場として考えないだろう。それも不破関のある関ヶ原あたりだ。過去の戦いの歴史からそこしかない。

家康は大将として堂々と振る舞うだけだ。

既に、裏では本多正信が大名たちと接触して味方工作を始めていた。正信の謀略はしつこい。

老獪な正信はこういう謀略が得意で大好きなのだ。

東海道筋の豊臣恩顧の大名が、次々と自分の持ち城を徳川軍に明け渡すと正信に誓った。

この時、家康に反旗を翻したのは一人だけだったと伝わる。

だが、その田丸直昌はこの二月に家康によって、川中島四万石から美濃岩村城四万石に移封されたばかりで、この時、小山にいなかったので後世の創作であることは間違いない。こういうおもしろおかしい創作は、歴史の襞に埋もれるがやがて発覚するものだ。

諸大名の身の処し方は様々だった。

真田家のようにやむを得ず、内々で二つに分裂して生き残ろうとした家もある。

また、福島正則のように家康に味方したり、山内一豊のように掛川城を家康に明け渡した武将もいる。

おそらく信長も秀吉も、こんな時に大名たちを集めて、どうしますかなどという陳腐な評定など開かないだろう。

すべては策の中に収まっていてするべきことは決まっている。

上杉征伐のため小山に集まった大名たちが、家康の方針に従い続々と小山から引き返し始めた。

大軍が反転して西へ向かうことになった。

この時の諸大名はすでにこうなるだろうことを、出陣前に薄々知っていた可能性さえある。

それぐらいの鼻が利かなくて乱世の大名などしていられない。

何も知らずに、天下の形勢も読めず、ただ家康についてきたとは思えない。そんないい加減な大名はいないだろう。

一家一族の命運をかけるのだから、重大な決意と読みがあって参加している。

だからこそ、真田家のような判断ができる。おそらく真田昌幸ほどの武将は、西軍が勝てないとわかっていた。

それでも戦う。そこに昌幸の美学があり武士としての意地と矜持がある。

武将たちは闇雲に動き回っていたわけではない。戦いの趨勢や情勢判断などはできていた。

三成の動きも毛利の動きも宇喜多の動きもほぼ予測がついていた。

諸大名の中で大いに噂があったことだろう。

後世に創作した人たちはおもしろさを追求するあまり、家康や諸大名をおもしろおかしく人を小さく扱い過ぎである。

乱世を生き抜いた大名たちは、それぞれに大きな人たちで立派であった。

だからこそ家臣は主人のために命を投げ出すことができる。

家康もこの程度のことでじたばたするような男ではない。野次馬はじたばたした方がおもしろいのだろう。だからじたばたした物語を書くのだ。

だが、そんなおもしろさだけでは歴史は動かない。

諸大名たちはほぼ正確に情勢の判断をして動いていた。あらゆるところから早馬の情報も飛び込んでくる。

岐阜中納言

七月二十九日になって家康は内府ちがいの条々が出ていることを知った。

実は、家康にとって石田三成の挙兵より、この内府ちがいの条々の方が驚きだったのである。

内府ちがいの条々を読んで、違背などという温《ぬる》いものではないと気づく。混乱を望んで家康が仕掛けた謀略だといっている。本当のことを正面から言われると人は戸惑うものだ。

事実その通りなのだ。乱を望んだのは家康である。

問題なのは前田玄以、増田長盛、長束正家の署名のある書状は、公式には豊臣政権の文書といえた。

その内府ちがいの条々は極めてまずい。

大阪城から出た書状ということになり、内大臣の家康が政権から外れて敵になったことを意味する。

家康と大阪城が割れたということだ。

つまり真偽は別として、秀頼とその母茶々がこの文書に、同意したということを意味する。

家康がまずいと思うのはそこであった。最悪、大阪城で秀頼が鎧を着て、秀吉の千成瓢箪の大馬印を立てる可能性が出て来たということだ。

この問題は重大である。

秀頼が戦場に現れることはなくても、大阪城の庭に鎧を着て出られ、金瓢箪の大馬印を立て初陣の儀式を行えばよい。

そうなれば総大将豊臣秀頼の戦ということになり、三成ではなく秀頼と家康の戦いに変貌する。

豊臣家と徳川家の戦いで、家康がまだ望まない戦いになってしまう。

子どもの秀頼に家康が負ける可能性が高くなる。いや、間違いなく秀吉の亡霊に負けるだろう。家康に味方した大名たちが大阪城に行ってしまう。

家康が断固回避したかったことだ。

福島正則や加藤清正など七将はもちろん三成と不仲の大名たちも、間違いなく瓢箪の馬印の下に馳せ参じるだろう。

これは大人の理屈抜きだ。幼い秀頼を死なせることはできない。幼い総大将ということが最大の武器になる。秀頼の初陣に馳せ参じない武将は、末代まで恩知らずの裏切り者といわれるだろう。

その汚名をきるのは誰でも嫌だ。賀詞だけは述べたいなどと思うはずだ。

家康は兵を率いて小山を離れた黒田長政を呼び戻すよう命じた。同時に井伊直政をも傍に呼んだ。

福島正則の動きが問題になる。

長政と直政に見張らせておく必要があった。秀頼のことになると正則が裏切ることも充分に考えられた。

家康に従うこととは別問題である。家康が孤立することさえ考えられる。

内府ちがいの条々は茶々や、どっちつかずだった三奉行が、家康から離れたことを意味していた。

厄介なことになった。内府ちがいの条々はすべての大名に送られたはずだ。

翌日の夕刻、家康は佶長老と正信を相手に額を寄せて、大阪城の秀頼が動くか動かないか検討に入った。

話し合いで家康に味方することを決めている豊臣方の大名の約束も、もう当てにならない。

ここは慎重に考えるべき時だ。

「このようなものが大阪城から出るとは思いもよらないことで……」

謀略好きの正信も内府ちがいの条々などが出るとは予想していなかった。

正信は自分の謀略を逆手に取られたようで、実に不愉快でおもしろくない敵の動きが起きたと思う。

家康も茶々が内府ちがいの条々を了承したとは思えない。

おそらくは三奉行の独断だろうが、内府ちがいの条々をもらった大名はそうは思わない。

もし秀頼が動けば大阪城に馳せ参じるだろう。

「このわしを朝敵にしたいのだ」

家康がむっとした、おもしろくないという仏頂面だ。

「内府さまを？」

「佐渡、治部少輔ならそれぐらいは考えるだろう。油断したな」

「御意、思わぬ迂闊なことで、面目もございません」

いつも強情な正信が素直に謝罪する。それを、傍で三要元佶が黙って聞いていた。

「信長老はこれをどう見た？」

「はい、苦し紛れの策かと思います」

「ほう、それは？」

「おそらく、大阪城の茶々さまは秀頼さまに鎧を着せる気はないものと見ました」

「それで玄以たちが苦し紛れにこのようなものを？」

「はい、この戦に秀頼さまが出馬されるのであれば、このような姑息なものは必要ないと思われます」

「なるほど……」

「何も言わず鎧を着て、大阪城の庭で初陣式をやるといって、太閤さまの金瓢箪の馬印を立てれば、それだけで豊臣恩顧の大名は馬印の下に馳せ参じます。その兆候がこの書状からは感じられません」

「なるほど、すると秀頼さまは動かない？」

本多正信が念を押すように聞いた。

信長老はこのような枝葉末節が飛び出すようでは、肝心なことはなにも決まっていないと二人とは逆を読んでいた。

肝心なこととは最も重要な秀頼の出馬である。

「そう読むか……」

「はい、大阪城の茶々さまは秀頼さまを溺愛しておられると聞いております。このような危険な戦いに出馬はないと考えます」

信長老の占筮にそんな重大な変化の卦は出ていない。

その頃、伏見城は大軍に包囲され最後の時を迎えていた。秀吉が築いた堅城だが敵があまりにも多く元忠は死を覚悟しての戦いだった。

敵は数にまかせて堀を埋めたり、小山を築いてそこから鉄砲や火矢を放ったり、攻撃の手を緩めず治部少輔曲輪、日下部丸、名護屋丸、松の丸、西の丸と潰してきた。

追い詰められた元忠は本丸に引いて応戦する。

敵の一番乗りが本丸の階段を警戒しながら上ってきた。その前に元忠が立ち塞がって槍を構える。

「御大将の鳥居さまッ！」

「おう、うぬは誰だッ！」

「雑賀の鈴木孫三郎にございますッ！」

「雑賀孫一の息子だなッ？」

「はいッ！」

「うぬの先祖は三河だッ、同じ三河の鳥居元忠の首ッ、見事取れるかッ！」

「おうッ！」

この時、鳥居元忠は六十二歳、鈴木孫三郎は四十歳だった。すでに城内の徳川軍は全滅に近かった。

関白秀次の家臣だった佐野綱正は七月二十九日に討死。

最後の戦いには鳥居元忠、松平家忠、内藤家長、安藤定次、松平近正がまだ生き残っていた。

だが、家長が倒れ定次が討死、城のあちこちが燃え始めている。

家忠も討たれ近正も死に、鳥居元忠は鈴木孫三郎に討ち取られる。ついに徳川軍は元忠と共に全滅した。

その元忠の首は大阪城の京橋口に晒された後、元忠と親しかった京の商人佐野四郎右衛門の手で知恩院に運ばれ埋葬された。

伏見城は寡兵ながら十日以上も戦い、力尽きて八月一日に落城した。

元忠を討ち取った鈴木孫三郎は後に、伊達政宗に仕えその政宗の仲介で家康の直臣として三千石で召し抱えられ、水戸頼房に旗本としてつけられる。

また鳥居元忠の嫡男忠政は、磐城平十万石から山形城二十四万石に加増されて移封される。

元忠以下二千三百人は全滅したが、この伏見城の戦いに四万の大軍が十三日間も釘付けにされ、伊勢、美濃、近江方面に展開すべき西軍の動きが、大幅に遅れ戦い全般に影響をおよぼすことになった。

この日、石田三成と三奉行は加賀の前田利長が、小松方面に動いたことでそれを押さえようと話し合っていた。

戦いの後、小早川秀秋は伏見城から戦線離脱して伊勢方面に鷹狩りに向かう。

おかしな動きをする秀秋は身の処し方に迷っていたか、すでに腹を決め決戦の時を待っていたか、それとも東軍に参加するため伊勢まで行ったのか、この後、秀秋の動向がわからなくなってしまう。

八月三日には早くも前田利長が、西軍についた加賀大聖寺《だいしょうじ》城に猛攻を加えて落としてしまう。

伏見城に続いて地方でも戦いが始まった。

家康は五日に小山から江戸に戻ると、八月五日から九月一日まで江戸城に留まり動かなくなった。

その家康は慎重で、八月四日には先に西上した先鋒の福島正則たちに、井伊直政を送り込んで指図に従うようにと言いつけている。

その頃、清洲城に戻ってきた福島正則に、西軍からの勧誘と説得がひっきりなしに行われた。

正則が西軍なのか東軍なのかによって戦局に大きく影響する。

この正則の説得に成功すれば、毛利輝元が三万の大軍で浜松城まで行き、江戸から来る家康の大軍を迎撃すると決めていた。

もし説得に失敗すれば清洲城を攻撃する。

そんな西軍の動きは百も承知で、正則たちがどんな動きをするか、家康は一ヶ月近くも江戸で見ていたのだ。

西軍が動きだしている。だが、家康はじたばたしない。

安国寺恵瓊が伊勢方面に行き、石田三成が織田秀信と尾張方面に動こうとしていた。だが、西軍は三成嫌いの福島正則の説得に失敗した。

冷静に戦いを進めないと迂闊なことでは大敗する恐れがあった。

江戸の家康が動くのを待っているのは、福島正則や池田輝政の諸将たちだ。敵は西なのに東を気にしていては話にならない。

「内府さまの到着を待っていては駄目だ。この戦はわれわれが先に戦いを始めないと、内府さまは西上しにくいと思う」

黒田長政は本多正信と連携しながら、家康を待つのではなく戦いを始めようと説得する。家康は江戸城にいて福島、黒田、池田、山内などの動きを見ているのだ。

それに気づいた正則たちと黒田長政は、家康を待たずに木曽川を越えることを決める。

八月二十二日に東軍が清洲城とその周辺に集結した。

この日、池田輝政は早々と木曽川を渡河し、岐阜中納言の織田軍と激突してこれを破った。

織田秀信は祖父信長を尊敬していて、南蛮胴に大マントなど信長と似ていた。だが、岐阜城には大軍はいなかった。秀信は千七百騎を率いて出陣したが、圧倒的に寡兵で総兵力は六千五百ほどだった。

池田軍に敗北した秀信は、大垣城と犬山城に援軍を要請して、戦いに負けて激減した全軍を岐阜城に引き上げて籠城に入った。

翌二十三日には福島正則軍が池田軍と一緒に岐阜城に猛攻を仕掛ける。

岐阜城の城主だった池田輝政は城の弱点などをよく知っていた。

秀信は少なくなった兵で応戦したが、援軍が追い払われる始末で、岐阜城だけで戦いの継続はもはや困難だった。支援がなく孤立した岐阜城は戦いようがない。

壮絶な戦いで福島軍が四百三十、池田軍が四百九十、浅野幸長軍が三百八の、織田軍の首を上げたという。

岐阜中納言が夢見た尾張と美濃という父祖の地は夢となった。

秀信と弟の秀則が自害しようとするが、池田輝政の説得で二人は思いとどまり開城降伏する。

城を出た秀信は剃髪して叔母の五徳姫が住んでいた知多へと送られた。

家康はこの織田家の御曹司を処刑しようとするが、福島正則が自分の武功に代えてほしいと助命嘆願をした。

そのため中納言秀信は死を免れて高野山に流される。

だが、祖父信長が高野聖を大勢殺したことが祟り、秀信は高野聖にいじめられておお山にいられず、高野山から追放されわずか二十六歳で、高野山の麓で死去したため織田宗家は断絶する。

八月二十四日には徳川秀忠が、信濃上田城を攻略するため宇都宮から出立した。中山道の秀忠は四万ほどの徳川軍を率いている。

戦いは徐々に各地へ広がり、西軍か東軍かで国を二分するような戦いの様相になってきた。

同日、井伊直政が犬山城に城を明け渡すよう勧告する。

この時、大垣城には宇喜多秀家、小西行長、石田三成、島津義弘、大阪城の秀頼の馬廻り衆など二万人が集結していた。

二十六日にその大垣城へ東軍の八万人が押し寄せて包囲する。

大垣城の西軍は毛利軍に救援を要請したが、この時すでに、石田三成は大垣城を出て城内にはいなかった。

戦いは刻々と変化する。

戦機は岐阜城の戦いを契機に尾張、美濃、近江に充満してきた。

こうなると両軍の勢いはもう止められない。八月二十七日に家康は岐阜城の落城を知った。まだ江戸城にいたが、家康は早馬を出して正則の戦功を褒める。

それと同時に家康と秀忠が到着するまで、あまり進撃をしないで少し控えるように伝えた。

戦いで勢いに乗り、敵中深くに進軍すると大逆転を食らうことがある。福島軍が崩れたりすると他も引きずられて、無理な戦いをして総崩れになったりすれば一大事である。

それを懸念して家康は正則の手綱を引いた。

「信長老、岐阜城が落ちたぞ」

「福島さまが？」

「うむ、池田輝政、加藤嘉明などが二日で落とした」

「二日とは手際のよいことで……」

「あの城のことは輝政がなんでも知っているからだろう」

「ご自分の城でしたから……」

二人は大いに納得だ。岐阜城が落ちれば家康の出陣の時だ。

「ぼちぼちだな？」

「御意……」

家康は江戸城に入って動かなくなった間、全国の大名に頻繁に書状を出していた。

その書状の数は百二十余通という。

祐筆が書いた書面に家康は花押を書くだけだが、一人一人の文面を吟味して書状を送った。

その間、家康は西上した福島軍や池田軍の動きから眼を離さない。家康が迂闊に動くと命を狙われる。どこの誰がどう動くのかを見極め出陣の時を待っていた。

こういう時の家康は臆病なまでに慎重なのだ。

この時、家康はわざときつい言葉を投げかけて、裏切る気配があるかなどを探っていたともいう。

「信長老、行くか？」

「はい！」

家康は岐阜城が落ちたと聞いて少し焦った。

その勢いで家康不在のまま、福島たちが戦いを始めてしまうのではないか。

蝮の道三が築き、信長が改修した岐阜城を、あっという間に落としたのだから
その勢いは尋常ではない。

その勢いで戦いを押し切ってしまいそうだ。

見渡しても家康を裏切りそうな大名はいない。それは福島正則が律儀な正直者

だからだろうと思う。

ここで江戸城を出なければ戦いに間に合わなくなる。

「やはり、不破関あたりだな？」

「御意、天下を争うのはやはり不破関にございます」

「天下か？」

家康が佶長老の差し出した薬湯をゴクゴクと美味そうに飲んだ。

このところ、大阪から東国まで移動したからか格別に元気なのだ。家康はちょっと油断すると太る質だった。

体に脂が溜まると動きが鈍くなる。兎に角、動きたい。

江戸城の側室たちは大騒ぎだった。だが、戦いの最中の家康は至って冷静で、なかなか側室を抱かなかった。

その側室の見張りをするのが阿茶と千賀である。

九月一日になって家康が重い腰を上げた。

江戸城から出陣だ。

その頃、福島軍や池田軍などが、続々と中山道の垂井方面に集結中だった。その正則たちに家康は自分が到着するまで動かないよう指図する。

大垣城はまだ落ちていなかった。

翌二日には大谷吉継、脇坂安治、朽木元綱、赤座直保らが、関ヶ原に入って山中村周辺に陣を敷き始めている。

同日、徳川秀忠が指揮する中山道軍が信州小諸に到着した。

この中山道の徳川別働軍の中に榊原康政や本多正信、真田昌幸の嫡男真田信之などがいた。

秀忠は三万八千余の大軍を率いている。

捨て奸《がまり》

九月三日に真田昌幸は上田に近づいて来た徳川軍に対して、生真面目な嫡男信之を通して助命嘆願を願い出た。

殊勝な申し出に秀忠はこれを機嫌よく受諾する。

だが、二十二歳の秀忠に謀略の名人で、老獪な真田昌幸の奇策を見抜けというのは酷だ。その秀忠が間違いを犯さないように、榊原康政や本多正信の重臣たちが傍にいる。ところがその重臣たちまでもが昌幸に騙された。四日になると昌幸は態度を豹変させる。

秀忠に挑発的な態度を取ると、若い秀忠はなめられたと思った。

三万八千余の徳川軍を率いる御大将である。十五年前に徳川軍が真田軍に惨敗したことを聞き知っていた。

だが、それは話だけで実感がない。秀忠は即戦闘態勢を命じ戦いに入った。

こういう、むきになるところはまだ青い。昌幸はそういうことを見越して罠を仕掛けている。

それが真田昌幸という奇策の名人なのだ。

その頃、尾張では犬山城が戦わずに開城し、丹後田辺城の細川幽斎が西軍に攻められていた。

大津城の京極高次も寝返りだといわれて、西軍に攻められ大混乱が起きていたが、高次は端から家康に味方している。

あちこちで敵味方入り乱れての戦いになりつつあった。

真田軍は砥石城を放棄して上田城に結集、わずか三千人の兵力で三万八千の徳川軍を翻弄しようという。

秀忠は昌幸の恐ろしさをわかっていない。その罪は康政と正信にある。

真田軍を攻める徳川軍は上田城の周辺の稲刈りを始めた。

上田城の兵糧を奪おうという魂胆だ。当然、真田軍が稲刈りを阻止するべく城から飛び出してくる。

その真田軍にここぞとばかりに徳川軍が襲いかかった。

寡兵で逃げるしかない真田軍を徳川軍が追撃、城内まで押し込む勢いで上田城の大手門に殺到した。

それが真田昌幸の罠だった。

「放て！」

「撃てッ、撃てッ、撃ち殺せッ！」

待ち構えていた真田軍の鉄砲が火を噴き、弓矢が雨あられと徳川軍に襲い掛かって来た。

「引けッ、引けッ、引き上げだッ！」

「押すなッ、押すなッ！」

後ろから押され上田城の大手門で、徳川軍が逃げるに逃げられずバタバタと倒れた。

大混乱の中で秀忠は仰天して撤退命令を出す。

たちまち攻守大逆転である。すると真田信繁が夜討ち朝駆けで徳川軍に小競り合いを仕掛ける。

何んとも情けないが逃げるだけの大軍の敗北である。

秀忠は大慌てで全軍を率いて小諸まで逃げた。この戦いが秀忠の生涯の大汚点となる事件を引き起こしてしまう。

秀忠は昌幸の奇策に翻弄され、徳川軍は前回と同じように大敗北を喫してしまう。家康の徳川軍が同じ敵に二度も敗北する例はない。これ以後、家康は昌幸を極端に恐れる。

六文銭の真田昌幸は秀忠と三万八千の徳川軍を信濃で立ち往生させた。

ところがそんな大負けの戦の最中に、秀忠の陣に家康から九月九日までに、中山道の赤坂宿付近に着陣すべしという早馬が着いた。

この命令に秀忠だけでなく家臣団が仰天した。

九月九日までといわれても、早馬が到着してその命令を受け取ったのが九月八日である。

わずか一日で信濃から赤坂宿まで、三万八千の大軍が移動できるはずがない。

一瞬で秀忠は死を覚悟した。

率いる三万八千は立ち枯れる危険が出てきたのだ。戦いに間に合わない。うまく移動できても七、八日はかかるだろう。

秋の雨に道が壊されていれば到着するのがいつになるかわからない。

中山道には峠や難所が多い。

急遽、秀忠は全軍に出立を命じ、上田城を押さえる兵を少し残して、大急ぎで赤坂宿まで急ぐことにした。

ところが案の定、秋の長雨に道が寸断され難行苦行の行軍になる。

こういう苦しい無理な行軍をすると、疲れ切った兵を戦いに使えなくなる心配がでてくる。

だが兎に角、戦場まで行かないことには話にならない。

戦いに遅参したのでは武将として失格だ。大将たる者は腹を切って責任を取るしかない。

秀忠は上田城付近に二日には到着していた。

それから八日まで真田軍に絡まれて、釘づけになり引き留められた格好になってしまったのである。

戦いとはこうやるものだと秀忠は真田昌幸に教えられた。

その戦いは情け容赦のないものだ。秀忠は歯ぎしりして悔しがってももう遅い。徳川軍は遅々として前に進まない。

その頃、関ヶ原の東の南宮山に毛利秀元と吉川広家が布陣した。

西軍の陣形が徐々に見えてくる。

それは関ヶ原の深いところに東軍を引きずり込んで、四方から包囲して討ち倒そうという三成の策だ。

よく考えられた、三成らしい圧勝する陣形が見えてきた。

九月九日に家康はまだ三河の岡崎城にいた。秀忠が遅れることを想定して待っているように見える。

戦いの状況をあちこちから知らせてくる。

この時、家康が最も危惧していたのは、赤坂宿の周辺に集結する東軍が西軍に仕掛けられると、戦場に飛び出してしまうのではないかということだ。

武将の習性で敵に仕掛けられるとつい応じてしまう。戦功を求めて抜け駆けする武将もいる。

戦いはそういうちょっとした挑発で突然弾けることがある。

その開戦が心配だ。

家康がその戦いに間に合わなかったでは、みっともない赤恥をかくことになってしまう。

翌十日に家康は熱田神宮にいた。

家康は焦らない。十一日には清洲城に到着。家康は三万の大軍を率いて戦場の近くまで来た。

「いよいよだな……」

「はい、やはり戦いは不破関辺り？」

「うむ、関ヶ原という辺りだ。この雨で秀忠がどうなっているかだ。間に合えばいいのだが……」

「難しいかもしれません。中山道は難所が多いので……」

信長老は秀忠が戦いに間に合わないかもしれないと思い始めている。三万八千の大軍はそう易々とは動けない。

千でも二千でも率いて先行し、大将の秀忠だけは戦場に来てほしい。

残りの兵は捨ててもいい。信長老は秀忠がこの戦いに参戦することの大切さをそう思っている。兵を捨てて身軽になれるかだ。

わずか五百の兵だけでもいい。家康の傍に秀忠がいることが大切だ。

だが、生真面目な秀忠は兵を捨てることなど考えられなかった。全軍を率いて悪戦苦闘している。家康軍より秀忠軍の方が兵の数が多いのだ。信長老の願いは虚しいことになる。

家康は十三日に岐阜に入り、翌十四日には赤坂に着陣して東軍と合流した。その頃、中山道にいる秀忠はもう戦いには間に合わない。大雨で道が壊れて思うように行軍できない。

不運というのはこういうことである。

三万八千の大軍が戦わずに山の中で腐ってしまう。焦ってもどうにもならないことだった。

上田城の真田昌幸に行軍を止められたのが痛手だ。

同十四日に小早川秀秋が突如関ヶ原の南西、松尾山城に一万五千の大軍を率いて姿を現し、伊藤盛正を追い出して入城する。

この時すでに秀秋は家康の東軍に味方すると決めていた。

秀秋は気持ちを吹っ切って戦場に現れ、戦場を見下ろせる松尾山に布陣した。

戦いの様子を見ていたとか、家康が味方をするよう催促して、小早川軍に発砲したなどということはない。

秀秋の腹はすでに決まっていた。

それは自分が豊臣家から放り出される原因になった秀頼には味方しない、ということだ。

複雑な気持ちで秀秋は自分をいじめた秀吉と決別すると決めた。

それは陰々滅々と秀吉を恨み、酒色におぼれている自分との別れでもある。ここで自立するしかないと決意した。

その夜、夜陰に紛れて大谷吉継軍千五百が関ヶ原に入ってくると、秀秋が布陣した松尾山の麓に近い中山道沿いに陣を敷いた。

吉継は秀秋の腹を読んで小早川軍の出口を塞ぐような布陣でもある。

それに続いて石田三成、島津義弘、小西行長、宇喜多秀家らが、大垣城の外曲輪を焼き払ってから関ヶ原に現れた。

夜陰に紛れての着陣だった。すべて予定の行動である。

関ヶ原の北の笹尾山には石田三成軍六千、その南の天満山の池寺《いけでら》池付近に島津義弘軍千七百、小西行長軍六千が布陣。

その南の藤川沿いに宇喜多秀家軍一万七千が布陣する。その南に大谷吉継軍、藤川沿いに赤座六百、小川二千、朽木六百、脇坂軍千が並び、その後方の松尾山に小早川秀秋軍がいる。秀秋が西軍に味方すれば完璧の布陣だが。

赤坂宿にいる家康は秀忠軍三万八千の到着が間に合わないとわかった。

「やはり間に合わないか？」

「はい、そのようでございます」

「どうするか？」

肝心なところにきて徳川軍の半数が戦いに間に合わなくなった。すると例の弱気の虫が家康に憑りついた。

「三成が待つ関ヶ原に出て戦うのみにございます」

「信長老、秀忠が間に合わないのだぞ……」

「戦機は満ちております。この戦いは内府さまの勝ちにございます」

信長老は家康の弱気の虫を振り払おうとする。確かに秀忠の三万八千が抜けるのは痛い。

だが、赤坂宿に集結した東軍は七万五千人を超えている。

信長老の勘定では三成の西軍も同じような兵力だ。どう計算しても八万五千を超えるとは思えない。伏兵がいるとも考えられなかった。

兵力は拮抗している。ここまでの勢いは東軍にある。

占筮でも家康の吉勢は変わらない。戦いは上々吉なのだ。

「佐渡は何をしているのだ……」

「榊原さまもお傍におられますが、あの六文銭に邪魔されてはいかんともしがたく……」

「クソッ……」

「決して秀忠さまをお叱りになりませんように願いあげます」

「信長老……」

「なりません。秀忠さまが死にます」

「腹を切るか？」

「はい、秀忠さまは乱世の後に必要なお方でございますれば、ここはどんなに腹が立ちましょうともお叱りのないように願いあげます」

「乱世の後か……」

「はい、この戦いは必ず勝ちますれば……」

「そういう卦か？」

「間違いございません。ここは苦い薬湯を飲んで踏ん張っていただきたく存じます」

「うむ……」

家康の弱気の虫が少しひっこんだが油断はできない。大将の弱気は味方に伝搬しやすいからだ。ここから信長老は家康を励まし続けることになる。

運命の日は九月十五日であった。

濃い霧と霧雨によって視界はよくなかった。

早朝、家康の東軍は陣容を整えると赤坂宿を発って、威風堂々と決戦場の関ヶ原に進んできた。

家康の傍には黒衣の軍師がピタッとつき従っている。

この関ヶ原の地形は北の丸山と笹尾山、西の天満山、南の松尾山、東の南宮山と桃配山《ももくばり》に囲まれた盆地だった。

陣形は三成に圧倒的有利だ。四方から包囲されている。

東西に中山道が通り、北には北国街道、南には伊勢街道という東西南北の交通の要衝でもある。

天下一の不破関はさすがに良い場所にあった。古《いにしえ》の人々は天子をお守りするために考えたのだろう。

その中山道を東軍は東から関ヶ原に入ってきた。

西軍は北の笹尾山から南の松尾山まで、大軍が並んだ鶴翼の陣形で東軍を一網打尽にする布陣にしてある。

だが、この時すでに南の松尾山は東軍に寝返っていて、西軍の陣形は右翼の半分を失った状況にあった。

この時点で兵力差は逆転し東軍は八万を超えた。

南宮山に布陣した毛利秀元軍一万六千は、山麓の吉川広家軍に邪魔されて山から下りられない。

広家軍は中山道に布陣した池田輝政軍と対峙。その後ろに毛利軍がいた。

傍の伊勢街道には安国寺恵瓊が布陣、その後ろには長宗我部盛親軍が布陣して街道を塞いでいる。

家康はその陣形を見ながら関ヶ原の中央部まで深く入った。

「この辺りでよかろう？」

「御意！」

家康の傍には信長老がぴったりとついている。

このところ毎晩、信長老は占筮を見ているが、一度も悪い卦が出たことがない。

前夜も上々吉で申し分がない。

家康がちょっとでも弱気になると信長老が見逃さずに励ましている。

松尾山から笹尾山まで広がる西軍の鶴翼の布陣に対応して、東軍が扇のように広がって大きく三段に陣を敷いた。信長の魚鱗の陣形に似ている。

東軍は中山道と北国街道が交差する一帯を押さえた布陣だ。

その扇の要の桃配山の麓に家康が着陣する。その後方には南宮山をにらんで山内一豊が布陣した。

家康と信長老が松尾山を見上げた。

「間もなく金吾が動くか……」

「御意！」

「決着は早いな？」

「はい、この勝負はそう長くなることはございません」

「うむ……」

家康は笹尾山から南宮山までぐるっと見渡した。仏頂面で少し怒っているようだが頼りなさそうでもある。なんといっても秀忠の三万八千がいない。

「高いところをみな取られたな？」

「御意、松尾山の小早川さまだけにございます」

秀秋と交渉した黒田長政から秀秋の寝返りは家康に知らされている。

「そうだな。金吾だけだ。ところでまだ来ないか？」

「はい、秀忠さまはやはり遅参のようでございます。なにとぞ、くれぐれもお叱りのないように願いあげます」

「わかっている。佐渡がついていながら……」

家康はどうしても秀忠の遅参が悔しいのだ。それを考えると少々弱気にもなってしまう。

だが、戦場に出た大将の弱気は禁物だ。

「秀忠さまが遅参されてもこの戦いにはなんら影響はございません」

「そうか……」

「はい、小早川さまがあの山から駆け下りてまいります」

「うむ、広家も動かないか？」

「御意、佐渡守さまの功にございます」

「わかっておる。それにしてもあのくそ爺がついていながら……」

「帳消しになりましょうか？」

「あたりまえだ……」

家康はますます仏頂面で怒っている。

そうはいいながらも秀忠率いる徳川軍三万八千が、この肝心な戦いに間に合わないのは実に無念だ。

だが、信長老は自信満々で関係ないという。

その頃、前線では布陣の段階で、福島正則と井伊直政が先陣争いをしていた。つまり場所取りだ。

子どものようにおれが前だと譲らない。

東軍の構えは左翼が福島正則軍六千、右翼が黒田長政軍五千でその間には加藤嘉明軍三千、細川忠興軍五千、田中吉政軍三千など秀吉の家臣たちである。

結局、家康が命じた東軍の布陣は豊臣恩顧の大名が、すべての武功をかっさらう布陣になっていた。

外様の大名が一段目にずらりと並び、それを支えるのが徳川軍ということだ。

井伊直政軍三千六百は二段目に置かれ、本多平八郎軍五百は後方の三段目に置かれている。

浅野幸長軍六千五百は後詰め、池田輝政軍四千五百は南宮山の押さえの布陣。

猛将井伊直政は前に出て戦いたいのだ。戦場の美男子直政は後方でうじうじしているのは嫌だ。できれば福島軍と黒田軍の間に入り、その両軍より前で宇喜多軍や小西軍と戦いたい。

家康から偵察を命じられたなどと嘘をいって、少しでも前に出て戦いたいのだが福島軍がそれを許さない。

「クソッ、前に出られないか？」

「無理にございます。これ以上前に出ますと福島軍と喧嘩になります」

「同士討ちか？」

「はい！」

戦場は武家同士が意地を張り合う場所でもある。

痺れる戦機が弾けると、手綱を引いて馬を押さえていた武将たちが飛び出した。

「突っ込めッ！」

一騎が飛び出し、それにつられて五騎、十騎、三十騎と飛び出して、朝の霧と霧雨が消えて空が晴れてきた。

巳の刻から「ウオーッ！」と雄叫びを上げながら戦いが始まった。

ずらりと並んだ敵の弓、鉄砲が放たれ火を噴いた。その中に緊張の糸が切れた福島軍が突撃する。

その様子を家康は桃配山の本陣から見ていた。

「正則だな？」

「御意、始まりましてございます」

福島軍の後ろを藤堂高虎軍二千五百が突進していた。それを迎え討つのが宇喜多秀家軍だ。その左傍に小西行長軍がいる。

黒田軍や細川軍など一段目が次々と突撃して、いたるところで壮絶な両軍の激突が始まった。

たちまち大混乱になって戦いの趨勢がわからない。

守る西軍もなかなか強情で一歩も引かない。東軍が逆襲されて後ろに下がることさえあった。

東軍の二段目がじりじりと前に進む。そこに味方が敵に押されて下がってくる。

「押せッ、押せッ！」

「下がるなッ！」

「馬鹿野郎ッ、前に出ろッ！」

東軍が西軍に押される。

「信長老……」

「大丈夫でございます。崩れるようなことはございません」

冷静な信長老が弱気になりそうな家康を励ます。占筮は圧倒的に家康有利だ。

五爻の君位に変わりはない。

ここは強気で押し続けるしかない。

戦場は異常な熱気に包まれどこを見ても両軍が激突している。

「松尾山が動きますッ！」

小早川軍を見張っていた家康の近習が叫んだ。

途端に家康を守る本陣の旗本が戦う陣形を敷いた。松尾山の小早川軍が血迷って家康の本陣に突っ込んでくるかもしれない。

油断はできない。

戦いが始まって半刻も経っていない、巳の刻も半ばごろに松尾山の小早川軍一万五千が、転がるように山を下りると大谷軍に襲い掛かった。

「裏切りだッ！」

「金吾の寝返りだッ！」

「おのれッ、秀秋めがッ！」

大谷吉継は千五百の兵で一万五千と戦うしかない。

「金吾め、もたもたしおって……」

家康がようやく機嫌よくなった。仏頂面が少しゆるんだ。

大谷軍は寡兵ながら、小早川軍の猛攻に押しつぶされそうになりながら耐えてよく戦った。

しかし千五百の寡兵ではそう長くは持ちこたえられない。

そんな時、大谷軍の前に布陣していた脇坂安治、朽木元綱、小川祐忠《すけただ》、赤座直保らが小早川軍に引きずられた。

前に福島軍、後ろに小早川軍で大騒ぎだ。

秀秋の裏切りだといって脇坂たちが次々と東軍に寝返った。戦場では何が起きるかわからない。

説得されて向きを変え、味方に向かって行くことさえあるのが戦場だ。

さっきまで味方だった大谷軍に、脇坂、朽木、小川、赤座軍が一斉に襲い掛かって行った。

こうなっては勇将大谷吉継も千五百の寡兵ではどうにもならない。

たちまち大軍に押しつぶされるように蹂躙され、戦いの砂塵の中に呑み込まれ消えて行った。

大谷吉継は藪の陰に入って、「敵に首を渡すな！」と遺言して自害する。

「金吾のやつ、ようやるのう……」

「はい、なかなかの分別にございます」

家康と信長老は半刻もしないでもう勝ったという顔だ。この戦いは布陣した段階で勝負はついていた。

この関ヶ原に来る前に本多正信や黒田長政があらゆる謀略を駆使している。

何んといっても領土の安堵と大盤振る舞いの加増がものをいう。どの大名も大きな領地が欲しい。

これは鎌倉の頃からの武家の欲望である。

土地への執着はいつの時代も変わらない人間の業のようなものだ。戦争の多くはこの土地の奪い合いから起きる。

土地には必ず人と物がついているからだ。

福島正則のように嫌なものは嫌だと、頑固な武将もいるが、所詮、大名家は領地と石高なのである。

少々意地もあるが百万石といわれたらそんな意地も吹き飛んでしまう。

いきなり小早川軍が東軍になったことで一気に形勢が傾いた。そんな中でじっと戦場の様子を見て動かない軍がいる。

丸に十の字の旗を立てた島津軍だ。

周囲の激戦を気にする風もなく、島津義弘と甥の豊久の陣は静かだった。

緒戦で福島軍と激突、すでに戦いが終わっている。千七百の島津軍は三百まで数を減らして生き残りが集結していた。

島津豊久は激戦の中で義弘を見失うが、なんとか戦場を探し回って合流する。

この島津軍の戦意喪失は、数の少ない島津軍を三成たちが軽視したからだと言われている。

誇り高い薩摩隼人の扱いを三成は間違った。

その島津義弘は黒田長政とは親交があった。これ以上数を減らすと義弘が薩摩に戻れなくなる。

豊久は何んとしても義弘一人になっても薩摩に帰ってもらいたい。

鬼島津といわれる義弘は小早川秀秋の動きを見て、最早戦うまでもないと覚悟を決めて腹を切ろうとする。

それを止めたのが豊久だった。

小早川軍一万五千の勢いは戦場を席巻する凄まじさだ。

その小早川軍によって西軍の不利へ一気に傾き、石田三成や宇喜多秀家、小西行長らはたちまち苦戦することになった。

戦いの趨勢が少し見えた。

この時、秀秋の振る舞いに納得できない小早川の家臣松野重元は、怒って無断で戦いから撤退している。

徐々に戦いの形勢が大きく東軍に傾き逆転の可能性はほぼない。

そこで島津義弘は自害を決意した。

この戦場から逃げ出すより潔く腹を切って果てようとする。

それを感じて義弘の傍から豊久が離れない。

戦いの決着がどうあれ、伯父の義弘には薩摩へ帰ってもらう。薩摩にとってなくてはならない人だ。

「これまでだな、又七郎……」

義弘は薩摩軍の周りが敵だらけだと気づいていた。三百にまで激減した島津軍は戦場に孤立してしまった。

「伯父上！」

「治部少輔は金吾中納言を見損なって負けおったわ……」

「はい、伯父上、ここは薩摩へ、なにがなんでもご帰還を願いまする！」

「又七郎、わしはここで腹を切る。そなたが薩摩へ帰れ……」

「伯父上、それは逆にございます。この危急の時に薩摩が必要としているのは伯父上でございます。それがしではございません。この一命に懸けて、伯父上には薩摩へ帰還していただきます！」

「又七郎……」

「ここで戦場の中央突破を願います。それがしが殿《しんがり》を仕りまする。父上にはよしなにお伝え願いまする！」

この時、島津豊久は三十一歳だった。

義弘の弟家久の息子が豊久で、何がなんでも義弘には薩摩に戻ってもらう。それには全滅覚悟の捨て奸《がまり》しかないと考えていた。

全滅しても義弘を逃がす。

「伯父上、まいりましょうッ。この状況ではもう猶予はございません。大急ぎで戦場の外に出まする！」

これ以上数が減るとその捨て奸もできなくなる。

「よし！」

義弘は床几から立ち上がると、手にした采配をその場に投げ捨て馬の鞭を握った。

「伊勢街道に向かいます！」

「うむ、南無八幡、いざ薩摩へッ！」

島津家の家祖島津忠久は、源頼朝が比企家の娘丹後局を寵愛し、丹後局が摂津の住吉大社の境内で産気づいて産んだのが忠久だという。

忠久はわずか六歳にして頼朝の命令で薩摩、大隅、日向三ヶ国の地頭に任じられ島津を名乗った。

名門源氏の御大将の血筋にまぎれもない。

義弘はその忠久から十五代の末である。甥の豊久の説得で関ヶ原から薩摩へ逃げる決心をした。

生き曝し

清和源氏頼朝流の名門島津の名にかけて逃げ切って見せる。

豊久と義弘が騎乗すると生き残りの島津軍三百は槍以外すべてを捨てた。兵はみな傷ついてぼろぼろだが這ってでも薩摩に帰る。

桜島を見たい。

だが、捨て奸の後に何人生き残れるかわからない。

「内府の大狸が見ているだろう？」

「御意！」

「狸の本陣に突撃だ！」

「畏まって候ッ、全軍前へ、敵本陣に突っ込むッ、一人でも生きて薩摩に戻ろうッ！」

「オーッ！」

豊久の鞭が入って薩摩軍が家康の本陣めがけて突撃を開始した。その様子を家康と信長老が見ていた。

「あの混戦から抜け出してきたのは島津か？」

「はい、そのようでございます」

「ここへ向かって来るのか？」

「そのようにも見えますが……」

何んともとぼけた老人二人で、もう戦いは終わったという顔だ。

「ぼちぼち腰を上げるか？」

「御意……」

「島津め、狂いおったか？」

「逃げまするか？」

「そうだな。薩摩の餌食にはなりたくないわ」

この化け物二人の話は禅問答だ。

そんなことをブツブツいいながら、もう戦いは終わりだと思う家康と佶長老は逃げる気はない。

突進してくる島津軍を大きな目で睨んでいる。

家康の旗本が本陣の前に出て薩摩軍を迎え討とうとする。

薩摩軍にしてはずいぶん数が少ないと家康は思った。

島津軍の先頭を駆けているのが義弘で、いつの間にか豊久は殿に下がって追撃してくる井伊直政軍と戦おうとしていた。

「数が少ない……」

「はい、生き残りが戦場から離れようとしているのでしょう」

「そうか……」

島津軍は死兵と化して目の前の福島軍に突進する。

それを見てさすがの正則も島津軍に手を出すことを禁じ、道を開けて島津軍を通し追撃も禁じた。

逃げ場のない死兵に手を出すと、味方が何人殺されるかわからない。

そういう愚を歴戦の正則は知っている。

島津義弘は家臣の川上忠兄《ただえ》を家康の本陣に向かわせ、島津軍が戦場から撤退する旨の挨拶をさせた。

武将としての礼儀だ。

家康の本陣では旗本や兵たちが前に出て、槍衾《やりぶすま》で島津軍の突撃を防ぐ構えを敷いている。

その目前まで迫ると義弘は馬首を右に振った。

家康本陣に怒濤の突撃と思われた島津軍が、槍衾を掠めるようにわずかに向きを変えて伊勢街道に向かう。

「信長老、義弘めは伊勢街道に逃げおった……」

「井伊さまが追っておりますれば、ほどなく殲滅いたしましょう」

「うむ、義弘め、薩摩まで逃げ切れると思うてか？」

家康はあきれ顔だ。信長老もとても薩摩までは逃げ切れまいと思う。摂津辺りから船で逃げるつもりだろうが、そこまでさえ辿り着けないだろうと考えた。

薩摩軍を甘く見た。

義弘を追う井伊直政軍の後ろから本多平八郎軍も追撃している。

その後ろからは松平忠吉が追い駆けていた。戦場から島津軍を逃がしてたまるかという追撃だ。

家康の本陣前を駆け抜けた島津軍が伊勢街道に突っ込んで行った。

中山道から半里ほど伊勢街道に入った烏頭坂《うとうざか》で、殿にいた豊久が馬を止めて追ってくる井伊軍を待った。

その傍には上原貞右衛門、富山庄太夫、中村源助ら十三騎がいる。豊久は輪乗りをしながらここで命を捨てようと覚悟した。

「捨て奸だ！」

「はッ、畏まって候ッ！」

十三騎が道幅いっぱいに二段に並んだ。ここで間違いなく全滅する捨て奸という戦法である。

井伊軍を食い止めて義弘を逃がす、わずかな刻を稼ぐ覚悟だ。

もう薩摩に帰ることはない。だが、その眼には桜島が見えている。

島津軍を追ってきた井伊直政は、道を曲がったところに突如現れた豊久たちに驚いて手綱を引いて馬を止めた。

そこを狙われた。

パーンッ！

中村源助の撃った弾丸が直政に命中、馬上にうずくまったが、驚いた馬に振られて直政が落馬した。

「かかれッ！」

豊久は槍を振り上げ、わずか十三騎を率いて井伊軍に突進して行った。

たちまち伊勢街道は血に染まり混戦になった。狭い道で捨て奸の十三騎は獅子奮迅の働きをする。

半里でも一里でも先に義弘に逃げてもらう。

次々と敵を槍で倒したが味方も一騎、二騎、三騎と倒され、武者面の豊久も槍で腹を刺された。

「又七郎さまッ、ここは一旦退却をッ！」

見かねた富山庄太夫が豊久の手綱を握って伊勢街道を南に逃げた。

その庄太夫は後ろから鉄砲に撃ち抜かれ落馬し息絶えた。十三騎は全滅し重傷の豊久は腹を縛って義弘を追う。

一段目の捨て奸は成功だ。二段目の捨て奸が五十人ばかりで道に槍衾を並べている。

「又七郎さまッ!」

道端に槍を立てていた長寿院盛淳が走って近づいて来た。

「と、殿はッ!」

「ご無事にございますッ。一里ほど先かと思われます!」

「うむ、ここを頼むぞ……」

「又七郎さま……」

「大丈夫だ。掠り傷だ。殿を追う!」

誰が見ても掠り傷とは思えない。相当な深手だ。

武者面の顔は蒼白で血の気がなく鎧は血に染まっていた。後ろから井伊軍が追ってくる。

その後ろには鬼より怖い本多平八郎がいた。

豊久は伊勢街道を南に向かうと三段目の捨て奸が道を塞いでいる。

そう声をかけて通過し二里ほど義弘を追ったが追いつけずに、美濃上石津《かみいしづ》瑠璃光寺門前で豊久は力尽きた。

馬から下りると太刀を杖に境内に入ろうとして倒れ込んだ。

そこに寺の住職が驚いて駆けてくる。

「薩摩の島津又七郎豊久と申す。み、水を……」

そういうと豊久は息絶えた。愛馬がそんな豊久を見ている。

「お前は主人をここに残して薩摩に帰りなさい……」

住職は馬を伊勢街道に放した。

その鞍の上には豊久の血だまりができていた。豊久の魂を乗せて馬は義弘を慕って伊勢街道を南に向かう。

二段、三段、四段の捨て奸は義弘を逃がすため道端で次々と全滅した。

その途中、義弘は長束正家に家臣の伊勢貞成を向かわせて、戦場からの撤退の挨拶をさせている。

薩摩軍の捨て奸の戦法は凄まじかった。まさに死兵の怖さである。

敵に嚙みついてでも倒す捨て奸だ。

この島津軍を執拗に追った井伊直政は重傷、本多平八郎は掠り傷、松平忠吉も負傷して散々だった。

あげくに島津義弘にはまんまと逃げられたのだから目も当てられない。

その義弘主従が姿を現したのが大和の三輪《みわ》山平等寺だった。戦いに疲れ逃げるのに疲れボロボロだ。

寺に逃げ込んだ島津軍は十一月二十八日まで、七十日間も寺に匿われ逗留した。義弘主従を助けたのは平等寺の僧たちだった。

僧たちの支援によって義弘は摂津の住吉に逃げていた妻を救出、立花宗茂とも合流して難波湊から薩摩へと帰還することに成功する。

関ヶ原で残った島津軍は、千七百人の中の三百人、その中で生き残って薩摩に帰還できたのはわずか八十人だった。

帰らなかった二百二十人は捨て奸になって義弘の退《の》き口を作った。

馬を捨て道端に立って敵を迎え討った五人の勇者を、薩摩では小返《こがえ》しの五本鑓《ごほんやり》と称し薩摩隼人の誇りにしたという。

薩摩に帰還した義弘は、すぐさま国境に兵を派遣して防備を固め、家康と和平交渉に入ることになる。

島津家がその仲介を依頼したのが井伊直政であった。

なかなかの手腕である。

関ヶ原では戦いに決着がついて西軍の逃亡が始まっていた。

巳の刻に戦いが始まり一刻あまりの午の刻には決着がつき、戦闘終了は未の刻というから二刻後の戦場は静かなものだった。

両軍で十五万以上の大軍が激突して、こんなに早く決着がついたのは奇跡的である。戦いが終わるのに四、五日はかかってもおかしくない。小牧、長久手のように何十日もかかることさえあった。

不思議な戦いだ。

こんな戦いになることを予想していたのは佶長老ただ一人である。

戦いが見えていた。それゆえに弱気になる家康を強気一本で励まし続けた。まさに最強の軍師だ。

西軍が激闘のすえに崩壊すると、副将宇喜多秀家こと備前宰相岡山五十七万石は、数人の供廻りだけを連れて伊吹山に逃げ込んだ。

大軍は崩れると止められない。

秀家は山中で落ち武者狩りの美濃揖斐白樫村の、二百五十石の土豪矢野五右衛門と出会う。

五右衛門は立派な鎧兜の武将に槍を向けて近づいた。

秀家は名乗ることも助命を願うこともしなかった。

供廻りが五右衛門と話をして備前宰相とわかると、五右衛門は敗軍の将とはいえ堂々と潔い秀家の振る舞いに感心する。

自宅に案内して秀家を四十日間も匿った。

その間に五右衛門は秀家の妻豪姫が、実家の前田家に引き取られていることをつきとめる。

そこで秀家を病人に変装させて、あちこちの関所をうまく通り、大阪の前田屋敷まで案内して秀家と豪姫を再会させたという。

宇喜多秀家は前田家のお陰で死を免れて八丈島へ流罪となる。

家康の死後に刑を解かれ、秀家を前田家が十万石の大名として迎えようとするが、それを辞退して秀家は生涯を八丈島で過ごした。

小西行長も伊吹山に逃げたが関ヶ原の大百姓林蔵主に匿われた。

陣を敷きながら戦わなかった長宗我部盛親は、池田、浅野軍に追われ伊賀に逃げ、和泉から大阪の天満に逃げて土佐へ帰還する。

だが、後に家康から改易を命じられ領国を失う。長束正家は騙されて捕縛され切腹して果てた。

戦いで功臣島左近を失った石田三成も伊吹山に逃れる。相川山を越えて春日村に出て、新穂《しんぼ》峠を迂回して姉川に出ると、曲谷《まがたに》から七廻《ななまわ》り峠を越えて草野谷に出た。

小谷《おだに》山の谷口から高時川を遡り古橋《ふるはし》村に出る。

この辺りは三成が生まれ育ち、その領地でもありよく知っている場所だ。三成はこのあたりの杣人《そまびと》に身をやつし、水にあたって下痢に見舞われながら逃げていた。

その三成に逃げられた東軍は、何んとしても探し出さなければならない。事実上、西軍の大将は三成なのだ。その三成に逃げられてしまっては祝盃も苦いものになる。

そんな中で村人が三成を匿った罪を恐れ東軍に密告したともいう。

また、古橋村へ養子にきた男が密告したので、以後、古橋村では他村から養子を取らなくなったとも伝わる。

石田三成は領地の人々には慕われていた。

この関ヶ原の戦いは後に天下分け目の戦いなどといわれるが、そのような派手な戦いではなかった。

例の完全無欠の大権現さまなのかもしれない。

むしろ、戦いそのものは極めて単純でわずか一刻ほどで決着がついた。秀忠が戦いに遅参したことで家康はビクビクしていたのである。

その家康を支えたのが傍にいた大軍師三要元佶であった。

家康がその佶長老に感謝したと伝わっている。いつもカリカリやっている仲だから照れ臭かったであろう。

東西両軍で十五万を超える大軍勢が激突して、一刻ほどで決着がつくというのは本朝では実に珍しいことである。

誰が考えても通常であれば、このような戦いは二、三日はおろか場合によっては、半月以上も決着がつかず長引きそうだが、そうならなかったのがこの戦いの大きな特徴といえる。

それは寝返りや裏切りの多発と戦線離脱であった。

この戦いに参戦した主な西軍の武将二十五人の中で、寝返ったといわれる武将が六人、布陣したが戦わなかった武将六人、東軍と激突したのは二十五将のうちわずかに十三将でしかなかった。

天下分け目の東西両軍の決戦というにはあまりにもお粗末である。むしろ北は奥州から西は九州まで諸大名が戦ったという意味では、応仁の乱に似ているが十年も続いた応仁の乱と、わずか一刻あまりで決着した関ヶ原の戦いは似て非なるものだ。

つまり西軍は寄せ集めのバラバラ軍団だったということにつきる。

東軍は家康を中心にまとまっていて全軍が躍動した。

裏切りや寝返り、戦線離脱をした武将は東軍には一人もいない。これが西軍と東軍の決定的な違いである。

石田三成がその頭脳で創造した西軍という軍団は、布陣もほぼ完璧で負けるはずのない大軍団だった。

だが、その中身は呉越同舟のような危ういものだ。

これを人望のない天才石田三成の限界と見ることもできるし、総大将の毛利輝元が大阪城に隠れて、戦場に出てこない西軍の限界ともいえる。

西国の毛利軍は領地を拡大するために西で戦っていた。輝元は何を考えていたのかあまりに姑息すぎた。

関ヶ原で両軍が激突してあっという間のできごとであった。

この戦いの主導権を握ったのは、戦いが始まってすぐ旗幟を鮮明にした、秀吉の養子だった小早川秀秋ということになる。

皮肉というにはあまりに残酷であろう。

形勢が東軍に傾くと家康の本隊は、桃配山から一気に押し出して中山道を近江に向かった。

その日のうちに徳川軍は石田三成の佐和山城を包囲してしまう。

その頃、三成はわずか数人の近習を連れて、伊吹山を越え佐和山城を目指して逃げていた。戦いの終わった戦場から信長老が姿を消した。向かったのは中山道にいる秀忠のところである。

この戦いが長引いたのは関ヶ原よりむしろ地方の戦いの方だった。

奥州方面では上杉、最上、伊達、秋田、小野寺などの諸大名が、東西に分かれ入り乱れて戦っている。

北陸方面では前田、山口、青木などが戦っていた。

畿内では近江大津城や丹後田辺城の戦いが勃発。四国方面では伊予、阿波、讃岐、土佐方面では大混乱である。

全国が大激震に見舞われた。

九州方面は黒田官兵衛と加藤清正を中心に、毛利家なども入ってあちこちで戦いが起きていた。

関東も三成と親しい佐竹が上杉と連携して動いている。

伊賀も伊勢も紀州も戦いに呑み込まれていた。まさに応仁の乱のように全国が大混乱に突き落とされた。

その応仁の乱と違うのは東西の勢力争いだけで、大名家の家督相続とか分裂などという、厄介な話にはなっていないということだ。

応仁の乱はこういう騒動に、各大名家の家督争いが絡んで多くの家が割れた。

近江の湖東にある佐和山城は、三成の兄石田正澄が留守居をしていたが、関ヶ原の戦い後に二万もの大軍に包囲された。

とても守り切れるものではなく、十八日に田中吉政軍の猛攻撃で落城する。

九月十九日に小西行長が捕縛された。

翌二十日には大問題の大軍が大津城に着陣した。遅参してしまい戦いに間に合わなかった秀忠の三万八千である。家康が徳川軍の主力と考えていた精鋭たちだ。

すでに秀忠は信長老からすべてを聞いていた。

叱らないようにと佶長老に釘を刺されたが家康はカンカンに怒っていた。戦いに主力軍がいないなどという頓馬な話は聞いたことがない。

怒った家康も悲しくなるほどだらしのない話だ。真田昌幸にも腹が立った。

家康は秀忠と会うともいわない。

「殿、若君とのご対面を願いあげまする……」

意気消沈で崩れ落ちそうな秀忠を、なんとか大津城まで支えてきた榊原康政が家康に懇願する。

家康は例の大きな目でジロッと康政をにらんだ。

怒っている家康から返事がない。

我が子の失態だけに、苦労して戦った武将たちや兵たちの手前、易々と許すことができない。

戦いに勝ったとはいえけじめというものがある。

子どもに甘いともいわれたくない。

その夜、佶長老は家康に薬湯を差し上げながら、「伏見辺りでごゆっくりと……」といって家康を覗き見る。

「伏見か……」

「はい、亡き鳥居さまが見ておられましょうから……」

「うむ……」

「相当に後悔しておられるようでございます」

「子を叱るのは難しいな……」

苦い薬湯を一口グッと飲んで、そうつぶやき後ろの千賀に残りを渡した。

この服部千賀は戦場でも家康の傍から離れない。幼い時から家康とは死なばもろともなのだ。

「なにとぞ、お叱りのないように、伏見に支度をいたしますれば？」

「うむ、千賀、何か聞いたか？」

「はい、戦勝をお聞きになり、若君はお腹をお召しになろうとしたとか……」

「そうか、腹を切ろうとしたか、あれもなんとか一人前になったようだな佶長老？」

「御意、それゆえにお叱りになりませんように願いまする」

「相分かった」

その夜のうちに家康と秀忠の対面は伏見城と決まり、佶長老から榊原康政に伝えられた。

もう一人、家康に会えず面目ない男がいた。極悪人の本多正信である。秀忠の傍にいながら役立たずがと家康に叱られそうだ。この戦いの謀略をすべて担った功労が吹き飛んでしまった。

家康の怒りが静まるまでしばらくは隠れていた方がよさそうだ。信長老はそう思って正信と話した。

情けないが起きてしまったことはしかたがない。

九月二十二日には捕らえられた三成が大津城に送られてくると、そのまま城門の前に生き曝《さら》しにされた。

その前を戦勝の武将たちが次々と通る。

それらの武将の心境は三成に対してかなり複雑だ。豊臣家の五奉行だった三成に、大名たちは大なり小なりかかわりがある。

見て見ぬふりをして通り過ぎる大名が多い。もう三成とはかかわりたくない。

大谷吉継が三成に諫言した通り、家康には人望があり三成にはそれがなかったのである。家康の人望も大したことはないのだが、こういう場合は謀略も人望なのかもしれない。

多くの大名が無言で三成の前を通り過ぎた。

そんな中で三成と幼い頃から一緒に育ち、三成をよく知っている福島正則は罵詈雑言を浴びせたという。

三成はそれに言い返さなかった。

黒田長政と浅野幸長は三成に労わりの言葉をかけたという。この戦いで大きな役割を果たしたのは長政なのだ。三成はそれをわかっていたのかもしれない。

よせばいいのに小早川秀秋が通りかかり、生き曝しの三成を覗き込んだという。この時ばかりはさすがの三成も腹を立てたのか、秀秋にその裏切りを激しく詰め寄ったという。

だが所詮は、秀秋の複雑な心境を読み切れなかった三成の油断もある。

この秀秋と三成は複雑な関係なのだ。

二人とも北政所お寧さんを慕って育った。だが、秀吉の命令とはいえ三成は秀秋の養子問題や秀次事件などで恨みを買った。

三成は茶々と親しいと語られるがそれは誤りである。

むしろ、三成が親しいのは北政所であり京極竜子なのだ。三成の石田家は代々京極家に仕官していた近江の国人である。

北政所の傍にいる孝蔵主は三成の一族で、三成の三女辰姫は北政所の養女になった。三成が秀秋を味方にできなかったことこそ、大谷吉継のいう三成には智はあるが人望がないということなのだ。天才にはありがちなことである。

翌九月二十三日に京に隠れていた安国寺恵瓊が捕縛された。

三成は生き曝しにされた後、家康と面会することが許される。その際、家康の方から三成に声をかけた。

「戦に敗れることは武将の常で恥じることではない」

その家康の言葉に対する三成の言葉は、「こうなったのは天運である。早く首を刎ねよ」だった。

「三成ほどの者は大将の器である。平宗盛とは大いに違う」

家康が引き合いに出した平宗盛は、総大将でありながら壇ノ浦で死にきれず、捕縛されて鎌倉の頼朝の前に引き出された。

その時、卑屈にも助命を願って人々に嘲笑された男だ。

戦いに敗れながら自害もせず、山の中を逃げ回った三成への家康の皮肉とも、戦いに勝った勝者家康の余裕ともとれる微妙な言葉だ。

信長老は、家康は三成の優れた才能をわかっていたと思う。だから自分の影法師だと家康は認めていたのだ。

六百三十二万石

九月二十五日に福島正則、黒田長政など五人の武将が大阪城に入った。

正則は毛利輝元を大阪城二の丸から退去させる。

家康は大失態の秀忠と対面すると、遅参して戦いに間に合わなかったことは咎めなかった。

それは信長老との約束だ。秀忠を叱るなといったのは信長老一人だ。

だが、家康は兵たちに山の中で無理な行軍をさせて、疲労困憊にさせたことはよくないと厳しく叱った。

何んとも含蓄のある微妙な叱り方で家康らしい。

子を叱って反発されたら元も子もない。だから子を叱っては駄目だと信長老がいっているように思う。子を一人前に育てるのは難しい。親は子の育て方のどこかに多少の後悔は残すものだ。

この頃、家康の心の中には秀忠を後継者にという考えがあった。その秀忠に大きな傷がつかないよう配慮した叱り方でもあった。

このことで家臣たちも秀忠に対する見方が変わる。

秀忠は温厚な性格で長男の信康のような激しい性格ではなかった。

信康に似ていたのは秀忠の弟の忠輝だったという。家康はその忠輝を極端なまでに嫌うようになる。

子にもそれぞれ個性があってなかなか難しい。

家康は伏見城から淀城に移り、九月二十七日に大阪城に入り秀頼と和睦したことにする。

家康は内府ちがいの条々を忘れていない。

そこで茶々と秀頼を西軍が大阪城に押し込めたため、何もできないようにしたのだから仕方がなかったということにする。

西軍と秀頼は関係がないと家康は切り離した。

その上で家康は茶々と和睦の盃を交わすが、その盃の順番が茶々、家康、秀頼という微妙な形になった。

家康は茶々の下だが秀頼の上ということである。

茶々が上座で家康は下座ということだ。茶々の気分を良くすることでこの戦いはすべて終わった。

ここは家康の辛抱である。

なぜなら戦いで一段目に布陣して活躍したのは豊臣恩顧の大名たちだ。

石田三成、小西行長、安国寺恵瓊が二十八日に堺、大阪などを引き回しにされてから、二十九日に京に送られて十月一日に六条河原で処刑された。

これで家康は自分の影法師との決着をつけた。

家康にとって次に重要なのは豊臣家の扱いと、誰にどこを治めさせるかという諸大名の加増と配置である。

それは十月十五日から論功行賞によって行われる。

家康は前もって佶長老と入念に話し合った。大名たちから不満が出ないようにすることが最も大切だ。

それには戦いの功績を評価して間違わないことだ。

誰がどこでどんな武功を上げたかを、詳細に書いた紙を佶長老とにらみながら話し合った。

家康は迷いなく断固たる論功行賞を行うことにする。

豊臣家の蔵入地が廃止され二百二十二万石から秀頼の領地は摂津、河内、和泉の六十五万石のみとなった。残りはそれぞれ大名領に編入され分けられる。茶々の立場は上席だが豊臣家の大減封だ。

一方の家康は二百五十五万石から四百万石に加増された。他に京、堺、長崎などの重要なところと、佐渡金山、石見銀山、生野銀山などの金山銀山はすべて徳川家のものとなった。

このことで豊臣家は大きな財政基盤を失い大阪城と六十五万石のみとなった。だが、豊臣家の権威はいまだ健在で一大名という地位ではなく、太閤家として特別な地位を保ち続ける。

この権威だけは家康といえどもすぐには打ち壊せない。

そこで豊臣恩顧の大名たちを論功行賞によって、家康は豊臣家から切り離すことにした。

まず福島正則は二十万石から四十九万八千石と倍増。

加藤清正も二十五万石から五十一万五千石に倍増という大加増だ。このことによって豊臣家の血筋ではあるが、福島家と加藤家は徳川家の大名という位置になった。大きな加増だった。

浅野幸長二十二万五千石から三十七万六千石、池田輝政十五万石から五十二万石と三倍近い。藤堂高虎八万石から二十万石。

加藤嘉明十万石から二十万石。

活躍した黒田長政十八万千石から五十二万三千石と三倍である。

七将の一人細川忠興は十八万石から三十九万九千石になった。

加賀の前田利長は八十三万五千石から百十九万二千石と百万石を超えた。出羽の最上義光は二十四万石から五十七万石になった。

だが、家康から百万石を約束されていた伊達政宗は、一揆を扇動した罪で百万石のお墨付きは取り消され、五十八万五千石からわずかに六十万五千石にとどめられる結果になった。

独眼竜政宗は混乱に乗じ少しじたばたと騒ぎ過ぎたようだ。

島津義弘は交渉がうまくいって六十万九千石がそっくり安堵される。必死の捨て奸が生きた。

死んだ島津豊久の大きな功績である。

上杉景勝は百二十万石から三十万石、吉川広家は十四万二千石から三万石、佐竹義宣は五十四万五千石から二十万五千石、毛利輝元は百十二万石から二十九万八千石へ減封された。

肝心の小早川秀秋は三十五万七千石から五十一万石と十五万三千石の加増だった。これを多いと見るか少ないと見るか微妙なところだ。

厳しかったのは織田家で織田宗家の秀信は改易、その叔父の織田信雄も改易、信雄の嫡男織田秀雄も改易となった。

織田家の大きな領地はほぼなくなった。家康はなぜか織田家には厳しかった。

織田有楽斎長益が二千石から三万二千石に加増され、織田信包は西軍だったが家康は罪を問わず三万六千石を安堵した。

織田信雄は十五年後に五万石で大名に復帰する。

この復帰は織田宗家の滅亡後である。信長への配慮だったともいう。

「泰平の世を築くために織田宗家も豊臣宗家も滅んでいただきます。残るのは徳川家だけにございます」

それが信長老の考えであった。火種になりそうな者はすべて消しておくということであった。

だが、天才元信にしても歴史は読み切れなかった。

それはこの時、毛利家と島津家をつぶしておかなかったことである。結局、この二家が幕末という時代を作ることになる。

どんな戦いでも論功行賞は悲喜こもごもで、笑う者あれば泣く者もいた。過不足なくというのはなかなか難しい。中でも家康から百万石を約束されていた伊達政宗は大いに不満を残す。家康から百万石のお墨付きをもらっていたから、反故《ほご》にされたと怒り狂ったことだろう。

だが、騒ぎ過ぎて身から出た錆でそうなったのだから仕方ない。

百万石を超えたのは加賀前田家だけである。考えてみればまつさんにはこんな先が見えていたのかもしれない。

家康にしてみれば無理矢理に前田利長を追い詰めて、芳春院まで江戸へ人質に取ったのだから、このようにして報いるしかなかったのだろう。

それでも前田家は北陸の加賀に領地を持ったが、豊臣恩顧の大きな大名はほとんどが京、大阪より西の西国か九州に追いやられた。

家康もまた秀吉と似た大名配置をしたのである。権力者のやることはいつの時代も似たり寄ったりだ。

論功行賞が進むと全国に広がった戦いも徐々に収束へと向かう。

家康はこの戦いで豊臣家を追い詰めたが、これ以上、秀頼を追い詰めると折角豊臣家から離れた大名たちが動揺すると見た。

こういう見極めが難しい。

一気に豊臣家を滅ぼすことも、秀頼母子を難攻不落の大阪城から追い出すこともできなかった。

家康は秀頼を大阪城から出して、畿内の大和あたりの城に移そうと考えていた。二人はカリカリ薬研を回しながらそんな話をしてきた。だが、その計画は実現しなかった。

それもこのような大騒動の後では仕方のないことだ。

二百二十二万石から六十五万石にしたことで今は満足すべきだろう。

大阪城にいる秀頼は厄介な存在だが、家康が慌てないのは難攻不落の大阪城の落とし方を知っていたからだ。

その作戦はなぜか秀吉が家康に教えたのだ。

秀吉という人は異常な自信家で、大阪城の弱点を教えて家康に攻めてこいと挑発したのである。

そういう糞度胸が秀吉の魅力でもあった。

それを信長はよく知っていたし、家康もそんなおかしな男だと知っていた。秀吉というのは不思議な男なのだ。

「この世で人が造ったものに難攻不落などはない。必ず落とせるし壊せるものだ」

秀吉は家康にそういった。

巨大な大阪城を作った本人がいうのだから間違いない。その大阪城の二の丸に家康は落ち着いた。

その大阪城に実家の石清水八幡宮に引いていた家康の側室於亀が呼ばれた。於亀は腹が膨れていた。

信長老の薬湯の霊験は実にあらたかで、五十九歳の元気な家康が還暦前に授かった子である。

信長老のこの方面の戦いの功労は尋常でないものがあった。

兎に角、家康には薬湯の効き目が抜群なのだ。信長老こそ百万石をもらいたいところだ。

だが、感謝の言葉だけで何もなかった。

この奇妙な老人二人はまったく恩賞になど無頓着なのだ。何が楽しくて生きているのかわからない。

与える方の家康もその気はないし、信長老も褒美などもらおうとは思わない。二人はなんだかんだとボソボソ言いながら、実にいい感じで戦を楽しんでいるのだから気持ちが悪い。

こういう化け物のいない世の中がいいのである。

二人は薬湯と太公望の六韜三略のお陰だぐらいにしか思っていない。この戦いの前に家康は信長老から六韜の豹韜と虎韜こと虎の巻の伝授を受けた。

虎韜には平地での戦い方、戦略が記されている。

豹韜には森林や山岳での戦い方、戦略が書いてある。信長老はなんでも知っているのだから、家康にはなくてはならない軍師だった。

信長老は家康にとってまさに太公望呂尚である。

家康が後に尊敬する人物に頼朝や劉邦を挙げているが、その中に太公望呂尚が含まれるのはそういうことなのだ。

ただ六韜三略の著者だからではない。家康と信長老はその六韜三略を実践したからである。

家康にとって信長老は太原崇孚雪斎に勝るとも劣らない大軍師だった。

それにしてもこの二人は薄気味悪いところがある。

十一月二十八日に於亀は大阪城西の丸で、九男千々代丸こと義直を出産した。元気な子だった。

後に家康が定める御三家の筆頭尾張大納言義直である。

於亀が産んだ八男の仙千代は、平岩親吉の養子になったが、この二月に六歳で夭折していた。

その後に千々代丸が授かったのだから於亀は幸運だ。

この頃於亀の他にもう一人、家康が寵愛している娘がいた。その娘は江川太郎左衛門英長の養女で名はお万という。

兎に角、家康は異常に元気がいい。寝所に側室がいないことがない。

信長老の薬湯が効き過ぎて家康がぶっ倒れるかもしれない。

お万が初めて家康にお目通りしたのは十七歳の時で、すぐ側室になり、今は年増の二十四歳になる。

お万の出自は北条一族とも蔭山一族ともいわれた。

だが、三浦為春が実兄というからお万は、安房の正木一族の正木頼忠が父ということになる。

家康はそのお万を気に入っていた。

寝所で若いお万と格闘しても絶好調の家康は負けていない。

お万は美人で気持ちのしっかりしたいい娘だった。だが、家康は戦いの後始末の論功行賞がいつまでも終わらない。

五百石ほどの加増から数十万石までの加増で論功行賞は幅広い。

たとえ五百石、千石でも見落とすことはできない。

慶長六年（一六〇一）の年が明けても大阪城の家康は、関ヶ原の戦いの論功行賞に忙殺されている有り様だ。

こういう大きな戦いになると、誰が誰の首を取ったかまで吟味され、誰がその手柄を見届けたかまで調べられた。間違いやごまかしは許されない。論功行賞こそ武家の死活なのである。末代まで語り継がれる。

家康は正月早々から東海道の整備を命じた。

江戸と京、大阪を結ぶ東海道を、大軍勢が速やかに移動できるよう、信玄の棒道ではないが整備しておく必要があった。

論功行賞だけでなく、家康にはやるべきことが山積している。

その中でも急がなければならないのは、伏見城の再建や貨幣流通の整備などである。

街道ができればそこを人、物、銭を通さなければならない。戦いのない世になれば何よりもそれが大切だ。

二月になると家康の次男結城秀康が西笑承兌を介して直江兼続と連絡を取り、上杉景勝の上洛で家康に対する陳謝をするようにと促した。

それに応じ二人は何の問題もなく上洛して、家康と会って謝罪をし上杉家の存続が認められた。

ただ、景勝の正室で信玄の娘の菊姫と、兼続の正室のお船の二人は、そのまま家康の人質となって伏見に置かれることになった。

それぐらいは当然である。

この頃まだ、上杉家の正式な処分は決まっていなかった。

それは奥州全域の大名配置をどうするかということと連動している。厄介な政宗がいるからだ。

三月二十三日に家康は大阪城を出て伏見城に向かう。

すぐ伏見城の再建が始まった。秀吉が考えたように伏見城は、京と大阪の間にあって重要な城である。

すると三月二十八日には朝廷が秀忠を権大納言に上階させた。

家康の後継者として朝廷も見ている。その秀忠が四月になると徳川軍を率いて江戸に向かった。

江戸城とその城下を作らなければならない。

秀忠には直臣たちができ始めていた。江戸城もそうだが城下も家康の構想に沿って作らなければならなかった。

そんな大仕事が秀忠を待っている。

新しい城下を城ごとそっくり作るというのだから半端ではない。

すでに江戸には多くの人々が流入し始めていた。京や大阪より大きな城下になることは見えていた。

家康は七月になると伏見城下に銀座を新設し慶長丁銀を造り始める。

畿内や西国は生野銀山や石見銀山があるためか、銀の交易や銀を流通させて商売が広がっている。

この年から慶長小判が使われるが、その金の流通は関東方面で盛んになる。

それは武田信玄の黒川金山や身延金山、それに佐渡金山などが近くにあったためであろう。

家康は貨幣の流通も整備したかった。

そんな家康の根本にあるのは六韜三略なのである。

そこに適任の男がいた。

それは孫子の兵法の武田信玄が育てた天才大久保長安である。六韜三略と孫子の兵法は内容が違う。

家康は六韜三略である。その家康と信玄の家臣の長安は出会った。

まさに邂逅は人の運命を左右するということだ。

その大久保長安に家康は街道の整備から、金山銀山の奉行まですべてを任せることになる。

家康の六韜三略と信玄の孫子の兵法の合体のようなものだ。

そこに信長老がいる。まさに鬼に金棒だ。やがて信長老は初代寺社奉行になり、長安は初代勘定奉行になる。

この三人の邂逅こそ大袈裟にいえば日本の運命を決めた。

その大久保長安は徳川家の直轄百五十万石を任され、天下の総代官と呼ばれる化け物に成長する。

家康がこつこつと武田信玄の家臣を集めてきたことが役に立つ時がきた。

三河武士は武骨で戦いには力を発揮するが、米の勘定や銭の勘定にはあまり強い方ではない。

それを補って余りあるのが、信玄の育てた優秀な家臣たちだった。

八月十六日になって家康が上杉景勝を米沢城に転封することに決めた。百二十万石から三十万石の大幅な減封である。

戦いの切っ掛けを作ったのだから仕方がない。

これには家康の含みがあったようで、表高は三十万石だが実高は五十一万石あったともいわれる。

そのためであろうか、名門上杉の意地でもあったろう。

景勝と兼続は相談して百二十万石の家臣を、一人たりとも手放さず米沢城に連れて行った。

家が小さくなれば家臣の数を減らすものだがそうはしなかった。

その景勝と兼続の恩に報いるため、米沢城下の家臣たちは百姓をして、上杉家に奉公し垣根には食べられる草木を植えたという。

北天の軍神上杉謙信の威光いまだ衰えずということである。武士はご恩と奉公が基本である。

家康は十月になって江戸に向かった。

前年の関ヶ原の戦いで、家康が八十八人の大名を改易にし、没収した石高は六百三十二万石という莫大なものだった。

そのうち五百二十万石は豊臣恩顧の大名たちに加増された。

ここが家康の権力の微妙なところで、まだ天下人になったとはいいがたいところである。

そのためか家康は加増の朱印状をどの大名にも出していない。

つまり家康は戦いの論功行賞を行ったが、まだ知行あてがいの朱印状を出す権能を有していなかった。

そういう権限はまだ豊臣家のものと考えられている。

内大臣でありながらそこが家康の苦しいところであった。秀吉の威光が残っていて秀頼と茶々が家康より上なのだ。

ここを打開しない限り家康は天下人にはなりえない。

実権も握り実力もある家康で、政権は事実上家康のものであるのに、豊臣家のものでもあるというおかしな格好なのだ。

信長老などは早く豊臣家を潰してしまった方がよいという考えだ。

そこが難しい。家康は慎重だった。

伊達政宗は家康の側近の今井宗薫に宛てた書状で、秀頼に統治能力がなければ二、三ヶ国を与えて、豊臣家を存続させてほしいと言ったという。家康もそうしたいところだ。

政宗だけでなくこの頃の多くの大名がそう考えていただろうと思える。つまり、あの大規模な戦いがあっても多くの人々は、やがて秀頼が関白になるだろうと思っていた。

そんな秀頼をいつまでも大阪城においておくのは危険だと信長老は思う。

ここにきて大阪城にいる秀頼の扱いが家康の難問題になってきた。秀頼を大阪城から出す手立てはあるのか。

第十一章　三要元佶

お万の方

慶長七年（一六〇二）の年が明けた正月六日に、徳川家康は最高位の従一位に上階した。

その上の正一位は神階である。お稲荷さんの位になる。

家康は息子の秀忠に二十万石を与えた。

それは秀忠に直臣と呼べる家臣たちができ始めていたからであった。秀忠はその二十万石を直臣に知行として与えてもよい。

家康は六十一歳になって急ぎ秀忠を育てなければならなかった。

体調はいいが寿命だけは誰にもわからない。長男の信康が生きていれば四十四歳になるが、秀忠はまだ二十四歳なのだ。

家康は亡き信康のことを思い出すこともあった。

ところが三月になって、家康が寵愛する側室お万の方が、伏見城において男子を出産した。

お盛んでなかなか結構なことだ。

信長老に感謝するしかないが、大手柄なのに家康は褒美を知らぬ振りだ。坊主に褒美などいらぬと言いたそうだ。

もちろん信長老がものほしそうな顔をすることはない。

この子は家康の十男で長福丸と名づけられる。

後の御三家紀州徳川頼宣となる男の子だ。家康は六十歳を過ぎてから義直、頼宣と二人の男子を授かった。

天下を治めるには子は何人でも多い方がいい。

お万は勝浦城主正木頼忠の娘だが、母親が蔭山氏広と再婚したためお万も蔭山一族となった。

そのためお万の方は蔭山殿とも呼ばれる。

秀吉の小田原征伐の時に蔭山氏広は、小田原方に味方し敗れて伊豆の修善寺に蟄居した。

その後、お万が三島で家康にお目見えした時は、江川英長の養女としてだった。家康が信長老と出会うのも、小田原北条家が滅んだほぼ同じような時期である。そのお万は十七歳で家康の側室となり二十六歳で長福丸を産んだ。

何んともめでたいことである。

家康は五月になると諸大名に対して、京に二条城を築城するよう命じた。これは後に江戸城や名古屋城などで行われる天下普請の走りといえる。西国や九州の大大名に蓄財されると軍資金にされてしまう。

家康に反抗できないように浪費させて蓄財をさせないという考えだ。二条城の築城費用は諸大名が自腹で負担する。

家康にしてみれば、大幅に加増してやったのだから、それぐらいの負担は当然だという考えからだ。

その天下普請でやがて大阪城、駿府城、彦根城など十三の築城が行われた。他には日比谷入江の埋め立て、神田川、京橋川、安倍川、木曽川の開削、治水なども天下普請で行われる。

その天下普請が行われなくなると、大名たちが蓄財しないように参勤交代が行われる。

西国や九州から二年に一度、江戸城に参勤する。

そのためには決められた大名の格式があり、遠国の石高の大きな大名ほど大人数の行列を組む。

何千両という莫大な費用をかけて江戸に向かうわけだ。

それが二百年以上も続いたのだから、その費用たるや眼が眩みそうな金銀になったことだろう。

幕末の頃には借金で首の回らない大名が少なくなかった。

家康が考えたその天下普請の最初が二条城の築城だった。従わなければただちに改易される。

天下普請と同時に不始末による大名の取り潰しが厳しくなる。

五百二十万石も諸大名に加増したのだから、大盤振る舞いで家康は人気を取ったといわれても仕方ない。関ヶ原の戦いで最も重要なことは、諸大名の領地を家康が安堵し加増を決めたことだ。

名目は豊臣家への臣従だが、実際は家康に臣従したに等しいということである。

つまり、豊臣家の石高は減るが家康の石高は増えるという仕組みだ。家康の腹はまったく痛まない。

この頃の全国の石高は千八百万石ほどと考えられていた。そこから徳川家が四百万石を手にしたのだから、多いといえば多いようにも思うが妥当なところともいえる。

それがやがて六百八十万石まで拡大し、そのうち直轄の蔵入りが四百二十万石、残りの二百六十万石を旗本八万騎の知行地とする。

ここには御三家などの一族の領地は含まれない。徳川一族は莫大な領地を治めることになる。

もちろん新田開発が進むと全国の石高は三千万石といわれた。

家康は自分の政権でありながら、どこか豊臣政権の匂いのする政権を、確実に自分の政権として基礎固めをする。

すでに家康には秀頼の扱いをどうするかとは別に、政権を徳川政権に天下を徳川の天下にする構想ができていた。

それは頼朝にならって関東の江戸に幕府を開くということだ。

鎌倉や足利の政権とは違う圧倒的武力を背景に、朝廷も豊臣家も押さえ込む強い政権である。

信長老と考えた家康の戦略である。

信長も同じように強力な武力を背景に天下を治めようとした。それが天下布武であった。

だが、本能寺で死にその夢は露と消えた。

家康はそれを実現したのである。

そんな時、八月二十八日に家康最愛の母於大の方が伏見城で死去した。七十五歳だった。

家康を愛し続けた母である。

この年、於大の方は後陽成天皇に拝謁したり、高台院お寧さんに会ったり、豊国神社に参詣したり、豊臣家に敵意のないことを表した。

というのも於大は夫の久松俊勝が亡くなると、その菩提寺である三河の安楽寺で剃髪し伝通院と号した。

出家してからも於大は家康に大きな影響力を持っていた。

久松松平の定勝を秀吉の養子にと家康が考えると、於大は息子を豊臣家へ入れることに猛反対して、家康にあきらめさせたことがある。

家康を愛する於大は若い頃からしっかりした考えを持つ乱世の女だった。

その母を家康は亡くした。

その遺骨はやがて江戸に運ばれ、小石川村の無量山伝通院寿経寺に葬られる。家康は母の遺骨とともに十月には江戸に帰ってきた。

だが、その江戸に長居はできない。家康が上方からいなくなると京、大阪に不穏な空気が流れないとも限らない。

関ヶ原の戦に敗れた西軍から多くの武家が浪人している。

加増された大名たちが積極的に浪人を仕官させたが、多くの浪人を全部吸収することにはならない。

それらの浪人は京や大阪に集まり、その一部は江戸にまで流れ込んでいた。

この後、家康と秀忠が大名の取り潰し政策を行うため、より多くの浪人があふれ出して、それが次の大阪の戦いの引き金にもなった。

その浪人や百姓がやがて江戸へ大量に流れ込んで、江戸が爆発的に大きくなり百万人を超える巨大城下に発展する。

家康は十二月になると伏見城に戻ってきた。

三年前から京の東山の方広寺で、秀吉の大仏復興が行われていたが、この年、木食応其の尽力もむなしく、流し込んだ銅が漏れ出て火災が発生、秀吉が建立した大仏殿がすべて焼ける事故があった。

この方広寺の大仏と大仏殿はなぜか豊臣家の意のままにならなかった。なぜなのか、京の東山に建立されるのを、大仏さまや大仏殿が嫌がっているようなのだ。方広寺の巨大な大仏は、松永久秀に焼かれた奈良東大寺の大仏に代わって、秀吉が京に建立しようとした大仏である。

焼けたままの大仏が東大寺に放置されていた。

その東大寺の大仏は京に建立されることを嫌がったのかもしれない。やはり大仏さまは奈良がいいと思われたのだろう。

この後、片桐且元を奉行に大仏と大仏殿は再建される。

金箔を張られたピカピカの大仏さまだったが、梵鐘の銘文を家康に咎められ豊臣家の命取りになる。その上、再建された大仏も豊臣家の滅亡後、地震で大破して寛永通宝の銭貨にされてしまう。

大仏さまはどうしても京にいたくないのだった。

残っていた大仏殿にも雷が落ちて焼失、大仏も大仏殿もこの世から消え悲運の梵鐘だけが残される。

一方の奈良東大寺の大仏は、焼け落ちた頭部を銅板で支えたまま雨ざらしでおられた。

悲しいかな大仏さまは数十年もそんなお姿であった。江戸期にようやくその復興が始まり、元禄五年（一六九二）に奈良の大仏が復元し完成する。

京に建立されることをどうしても拒否したい、大仏さまの気持ちがわかろうというものだ。

聖武天皇が万民平穏の願いのために建立した奈良の大仏さまである。

秀吉はその大仏さまの気持ちがわからなかったようだ。

壊れたままの大仏の代わりに新しい大仏をといわれても、大仏さまが嫌がるのは当たり前の話であろう。

江戸から伏見城に戻った家康が慶長八年（一六〇三）の正月を迎えた。

この頃、家康は征夷大将軍の宣下を朝廷に働きかけていた。というのも大阪城の秀頼と家康の微妙な関係があるからだ。秀頼は十一歳になったばかりだが、その権威は関白秀吉の子として絶大である。これでは家康がおもしろくない。

征夷大将軍は足利義昭が辞任してから空席になっている。

その席に座れる資格のある者は家康しかいない。家康が征夷大将軍に就任すれば政権を手にしたといえる。

豊臣家はすでに摂津、河内、和泉の六十五万石の大名に過ぎず、家康の四百万石が圧倒的に見える。だが、現実はそういうことではなく、官位が上の家康の方が秀頼の下に置かれている。つまり秀頼は仮想の関白ということである。

豊臣家は関ヶ原の戦い後も健在と見られていた。

確かに秀頼の領地は六十五万石になったが、秀頼の家臣たちの領地が六十五万石の他にある。

五畿内を始め伊勢から西国に広く存在していた。

それらの領地がかなり大きく、それらも豊臣家の領地と見ることもできた。関八州に徳川家の家臣が知行地を与えられているのと同じで、その領地を考えれば豊臣家は前田家よりはるかに大きい。

直轄の蔵入りは六十五万石だが、徳川家も四百万石がすべて直轄の蔵入りというわけではない。

つまり豊臣家はまだまだ畿内と西国に大きな力を持っていることになる。

ここが家康の痛いところなのだ。

そういうこともあってか、秀頼が関白になるのだと広く信じられていた。

家康と佶長老は薬研をカリカリ回しながら、どんな対処法があるかそんな話ばかりしていた。この二人は明るい昼のうちは善人面だが、夜になると途端に悪人顔へと豹変する。

「千姫をぼちぼち大阪城に入れなければならぬな？」

「はい、太閤さまとのお約束ですからそろそろかと思われます」

「少しは和らぐか？」

「御意、秀頼さまはこの正月で十一歳になられました。関白に昇られることだけは止めなければなりません」

二人が気にしているのは、家康に征夷大将軍が宣下された時、大阪城の衝撃をいかに緩和するかなのだ。

その一つの策が十一歳の秀頼に七歳の千姫を嫁がせることだ。

これは秀吉と家康の約束だから茶々は拒否できない。

もう一つ気にしているのが、秀頼の関白就任を茶々が奏請してきた時に、それをどのようにして阻止するかだ。

その方策を考えて手を打たなければならない。

家康が将軍になると大阪城が秀頼の関白を言い出しかねない。それだけは止めないと家康の将軍の威力が半減する。

そうならないように家康は慶長五年（一六〇〇年）に、九条兼孝をすでに関白に就任させている。それは関白が豊臣家の独占ではないということなのだ。つまり秀吉以前の公家の関白就任に戻したことになる。

このことによって秀頼が関白になる道が閉ざされるはずだ。

それをこの極悪人の二人が画策している。天下を盗み取ろうという大陰謀を夜な夜な考えている。

「関白が出家を望んでいるそうだが？」

「九条さまは五十一になられましたので次の方がそろそろ……」

「近衛か？」

「はい、近衛信尹《のぶただ》さまが熱望されておるよしにございます」

「近衛は大酒飲みだと聞いたが？」

「それは、関白を秀吉殿に横取りされたからでございましょう。摂関家としてまことにおもしろくないかと……」

「そうか、それなら早々に来年あたりだな。大阪城の横槍が入る前に？」

「御意……」

二人は関白を来年には九条兼孝から、近衛信尹に代えてもいいと話し合っている。こんなことを二人は飽きることなくいつも話していた。

ここに本多正信が現れるといっそう生々しい話に発展する。お化け三人組が出来上がる。

そこに西笑承兌が加わると少し上品になって四天王に変身する。

滅多にないことだが天海が現れたりすると厄介だ。

天海は慶長四年（一五九九）に川越無量寿寺北院の住職になってから、忙しくしていて上洛することはない。だが、家康が江戸に帰ると会うために川越から出てくる。もう六十八歳になる。

いつも家康の傍にいるのが天海ではなく信長老なのだ。

その二人は毎晩のように、カリカリと薬研を回して、薬草を砕き自家の生薬を製造している。

近頃の家康はもう薬草学の大家なのだ。

その家康の後ろで千賀がコクリコクリと居眠りをしていた。家康は何があっても千賀を叱ることはない。

「信長老、またできたぞ。聞いたか？」

「お万の方さまがそのようだと、千賀さまからお聞きしましたが……」

千賀という名に反応して千賀が眼を覚ます。

「はい……」

寝ぼけて返事をした。家康がニッと笑う。

「たて続けだぞ……」

「はい、まことにおめでたく、結構なことかと思います」

「そうだが……」

家康が言葉を呑み込んだ。

家康が気にしていたのは江戸の秀忠のことだった。秀忠の正室お江はこれまで四人の子を産んだがみな女なのだ。

跡取りが生まれていない。

側室がいるとも聞いていなかった。家康には十人の男の子がいて、もしお万の方が男を産むと十一男ということになる。

家康は佶長老の薬湯が効く前は、すでに終わったかと思われていた。それほど側室を可愛がらなくなっていた。

ところがその薬湯が効き始めると家康は蘇生して、たて続けに男子を三人も作ったのだから驚異。

その三人が御三家になるのだから、徳川二百六十年を作ったのは佶長老といえる。

「江戸のことでございましょうか？」

「うむ、側室をな……」

「大納言さまには男子が授かるとの卦が出ております」

「そうなのか？」

「はい、それも一人ではなく、数人ということにございます」

「お江か？」

「そこまではわかりませんが……」

「そうか、できるか？」

家康は納得したようにうなずいた。信長老の占筮を家康は信じている。

「早い方がいいな……」

「それは大納言さまの頑張り次第かと……」

「なんとか側室を二、三人勧められないものかのう？」

「奥方さまの悋気が強いとか？」

「それは聞いておるが、女の尻に敷かれおっては情けない」

「仲はよろしいようです」

「うむ、もたもたしおって、兎に角、側室だ！」

家康は世継ぎを上げられない秀忠とお江を怒っている。女ばかり四人では困ったことになりかねない。

そんな話を薄暗い蠟燭の下で二人は毎晩している。家康は何んとかして秀忠に側室を持たせたい。それも一人や二人ではない。

薬湯のお陰で家康の方は次々と子が生まれている。欲しいところには生まれず話が逆さまなのだ。

家康の正月は大名たちが次々と挨拶に現れて忙しかった。

征夷大将軍

慶長八年（一六〇三）二月十二日に、徳川家康は伏見城に後陽成天皇の勅使を迎えた。

その勅使は六種八通の宣旨を携えていた。

宣旨の内容は征夷大将軍の宣下、右大臣への叙任、源氏長者、淳和奨学《じゅんなしょうがく》両院別当、牛車宣旨、兵仗《ひょうじょう》の礼遇の六種であり、八通というのは朝廷の太政官の文書の形式と言った方がわかりやすい。

この時は勅使が二人で源氏長者と牛車宣旨が重複していた。一度に六種八通もの宣旨が出ることは前例がない。

朝廷は前例のないことはしないものだが、この時ばかりは異例中の異例で、朝廷が家康を非常に重要視している。

ついに家康は源氏長者になり、すべての武家の上に立ったことになる。淳和院と奨学院の別当は源氏長者が兼務するのが慣例になっている。

牛車宣旨で牛車での参内が許された。

家康は武官の兵仗の栄誉をもって迎えられたのである。

朝廷は天下静謐の大権を徳川家康に託した。正確に言うとこの頃はまだ幕府という概念も言葉もなかった。

幕府という言葉が使われるのは江戸の中期以降である。

征夷大将軍になったから幕府を開くというのは誤りで、政権を担当するということなのだ。

呼び方は鎌倉殿とか足利殿または室町殿などと呼んでいた。

そこに政権があるということだ。

つまり家康は徳川殿とか江戸殿と呼ばれるようになったのである。または徳川将軍とか江戸将軍と呼ぶのが正しい。

便宜的に鎌倉幕府とか足利幕府と呼んでいるだけなのだ。従って織田殿と呼ばれ、信長が足利義昭を京から追い出し、事実上の政権を担当していた時期もある。

秀吉は関白になって政権を担当した。

家康は六十二歳にしてついに天下人になった。その家康は三月二十一日に完成したばかりの二条城へ入る。

衣冠束帯を整え、正装すると二十五日に牛車に乗って、豪華絢爛に着飾った群臣に供奉されて、盛大な行列が堀川通から禁裏へと向かった。人々が秀吉の再来かと驚くような派手な行列だった。

このような華麗な行列を人々に見せることは、安心を与える意味で極めて重要な行為なのだ。

本来家康は秀吉のように派手好みではない。どちらかといえば地味で目立たない方なのだ。

初めて乗った牛車の中で家康は苦笑いしたことだろう。

「これはまずいぞ……」

あまりののろのろにこういう世界は駄目だと思ったはずだ。家康は見た目よりせっかちである。

後陽成天皇に拝謁して征夷大将軍の任官の礼を述べる。

三献の天盃を賜るなど慶賀の儀が行われ、家康からは多くの贈り物が天皇に献上された。

この国ではこういう儀式が重要である。

家康は征夷大将軍になり源氏長者になったことで、武家の棟梁であり天下人ということになった。

だが、秀頼の豊臣家との微妙な関係は残ったままだ。

この頃、すでに家康は徳川政権樹立のため新たな手を打っていた。それは征夷大将軍を徳川家の世襲にすることだ。

鎌倉殿のように三代目で終わりとか、室町殿のように三代目が最盛期で、後は大乱で無力の将軍などというのは困る。

二代目以降も強固な将軍でなければならない。

それには豊臣家を無力化し政権から排除するということだ。

このことは家康と佶長老の間で、ずいぶん前から話し合われてきた。家康が将軍宣下を奏請した時に、二人の考えはほぼまとまっていた。

それを実行しなければならない。

豊臣家の命脈をジワリと断つ方策である。

特に、この二月に六種八通の宣旨を賜り、征夷大将軍や右大臣や源氏長者に就任してから、この官位官職をいかにして秀忠に継承するかを二人は考えている。

それにはある法則というか仕来たりというか、武家の棟梁たる源頼朝以来の慣例があった。

つまり何をもって鎌倉殿の政権成立と見るかなのだ。

誰もがそれは征夷大将軍になった時からだ、と言いたいだろうがそうではない。

頼朝が征夷大将軍の宣下を受けたのは建久三年（一一九二）七月十二日である。

だが、鎌倉殿の政権はその前に成立していたという見方がある。

それは二年前の建久元年（一一九〇）十一月七日に上洛、九日に権大納言就任、二十四日に右近衛大将に就任、この権大納言と右近衛大将の任官をもって、鎌倉殿の政権が誕生したという考えがある。

つまりこの右近衛大将の任官こそ重要だというのだ。

近衛大将という禁裏を守る役目は、古くから源氏を名乗る者が多く就任してきた。

幕府という呼び名は近衛大将の唐名なのだ。それが使われるようになるのはかなり後のことだ。

近衛府は左近と右近の二つあって大将が左大将と右大将の二人いる。

「上さま、足利家は頼朝さまを見習い、将軍になる前に必ず右近衛大将に就任するという慣例を作りました。つまり右近衛大将に就任すれば次は必ず将軍宣下を受けるという仕組みにしたのです」

「そうか、それを踏襲して秀忠を右大将にすればいいか?」

「御意、大納言さまが右近衛大将に就任なされば、朝廷は一、二年後に征夷大将軍を宣下いたします。それが慣例というものにございます」

「右大将とはそれほどか?」

「はい、左大将は摂家などの公家、右大将は徳川家の独占になされば、将軍はいつまでも徳川家のものにございます」

信長老はこういう細かいことまで家康に伝授する。この老僧は知らないことがないのだ。足利学校の庠主はさすがに天才である。

「江戸の右大将か？」

「御意、江戸の右大将は将軍後嗣ということに決めれば盤石かと存じます」

徳川家は将軍と源氏長者になったのだから、頼朝や足利家の後を引き継ぐ充分な資格がある。

豊臣家にはそれがない。源氏なのか平家なのか、はたまた藤原なのか。

秀吉は関白を奪ってにわかに政権を作っただけだ。秀頼が関白にならなければ政権を引き継ぐことはできない。

信長の家祖は平家である。秀吉にはそれがなく近衛家の猶子になって藤原秀吉と名乗ったこともある。

豊臣は天皇から下賜された新しい姓なのだ。

家康は征夷大将軍と右近衛大将を独占したのだから、徳川政権を江戸に作ってしまえばいいということだ。

「足利家がそうしたように将軍が徳川家の世襲と決まれば、大阪城がどんなに騒いでも先細るしかございません」

「なるほど……」

「時機を見て潰してしまうことも考えられます」

信長老は禍根を残さないため、豊臣家を潰すべきだと考えている。

家康が生きているうちに騒ぎはないだろうと思う。

だが、将軍が二代目、三代目になった時に、大阪城の力が充実するかもしれないということだ。

もちろんそれは家康の頭の中にもある。

二人の考えはどういう仕組みにすれば、徳川家の世襲政権が続くかなのだ。秀吉のような失敗があってはならない。そのためには徳川家の中の仕組み、政権の支配の仕組み、朝廷との力関係、そして豊臣家の扱いや大名たちの扱いを考え、簡単には壊れない仕組みとして、家康が二代目の秀忠に残す必要がある。

家康の傍にいる唯一の知恵者が信長老こと三要元佶なのだ。

その知恵は目の前の施策から、遥かに遠い構想までを描いている。家康は信長老を化け物だと思うことがある。

僧侶でなければ首を刎ねていたかもしれない。

化け物が化け物だというのだから本物の化け物なのだろう。そんな化け物同士だから気が合う。

家康が秀忠の右近衛大将の任官を奏上すると、思いの外早く任官が認められた。

それは先に家康が左近衛大将に任官していたからだ。朝廷は前例と慣例で行われ新しいことには躊躇するという癖がある。

家康は四月四日から三日間、二条城に諸大名を招いて将軍就任の饗応を盛大に行った。能楽なども行われ武家の他にも大勢の公家が招かれた。こういうことはあまりしない家康である。

すると四月十六日になって、朝廷は大納言秀忠を右近衛大将に任官させた。早々と征夷大将軍の徳川家世襲が決まった。

この任官によって家康の後継者が秀忠と確定した。

朝廷は大阪城の秀頼では天下静謐は無理だと判断した。秀頼の関白はもうないということでもあろう。

天皇の願いはいつの時代もただ一つ、天下の静謐であり民の安寧なのだ。政権の形があっという間に決まった。これも信長老の功なのだが、化け物の二人は知ったことではない。何が楽しいのか毎晩そんな話ばかりしている。

家康は諸大名に将軍の城である江戸城と、その城下の天下普請を割り当てた。

江戸湾には日比谷入江という大きな入江があった。近くの神田山を切り崩してその土で入江を埋め立てる。

江戸の拡大は家康が考えていた以上に早かった。鎌倉殿の再来だから家康の江戸がどこまで大きくなるかわからない。人が集まってくれば物が大量に流れ込んでくる。

物が集まれば当然のごとく銭が集まってきた。人、物、銭が集まれば城下はいくらでも大きくなるという理屈である。

すぐ諸大名が江戸へ移動を開始する。割り当てられた天下普請のための大移動であった。

大名が動けば江戸に大きな大名屋敷が必要になる。

そんな騒然とした中で、四月二十二日に秀頼が家康の昇進で席の空いた内大臣に就任した。秀頼は家康の下と決まったのである。

茶々は右大臣家康に内大臣秀頼では不満だったかもしれない。

だが、その茶々はまだ秀頼には、太閤の子として関白になる資格があると考えていたはずだ。それに徳川家は東国を治め、豊臣家が西国を治めるなどと考えていたかもしれない。

そういう甘い考えが豊臣家を滅ぼすことになる。

家康は百年でも二百年でも徳川家が支配する国を考えている。その構想の邪魔になれば容赦なく豊臣家を取り除くだろう。

秀頼が生き残れる道はあるか。

家康は秀吉との約束で小さく身を縮めるなら、秀頼を生き残らせることはできると考えていた。

それは大阪城を捨て六十五万石も捨てて公家として生きることだ。

数万石の弱小大名として、今のまま生き残りたいと言われても困る。

問題なのが気位の高い茶々で、家康の構想を納得できるかだ。秀頼が織田家のようになることは充分に考えられる。

家康の織田家の扱いを見ればわかることだ。

信長老は家康の亡き後を考え、潰してしまえば憂いが残らないという。

確かにその通りだ。

秀頼の内大臣就任が決まると、家康は二条城から伏見城に戻った。秀頼は内大臣に就任しても京の朝廷には現れなかった。

何があっても大阪城から出ないという構えだ。

大阪城から出なければ誰にも殺されることはない。難攻不落の大阪城が秀頼を守ってくれる。

茶々はそう信じて疑わない。

その大阪城と家康の関係が何んとも微妙なのだ。

家康は征夷大将軍や右大臣になり、すべての権能を手にしたように見えるがそうではない。

豊臣恩顧の諸大名は、豊臣家との主従関係がなくなったわけではなかった。

つまり武家の棟梁になった家康には従うが、豊臣家との主従関係はそのままという厄介な二重構造なのだ。

大名たちは伏見城の家康に挨拶した後に、大阪城に立ち寄って秀頼にも挨拶す

る。こうなると征夷大将軍の最大の権能は、戦いの時の軍事的な指揮権だけとい

うことになりかねない。

だが今は泰平の世で戦いが起きるようなことはまったくない。

それでは家康が命じた天下普請は何かということになるが、築城などは軍事的

な範疇に入るという解釈で、天下普請の命令は軍事指揮権ということなのだ。

そこに加増してもらった恩義ということも含まれる。

だが、その加増分は改易された豊臣方の領地と、秀頼の蔵入地からあてがわれ

たものだ。

家康の権限はそう大きくないと考えられていた。秀吉の亡霊がどこまでも家康につきまとう。

それを打開するには豊臣家を滅ぼすしかない。

信長老の考えは明確だった。

秀頼に豊臣家の権威も権限も、すべて家康に譲ると言わせるしかない。そんなことは殺されても茶々がいうはずがない。

関ヶ原に続いての戦いは無理だと考える家康は、着々と実績を積み重ねて行くしかないと思う。

決着はその後の話だ。

大阪城から秀頼を出して一大名の身分にと考えたが、そんなことに応じる茶々ではない。

茶々は秀頼がやがて関白になると信じているのだから困ったことだ。

ここでも家康は辛抱するしかない状況になった。苦労する星のもとに生まれたとしか言いようがない。

雪斎禅師が見抜いたことで、このことばかりは信長老でも如何ともしがたい。

そんな中で家康と茶々は千姫の輿入れで合意する。

家康の孫娘が秀頼の正室になるのだから、豊臣家と徳川家の緊張も解けるというものだ。

なによりも千姫は茶々の妹お江の産んだ娘なのだ。

秀頼と千姫は従兄弟同士である。

千姫には乳母の刑部卿局と、まだ六歳の松阪局ことおちょぼが、侍女の身分で大阪城に入った。

千姫もおちょぼもまだ雛遊びの好きな姫である。

腹の膨らんでいたお万の方が、八月十日に伏見城で男の子を産んだ。家康の十一男である。

その子には鶴千代という名がつけられた。

後の水戸徳川頼房である。家康に寵愛されたお万は、紀伊頼宣と水戸頼房という御三家の二家を産んだ。人手柄だ。

これは後の話だが、そのお万は養家である蔭山家と同じ、日蓮宗を信じ日遠《にちおん》に帰依していた。

家康の徳川家は浄土宗で、日頃から宗論を好む日遠を不快に思っている。

江戸城で問答が行われる直前に、家康は日蓮宗の論者を襲わせ、半死半生に痛めて問答に出し浄土宗方を勝たせた。

家康も結構汚い手を使う。よほど浄土宗方を勝たせたかったのだろう。

これを聞いた日遠が怒って、身延山の法主を辞すると、家康が禁止した宗論をしたいと上申する。

日遠も日蓮宗の大将として引くに引けない。

その反抗的態度に今度は家康が激怒して、日遠を捕縛して駿府の安倍川河畔で磔にしようとする。

するとお万の方が家康に日遠の助命嘆願をした。

だが、怒った家康は聞いてやればいいのに、お万の嘆願など聞く耳を持たない。

日遠の強情さに家康もむきになった。

こうなると当然のことだが話がこじれる。

今度はお万の怒る順番で、「師の日遠さまが死ぬ時は自分も死ぬ時です」と二人分の死装束を縫い始めた。

いつもはおとなしいお万の方の強情さに、驚いた家康が日遠を赦免したという。

そんな一途なところのあるお万の方だった。

信長老の薬草学と調合した薬の霊験あらたかにして、家康は慶長五年十一月に九男義直、一年半後に十男頼宣、その一年半後に頼房と立て続けに男子三人をもうけた。面目躍如である。

家康は六十二歳にして絶好調なのだ。これでは生薬作りに夢中になるはずだ。だが、漢方の薬を作るのは危ない話でもある。

お万の方が鶴千代を産んだのは誠にめでたい。

だが、一方で家康の五男で武田家の名跡を継いだ、常陸水戸二十五万石の武田信吉が九月十一日に亡くなった。

信吉は生来体が丈夫ではなかったようで、この時はまだ二十一歳で妻はいたが子はいなかった。

信長が武田勝頼を滅ぼし、その直後に信長も本能寺で倒れた。

その時、家康と堺から逃げた穴山梅雪斎は、落ち武者狩りに殺されたが、信長の命令で武田の名跡は梅雪斎の息子勝千代が継承していた。

ところがその勝千代が十六歳で死去してしまう。

穴山武田家は断絶したが、梅雪斎は家康に武田家臣の秋山家から、津摩という娘を養女にして差し出していた。

その津摩こと下山殿が男子を産んだ。それが信吉で穴山梅雪斎の妻見性院の養子になって、武田家の名跡を継いで武田信吉と名乗った。

養母の見性院は武田信玄の次女である。その信吉の死去で穴山武田家は再び断絶した。見性院は家康に庇護され江戸で暮らしていた。

実母の下山殿は既に死去している。信吉は関ヶ原の戦いで西軍に与《くみ》した佐竹義宣に代わって、水戸二十五万石を家康から任されていた。

家康はその信吉の後にお万の産んだ、十男の長福丸こと頼宣二歳を配置した。この頃、江戸城下の整備も進んで、城下の中心に木造の擬宝珠《ぎぼし》欄干の日本橋が架けられた。

家康はその江戸に京や大阪、三河や駿河から商人や職人などを大勢移転させた。京や大阪より江戸は何倍も大きくなると考えている。

その家康はウイリアム・アダムスを相談役にして、国外との交易を促進したいと考えていた。

江戸に近い浦賀湊をその拠点に考えていたのである。

秀吉と同じように南蛮や明、呂宋などとの交易の利が太いのはわかっている。この頃、家康が最も手に入れたかったのは、アマルガム法という画期的な金銀の精錬法である。それに熱心なのは金銀山奉行の大久保長安だった。

もう一つは南方の国でしか取れないという、上質で高価な伽羅という香木であった。家康は香としてよりも薬として考えていた。

呂宋のスペイン総督と連絡を取り、海賊船ではない証に朱印状を発行する朱印貿易を伝えた。

日本は黄金の国ジパングとして外国では知られている。

だが、朱印貿易をするにあたって、変えなければならない習慣や決まりもあった。日本では古くから難破した船の漂着は、海の龍神さまの祟りだからだと信じられている。

そのため漂着船の積み荷を没収、すべて売り払いその代金でその土地の寺社を修復するならわしがあった。

こんな勝手なことが国外の船に通用するはずがない。

そういう国外の海事の決まり事は、イギリス人のウイリアム・アダムスがよく知っている。

家康はそういう習慣を改めさせ、積み荷はすべて返還することを決めた。

日本は島国だから数年に一度くらいは、南蛮や明の難破船がどこかの浜に漂着することがあった。

その度ごとに積み荷の所有権でもめるのは困る。

日本の習慣の方が間違っているのだから、すべて返すのが穏便で最も良い解決方法だった。

その荷物を奪うのは倭寇や海賊と同じである。

お福

家康は天下人として振る舞わなければならない。

伏見城と二条城や遠い江戸城や駿府城を出たり入ったり忙しい。

慶長九年の年が明けるとすぐ、家康は諸大名から五百石以上の大きな船はすべて没収する。

大きな船を嫌った。戦いに利用されると思ったのかもしれない。

西国の大名の妻子を江戸へ人質に取るなど、家康は江戸を中心とする政権にするため着々と手を打った。

利の太い朱印船貿易も始める。それなのに大きな船が駄目だという。

この家康の大船嫌いが、信長の鉄甲船までできていた日本の船造りの発展を止めてしまう。

この、船の大きさは五百石船までという政策は日本には似合わない。

二月になると家康は大久保石見守長安に街道の整備を命じ、一里塚の設置を始めさせた。

一里を三十六町、一町を六十間、一間を六尺と決めたのが長安である。

武田信玄が育てた大久保長安の能力を家康は高く評価し、八王子に八千石を知行させたが実高は九万石もあった。譜代の家臣でも二、三万石なのだから、いきなり九万石というわけにいかず八千石とした。

八千石でも破格の待遇である。

その長安は甲州街道を守る八王子五百人同心を作り、後に千人同心へと発展させるなどなかなかのやり手だった。

四月には大久保長安に佐渡奉行を命じ金銀山を支配させる。

その佐渡奉行の役料が一万石だという。その役職によって知行の他の役料が米五千俵とか千俵、五百俵などと決まっていた。その時期によって違いはあるが、例えば大番頭二千俵、町奉行千俵などである。

長安は関ヶ原の戦いの直後から大和代官、甲斐奉行、石見奉行、美濃代官などを兼務した。

その役料だけでもかなりの石高になる。

この年の暮れには勘定奉行と老中に昇進する。家康の蔵入り百五十万石を任されるなど天下の総代官への活躍が始まった。

やがて伊豆奉行になるなど全国の金銀山を、家康はすべて長安にまかせてしまうようになる。

家康の金蔵を支えたのが長安で、家康の遺産金は六千五百万両ともいわれる。

大久保長安だけでなく、武田の旧臣たちは家康の大きな力になった。家康がこつこつと武田家の家臣を集めたことが生きてきた。

六月になると二条城に入り家康が参内。朝廷のことを滞りなく行うのも家康の役目である。

家康は朝廷と徳川政権の距離も考えていた。

朝廷の権威をどのように抑えるかは、鎌倉以来の武家政権の課題だ。公家の扱いが厄介なことも家康は知っている。近からず遠からずというところが良い。家康は禁裏御料を一万石に増やしたが、その朝廷と大阪の豊臣家が接近しないように、奥平信昌を京の所司代に命じて見張らせたり、武家伝奏を厳しくするなど手を打っている。

この頃、後陽成天皇の禁裏は風紀が乱れるなどしていた。

暇な公家は色ごとに走りやすい。

数年前に久我《こが》敦通と勾当内侍《こうとうのないし》の長橋局との密通が発覚、後陽成天皇の勅勘を被り息子の通世と、京から追放されたことがある。

天皇は掟を定めそれを強化するなど風紀粛清を願っていた。公家の扱いはなかなか厄介だった。

家康もそんな朝廷の扱いを考えている。

暑い盛りの七月になって家康は二条城から伏見城に戻った。そんな時に江戸城から早馬が到着した。

良い知らせで、七月十七日に秀忠に待望の男子が誕生したと伝えてきた。

「そうか、竹千代が生まれたか？」

「誠におめでたく慶賀を申し上げます」

「信長老、竹千代だ！」

「御意！」

「うむ……」

家康は竹千代の誕生に大喜びで秀忠からの書状に上機嫌だ。三代将軍になる家光の誕生だ。

信長老が予言した男子誕生である。

「江戸は安泰にございます」

「そうだ信長老。竹千代が丈夫に育つよう、すぐによい乳母を探さねばならぬな？」

「はい……」

この時、家康は竹千代の乳母を自分で選ぼうと考えた。それに信長老も同意する。そんなことは秀忠に任せればいいのに、この二人の老人は何を考えるかわからない。

家康はすぐ京の所司代板倉勝重に命じて高札を立てさせる。

だが、そんな高札にすぐ応じる女はいなかった。将軍の孫の乳母ではあまりにも恐れ多い。

しくじれば首が飛びそうだ。

そんな時、竹千代の母で秀忠の正室お江の乳母の、民部卿局が一通の書状を送った女がいた。

それは小早川秀秋の家老で五万石を領した稲葉正成の妻でお福という。

稲葉正成は関ヶ原の戦いで秀秋を東軍に説得した男だ。

その秀秋は二年前に二十一歳で亡くなり、小早川家が断絶すると正成は仕官せずに浪人となった。

その妻お福は明智光秀の家臣斎藤利三の末娘で、母は稲葉一鉄の娘のお安だった。

本能寺の変の後、お福は母方の稲葉家に引き取られて育った。お福は伯父の稲葉重通の養女になって稲葉正成の後妻に入ったのである。

そのお福を竹千代の乳母に推挙したいと、民部卿局が知らせてきた。

お福は前年に男の子を産んでいた。乳はたっぷり出るしここはお福の踏ん張りどころだった。

正成は浪人だから楽な生活ではない。

それにいつまでも謀反人の家臣の娘といわれ肩身が狭い、なんとかその汚名を返上したいとお福は常々考えていた。

気丈なお福は民部卿局の好意を受けることにして所司代に名乗り出た。

板倉勝重はお福の素性に難色を示したが、江戸の右大将の正室の乳母民部卿局の紹介ではむげにもできない。

伏見城の家康に報告するとすぐ会うという話だ。

竹千代には一日も早く乳母が必要だった。それにお福が明智光秀の縁者というのが気に入った。

家康は本能寺の変では苦労したが、明智光秀という武将に悪い印象は持っていない。

むしろ斎藤利三は光秀の謀反に反対した教養人と聞いていた。そんな素性の娘ならおもしろいと思う。

ちょっと酔狂な気持ちもあった。

お福の母方の祖父稲葉一鉄の息子稲葉貞通は、関ヶ原の戦いでは西軍から東軍に寝返っている。

家康に武功を認められ美濃郡上八幡四万石から、豊後臼杵五万石に加増された。

苦労しただろうお福をおもしろそうな女だと思った。

稲葉一鉄の孫で斎藤利三の娘とはどんな女かだ。家康は所司代板倉とは逆にな
かなかの出自だと見る。

後はお福の人柄だ。それは見てみないことには何とも言えない。

「すぐ連れてこい……」

家康の命令でお福が所司代の役人に連れられて伏見城に現れた。一目見て家康
は好みの女だと思う。

「お福、二十六だそうだな？」

「はい！」

「子は？」

「はい、上が八歳、下が二歳で三人ございます。三人とも男にございます」

「その子らとすぐ江戸に下れるか？」

「はい！」

天下人に臆することなく、お福ははきはきと答え家康に気に入られた。なかな
か聡明な女だと家康は見た。

かなり苦労しただろうがそういう暗い影や屈託はない。いい女だと思う。

するとその夜、お福は家康に寝所の御用を命じられ、千賀が手伝って身の回りを整えると奥に連れて行かれた。

お福はこういうことになるだろうと腹を決めて伏見城に来た。

家康はそのお福の覚悟を試した。

「離縁はできるのか？」

家康が寝衣のお福に聞いた。

「はい、その覚悟でまいりましてございます」

「よし、ここへ来い……」

お福は稲葉正成との離縁を覚悟で家康の傍に上がった。

この夜、竹千代の乳母と決まったお福に家康の手がついた。何とも手の早いことである。これも佶長老の薬湯のおかげであろうか。

お福は後に三代将軍になる家光の乳母として権勢を振るうことになる、春日局である。

稲葉正成も覚悟していて伏見城から帰ったお福と離縁、お福は息子の正勝と一緒に江戸に下って竹千代に仕えることになった。

家康はなかなかの女だと見た。

やがてその家康の前にお福が再び現れることになる。

その三年後、稲葉正成は家康に召し出され、美濃に一万石を与えられ大名に取り立てられる。

その後、二万石に加増された。

息子の正勝は家光に信頼されて、小田原に八万五千を知行することになる。

またこの時、まだ二歳だったお福の息子の正利は、家光の弟国千代こと忠長の家臣となる。

忠長が家光に処分されるとお福の力で死を免れた。

だが、九州肥後細川家に預けられて、赦免されることなく四十年ほど過ごして死去する。

正利は不運だった。

そのお福が家光を溺愛し、その権勢があまりに大きくなったため、将軍の子に乳母が乳を与える時は、顔を隠す覆面をするようになったという。

家康がお福を乳母に選んだ眼に狂いはなかった。

お福の薫陶よろしく三代将軍家光は、祖父の家康を尊敬し日光東照宮を建立する。

お福たちが江戸に下って間もない十月には、関白九条兼孝の辞任問題が持ち上がった。関白は本来摂関家が順送りで就任してきた。だが、秀吉が就任すると関白を豊臣家で独占しようとした。

秀吉の次は秀次が継いだので、その次は秀頼と考えられていた。

その関白職を家康は秀吉の前の時のように、摂関家の関白に戻して豊臣家の独占ではないとする。

その時に関白に就任したのが関白九条兼孝だった。

老公家の九条兼孝は関白を辞して出家したいと考えていた。もう五十二歳になる。

前の関白の時に足掛け四年、再任されて足掛け五年になる。関白は数年で交替しないと後が詰まってしまう。摂関家は近衛、鷹司など五家あって順番がつっかえている。

公家は官位官職を独り占めにしないで、その家格に応じて決められた官位官職を交代する。つまり数年ごとに順送りにして恨みっこなしにしている。

そうしないと誰かが恨みを買ってしまうのだ。

この時は秀吉に関白を横取りされた近衛信尹が関白になる順番だった。

十一月十日に関白九条兼孝が辞任すると、その後任には翌年の七月二十三日に、近衛信尹が四十一歳で念願の関白になる。信尹とは信輔のことである。その近衛信尹は翌年の十一月には、一年余りで辞任して鷹司信房に譲ることになるのだ。

鷹司信房も四十二歳になっている。

この短期間の関白交替は秀吉が長く関白にいたため、五摂家に関白になるべき人が滞り調整しなければならなくなったのだ。

一人が勝手に居座るとこういうことになる。

鷹司信房は慶長十一年（一六〇六）十一月から慶長十三年（一六〇八）十二月まで、足掛け三年実質二年一ヶ月で九条兼孝の息子九条忠栄《ただひで》二十四歳に譲った。

九条忠栄は鷹司信房の息子鷹司信尚二十三歳に譲り、ほぼ秀吉の前の関白就任の順番に戻る。

朝廷の官位官職は秀吉のように長く独占すると除目《じもく》ができなくなる。

除目とは通常、春と秋にある朝廷の人事というようなものである。これが公家たちにとってはとても大切だった。

もう家康には大阪城の秀頼を関白にする気はない。

この年の十二月十六日に不思議なことが起こった。地震もないのに房総の犬吠埼から九州まで大津波が襲ったのである。

日本の東と南の海岸が甚大な被害を被った。

津波であるからには地震に間違いないのだが、どこの大鯰が暴れたのかわからないという。

三十町あまり潮が引いた後に、山のような津波が押し寄せたというのだ。

房総半島沖とか伊豆半島沖とか紀伊半島沖とか、四国沖とかそのあたり全部とか、パプアニューギニアの津波地震などといわれる。

はっきりしたことのわからない地震だった。

だが、その被害は甚大で正確なことは何一つわかっていない。ぬるぬる地震だったのかもしれない。

この年は畿内で疱瘡や麻疹が大流行するなど嫌な年になった。

そんな暮れも押し詰まった十二月二十七日に、対馬の大名宗義智が朝鮮の使節と上洛する。家康は秀吉の唐入り失敗以降、途絶えている朝鮮との国交を回復したいと思っていた。

それを対馬の宗義智に命じていた。

義智は関ヶ原の戦いでは西軍に味方して伏見城攻撃に加わったが、家康はそれを咎めずに朝鮮との交渉に当たらせたのである。

こういうことができるのは義智しかいない。その義智の傍には東福寺の禅僧景轍玄蘇がいて、信長老は同じ九州出身の禅僧をよく知っていた。

それがうまくいって朝鮮使節の来朝までこぎつけた。

義智の大きな手柄である。秀吉の強引な朝鮮出兵の時、義智は端から反対していたのだ。

朝鮮と日本の間にある対馬は、こういう戦いになるとあまり良いことがない。唐入りの道案内を務めてしまった義智は、朝鮮との交渉回復に熱心だった。義智は日の前の朝鮮と貿易をしたい。

対馬は日本と朝鮮の中間にある重要な島だ。

この後、朝鮮との国交が回復すると、宗義智は朝鮮の李王朝と慶長条約を結び、家康から功績を認められ特別に朝鮮との貿易を許される。

慶長十年（一六〇五）の正月を家康は江戸で迎えた。

その江戸でも家康はお福にこっそり寝所の御用を言いつけた。側室ではないが家康はお福を気に入っている。

その正月に家康は新年の賀詞のため上洛した。

家康の傍にはいつも佶長老がいる。

薬研をカリカリやる家康を見ていた。毎晩のように薬研で薬草を砕くのは家康の習慣になっていた。その薬湯を佶長老や千賀はもちろん、すぐ逃げようとする本多正信などに飲ませる。

どんな薬草を混ぜたのかは家康と佶長老しか知らない。この二人が誰かを殺そうと思えば烏兜の根をカリカリ砕けばいい。

附子《ぶし》または烏頭《うず》と呼ばれる烏兜の生薬は、実に効き目があると恐れられている。烏兜の球根の周りにつく子球根を附子といい、親球根のことを烏頭という。素手で触ると皮膚から吸収されるという厄介な毒だ。

そんなことを二人で毎夜のようにこそこそやっているのだから怪しい。

そんな薬湯をよろこんで飲むのは、家康のためならいつ死んでもいい千賀ぐらいだ。家康はその薬湯のお陰で六十歳を過ぎても、次々と子が生まれるから近頃は自重気味なのだ。秀忠が子作りに苦労しているのに、家康の方が絶好調では少々具合がよくない。

家康が上洛すると、その後を追うように二月には秀忠が上洛してきた。

その秀忠は徳川軍の旗本八万騎を中心に、十六万という大軍団を率いて、江戸から威風堂々の大行列で上洛してきた。

家康は次の策を実行する予定なのだ。

すでに六十四歳の家康はいつ寿命が尽きるか知れない。その前に江戸の徳川政権を盤石にしておきたい。

そのためにはどうすればいいか、家康と信長老の秘密の話はその一点だ。

源氏長者として頼朝が開いた武家政権を、どう維持し発展させるかということにつきる。

頼朝の源氏は頼家、実朝とわずか三代で潰れてしまった。

厳しく言えば頼朝の政権は一代で終わり、二代目の頼家は政権を十三人の御家人に奪われた。

事実上は北条政子の北条家に奪われ、頼家は母親政子の弟北条義時に殺された。

三代目の実朝も北条義時の謀略で、頼家の息子公暁に暗殺されて亡くなってしまう。頼朝の源氏はここで滅んだ。

頼朝の武家政権は平氏の北条に奪われたのである。

その後、南北朝の混乱期に足利尊氏の政権が誕生するが、この政権の最盛期も三代将軍足利義満の時までで、その後の応仁の乱以降百五十年以上は戦国乱世に突入してしまう。

武家政権には公家政権の平安期のような平穏な時代がほとんどない。

武力を信奉する武家は、家督相続や領地争いなどが起きると、すぐ武力で決着をつけようとする。

ところが、これがなかなかうまくいかない。

そんな争いが全国に広がったのが応仁の乱である。それが信長と秀吉によってようやく終焉した。

その後を引き継いだ家康には泰平の世を創出する責任がある。

家康と佶長老は天下静謐がいかに大切かわかっていた。それは百年、二百年と続く民の安寧でなければならない。

それがわかるだけに二人はどんな政権がいいのかを考えている。

頼朝政権のように御家人の横暴を許しては駄目だ。足利政権のように大名の好き勝手を許しても駄目。

佶長老は六韜三略の文韜を熟知している。

そこには国の治め方、政治の在り方が説かれていた。

鎌倉の十三人の合議制などといえば聞こえはいいが、結局、十三人の有力御家人が権力をめぐって殺し合いをしただけである。

足利政権は足利家にあまりにも力がなかった。

そのため群雄割拠などと足利家より有力な家が続出、大いに国が乱れて戦国乱世などと呼ばれる始末になる。

徳川政権はその轍を踏んではならない。

天下が決して混乱に陥らず、民が繁栄する完璧な仕組みを作らなければならなかった。

それには六十四歳の家康に残された刻があまりない。

信長老も五十八歳になっている。

二人とも仕事を急がなければならないとわかっていた。その仕組みの骨格は見えていた。

源家も北条家も足利家も譜代の武力をしっかり持っていなかった。

源頼朝は流人でありながら武家の棟梁として、東国の武士団の利益のために担がれて政権を作った。

清盛の平氏は一族のまとまりはあったが、頼朝の源氏はなぜかバラバラである。

頼朝一人が踏ん張って、御家人の利益のため武家政権を目指したようなものだ。北条義時はそんな頼朝の寝所番で、姉の政子は頼朝の妻だったが北条家は伊豆の小さな豪族に過ぎなかった。

その北条家も御家人たちに担がれて、源家から政権を奪ったに過ぎない。足利家も似たようなもので、新田義貞が鎌倉政権を滅ぼすと足利尊氏は、新田義貞や後醍醐天皇の土地政策に反対の武家に担がれた。

結局、いつも土地の奪い合いなのだ。尊氏も非力で九州に逃げたり、弟の直義《ただよし》と二重政権を作るなど端から混乱の中にあった。

後醍醐天皇は武家から一旦土地を取り上げたが統治できずに大失敗する。建武の中興などといえば聞こえはいいが、そんな混乱の中でようやく出来上がったのが尊氏の政権だった。その中で天皇家が分裂する南北朝という悲劇を生んだ。清盛もそうだったが、頼朝も義時も尊氏も自前の大きな武力を持っていなかった。そのため政権は作ったが安定した統治ができない。どこかで争いごとの起きる不安を抱えていた。

秀吉の政権も信長が乱世を薙ぎ払った後を引き継いだだけである。

政権の体《たい》をなしていなかった。

秀吉は戦いに夢中になり、余計な唐入りなどという悪夢の途中で亡くなって家康に任せるしかなかった。

武家政権はどうも安定しないのである。

そんなことをいつも話し合う家康と信長老だった。そこで二人が考えたのが長子相続であり、お家主義の徹底である。徳川家を決して分裂させない。徳川宗家を中心にまとまることだ。ここから御三家の考えが生まれてくる。

その二人は徳川政権の骨格はわかっている。徳川家譜代の旗本八万騎といわれる圧倒的な自前の武力だ。

いうことを聞かなければ「一戦やるか！」と、外様大名に凄んで威圧できる。このような巨大軍団をこれまでのどの政権も、譜代の武力としては誰も持ちえなかった。

徳川家康の個人の親衛隊というべき旗本八万騎である。

これは強烈な強みだ。

家康が自前で食わせている旗本八万騎だから、いつなんどきでも自由自在にできる軍団なのだ。

源義経が平家を壇ノ浦に滅ぼした源氏軍も寄せ集めだった。

頼朝の奥州合戦の二十九万騎も寄せ集め、新田義貞が鎌倉に雪崩込んできた時も寄せ集め軍団である。

京から追われて九州に逃げた足利尊氏が戻ってきた時も寄せ集めだった。

家康が関ヶ原で戦った時も寄せ集めだったが、すでに家康は関東に旗本八万騎を持っていた。

戦いに遅参した秀忠の三万八千は戦わずに無傷のままだった。

家康の旗本八万騎は唐入りでも関ヶ原でも、ほとんど傷ついていない巨大軍である。

これは怖い。豊臣恩顧の外様大名が震え上がるほど怖い武力だ。

その旗本八万騎こそ徳川政権の基盤だと家康と佶長老は考える。単純明快、誰にでも見える実にわかりやすい話だ。来るなら来てみろということである。

天下普請

徳川家の譜代は家康の祖父清康の頃からで、安祥譜代七家、山中譜代、岡崎譜代十六家などかなり古いものだ。

その後には駿河譜代が三十数家、他に十八松平家がある。

貞享の将軍綱吉の譜代、享保の将軍吉宗の譜代、寛政の将軍家斉の譜代などと徳川家の譜代が積み重なる。

分厚いこの譜代の積み重ねこそ、江戸二百六十年の泰平の世に重要だった。

この譜代の家々が旗本八万騎なのだ。

いざとなればその旗本八万騎が戦いのために、江戸城の将軍を守るために集結するという仕組みを作ればいい。

この旗本八万騎に睨まれては大名の誰も身動きができない。

譜代の家々は各地に領地も与えられている。

諸大名を見張る役目も担っていた。他に徳川家の譜代の家臣団はこのように分類された。

桜井松平、大給松平、長沢松平など先祖代々の十八松平の一族の家。

水野家や久松家など外戚の家。

酒井、本多、井伊、榊原、大久保、鳥居、牧野など武功の家。

土井、青山、板倉、米津、阿部、安藤など御役の家。

小笠原、奥平、柳生、稲葉、岡部、土屋、堀田など新参の家などという栄誉と家格がある。

これら百二十家以上の譜代の家が積み上がっていた。

この家々が徳川家だけを守ったのである。半端に大名が立ち向かってもかなうはずがない。

こういうことを考えたのが家康と信長老という二人の化け物だ。圧倒的な武力を保持する仕組みだ。

後に士農工商などという身分制度をいうがそんなはっきりしたものはない。武家の中には親藩、譜代、外様、浪人などがあり、親藩にも家柄があり、譜代にも安祥か、山中か、岡崎か、駿河かなど区別があった。

こういう仕組みを飽きることなく、カリカリやりながら考えたのが家康と信長老だ。夜な夜なこそこそと二人だけで、とんでもないことを話し合っている薄気味悪い爺たちだった。

だが、その二人が二百六十年の泰平を作ったのだから大したものだ。

それを傍で居眠りしながら、千賀が聞いているような、いないようなおかしな年寄り三人組ではある。

三月になって、家康は朝鮮国使を伏見城で引見し、国交を再開して講和することにした。これで秀吉の唐入りの後始末が正式に終わった。何はともあれ秀吉の悪夢が綺麗さっぱりと消えたことはよかった。

「信長老、そろそろだな？」

「御意、急がなければなりません」

「わかっておる。大阪が先だろう？」

「御意、まずは秀頼さまを右大臣に……」

家康は二年前の二月十二日に、右大臣や将軍など六種八通の宣旨を賜ったが、その年の十月十六日に右大臣だけは早々と辞任して空席にした。

この度、家康が将軍を秀忠に譲るにあたって、その右大臣の空席に大阪城の秀頼を座らせようというのだ。この狡い爺さん二人はこういうことばかり考えている。

茶々が多少の不満を残しながらも騒がないようにする。

その就任が前後すると秀頼が右大臣を拒否するかもしれない。物事は順番というものが大切だ。

わずかな油断で大きな戦略が崩れかねない。

まず家康が四月七日に将軍職を辞任した。それに続いて秀頼が四月十二日には右大臣に就任する。引き続いて四月十六日には伏見城に勅使が現れ、秀忠に征夷大将軍が宣下された。

同時に将軍が秀頼より一段下の内大臣に就任。小憎らしいほど絶妙の官位官職の配分と日にちである。二人の手際にぬかりはない。

秀頼が徳川政権に埋め込まれたような見事さだ。

それでいて事実上、将軍職が徳川家の世襲と決まったことを意味している。豊臣家は次は関白だと期待をする仕掛けであった。

この時、将軍秀忠の次は竹千代が、江戸の右大将になりやがて将軍になると決まったのだ。

一方の秀頼は右大臣にはなったが念願の関白にはなれない。期待だけである。

関白は五摂家の世襲に戻った。

その五摂家に豊臣家が入れるのかは家康次第だが、取り敢えず徳川政権が江戸にできることになり秀頼の関白はなくなった。

江戸に徳川政権、大阪に豊臣政権では、日本が真っ二つに分裂してしまう。

そのようなことはあってはならない。

六韜三略による家康と信長老がそんなことをするはずがなかった。

その家康は将軍を辞して大御所と呼ばれる。征夷大将軍は隠居した時に大御所と尊称で呼ばれることが少なくない。

他には親王や摂政関白の実父も大御所と呼ばれた。

御所というのは本来、天皇の居所や親王の隠居所をいうが、それが摂政関白の実父に広がり、征夷大将軍の住まいに広がった。

頼朝の鎌倉の住まいを大倉御所と呼んだ。室町御所とか花の御所などともいう。

将軍秀忠は秀頼の正室千姫の父であり、秀頼には義父ということになるのだが、秀頼が右大臣で秀忠が内大臣と位は下に置かれた。ここが実に絶妙で二人の狸爺が茶々を黙らせるために考えた妙案だった。

征夷大将軍というのは令外官で律令の外の官位である。

従って二十七歳の秀忠の正式の官位官職は、正二位右近衛大将内大臣ということだ。

一方、十三歳の秀頼は正二位右大臣である。なんとも絶妙、微妙である。

五月八日に家康は秀忠の将軍就任祝いに、豊臣秀頼の上洛を促すが大阪城の茶々が承諾しなかった。

茶々はまだ秀頼を大阪城の外に出したくない。将軍の秀忠より秀頼の方が官位は上といいたいのか、それとも上洛すれば家康に毒でも食わされるとでも思ったのかここも微妙だ。

家康にすれば上洛拒否を理由に、大阪城に戦いを仕掛けることもできた。だが、そうはしない。

すぐ感情的になる茶々より家康は数段老獪であり狡い。

ここはむしろ、緊張を和らげるように、六男松平忠輝十四歳を大阪城に送り、秀頼の右大臣任官の慶賀を言上させた。

子どもには子どもでいいという大人の対応である。

家康はまだ戦う時ではないと考えていた。

茶々と秀頼はなにもわかっていないと思う。豊臣恩顧の大名は江戸で天下普請の手伝いをしているのだ。

大名たちは徳川家と戦う気などまったくない。

旗本八万騎を中心とする十六万もの大軍団を見せられては、家康や秀忠をおもしろくないと思っていても恭順するしかないのである。

二万や三万の軍団で戦いを挑んでも、蹴散らされ粉砕されてしまうだけだ。

すでに徳川家は信長以外誰も持てなかった自前の大軍団を手にしている。天下は二代将軍徳川秀忠に移ったということだ。

実際はその将軍の後ろに、将軍より恐ろしい大御所の家康がいる。

そんな華やかな徳川家の慶賀の裏で、五月二十七日に織田秀信が高野山麓向副《むかぞい》村で死去した。二十六歳だった。これこそまさに歴史の真実、神々の決めた皮肉というしかない。

関ヶ原の戦いの前哨戦となった岐阜城の戦いで、岐阜中納言こと織田秀信は戦いに敗れ家康に死の宣告をされたが、福島正則の助命嘆願で、死を免れて高野山に流罪となった。

だが、そこからの秀信は悲惨だった。

祖父の信長が高野山と対立して多くの高野聖を殺したため、その嫡孫である秀信は高野山の恨みを一身に集め、高野聖にいじめぬかれる。山にいられず追われたというのは本当だろう。

悪口雑言を浴びせられ石を投げられたという。

高野山では秀信が山を下りた五月八日を死亡日としている。高野聖の信長に対する恨みは尋常ではなかった。

それが孫の秀信に襲い掛かってきた。

秀信には紀伊の西山家のお梅という妻と、同じ紀伊の坂上田村麻呂流の生地家《おんじ》の町野という継室がいて、お梅には秀朝、町野には恒直という男子がいた。

後に秀朝は西山弥三次郎清明と名乗ったという。

また恒直は町野が再婚したため、隅田三助恒直と名乗ったと伝わるが仔細は不明である。

この織田三法師秀信の死をもって、信長の織田宗家は滅亡したことになった。人の世は栄枯盛衰会者定離である。信長の孫に生まれながら三法師の運命はあまりにも悲し過ぎた。

祖父信長と父中将信忠の死が致命的だった。

この時、秀信の母信玄の娘松姫こと信松尼《しんしょうに》は、家康や大久保長安に守られ八王子の信松院で健在だった。

徳川家が天下人の座を独占したその時、自らを魔王と名乗り乱世を薙ぎ払い、その天下人の座を作った信長の宗家が滅んだ。

家康はまだそれを知らなかった。

この時、家康の厭離穢土欣求浄土の最後の戦いが終わっていなかった。

家康は豊臣恩顧の筆頭、肥後熊本の加藤清正の気持ちを察するように、その娘八十姫《やそ》五歳を十男頼宣四歳の正室にすると婚約した。

家康は大御所になっても西国や九州の大名たちに気を遣った。

彼らを手元に引き付けておかないと危ない。この婚約は清正と家康が亡くなってから秀忠の命令で実現する。

家康は家と家が婚姻で結ばれることを重視した。

これは家康が太原雪斎の甲相駿三国同盟から学んだ重要なことだ。

やがて徳川家の方針になって、代々の将軍の子は大名家の婿養子や正室、継室として入ることになる。

加増がついてきても大名家には有り難迷惑だったかもしれない。

十一代将軍家斉には男子二十六人、女子二十七人の子がいて、それを大名家へ押しつけるのに苦労したなどという話まであるほどだ。さすがに五十人ともなると誰をどこに押しつけるか幕閣も苦労する。

この慶長という元号は実に天変地異の多い元号だった。

天変というのは地震でも噴火でも連続するという癖があるようなのだ。

九月十五日に八丈島の西山の南東山腹が割れて大噴火した。この西山は結構噴火する癖のある山のようだった。火山と地震はつながっているようで、両方とも連続するという悪い癖を持っている。

家康は一段落すると伏見城を出立し江戸に向かった。

このところ戦いがないため兵が腐るのを嫌い、家康は江戸と上方を往復する間に何度も鷹狩りをした。

鷹狩りの獲物は冬場に多いのだが、この時は美濃の稲葉山で鹿狩りをした。

鹿肉は赤肉のためかもみじとも呼ばれる。

また、花かるたの絵が鹿と紅葉だからもみじともいうらしい。鹿肉はうまく血処理をしないと臭う。

だが、鹿肉は体に良い薬肉といわれており家康も食した。

鹿や猪は大きい動物だから危険な狩りでもある。

兵たちはこういう野趣の溢れた食い物が大好きだ。野山を駆け回った後のもみじ鍋は飛び切り上等だ。

家康は兎に角、鷹狩りが好きだった。

油断するとすぐ脂が溜まって太る癖がある。太ると動きが鈍る。

家康は将軍を辞任して隠居の大御所という立場になっても、相変わらず政権の中心にいた。二頭政治などという向きもあるが、それは形であって政権は家康一人が動かしている。江戸の将軍は何事によらず家康に早馬を走らせ、決して独断するようなことはなかった。

秀忠とはそういう謙虚な男である。

家康が健在なのに独断専行して我を通すような男では、危な過ぎて後継者に据えることはできない。

家康は長男信康で苦い経験をしている。

浜松城の家康と岡崎城の信康で家が真っ二つに割れるところだった。

やがてそういう個性の強い将軍も出てくるだろうが、できるだけ将軍が暴走しないような仕組みにしておきたい。

権力というのは武器と同じで、手にすると使ってみたくなるものだ。

それだけに抑制的に扱わないと、その魔力に憑りつかれて引き返せなくなることも起きる。権力者が失敗するのは、甘美な魔力の餌食になるからだ。

家康はそうならない冷静さが秀忠にはあると見ている。

関ヶ原の戦いに遅参し、誰からも後ろ指をさされたであろう屈辱を、耐え抜いた根性はなかなかであると思う。

腹を切れば落着だがそうしなかった。

狩りを楽しみながらの江戸下りで、家康は十月になって悠々と江戸城に入った。江戸は家康が来るたびに大きくなって、どこの道端にも楽し気な人々の喧騒が渦巻いている。

大いに結構なことだと思う。

この年は全国に煙草が大流行した。その勢いは凄まじかった。

煙草は初めは薬としてスペインの宣教師が、煙草とその種を持ち込んだものだ。その煙草があっという間に全国に広がる。

煙たいだけでどこが薬なのか、この頃の人たちは誰でも腹の中に、虫を飼っていたからそれに効いたのかもしれない。

パイプを真似て煙管《キセル》というものができたのも流行につながった。

この煙管の竹を羅宇《ラウ》というが、これは羅宇国ことラオスの黒斑竹を使ったからだという。

煙管というのはちょいと小粋なところがあるから困る。

遊女が長煙管に吸い付けるところなどはぞくっとするほど色っぽい。

その上、まずいことに煙草には習慣性という嫌な癖がある。吸わないでいられないのだから困ったものだ。

そのため火事が頻発するという危険をはらんでいる。

火種をポイッと捨てるのだから危ないなんていうものではない。乾いた季節などはどこからでも煙が立ち上る。

この煙草の火の不始末による火事が、家康の築城する駿府城でも多発する。

そのためこの四年後の慶長十四年（一六〇九）七月十四日には、世界で初めて家康が喫煙禁止令を出す。

ところがそれも束の間で本気で禁煙する者などいない。

禁令を聞いたふりをしているだけだ。人前では吸わないとか、かくれてこっそり吸うとか。

こそこそやられるとかえって危なくてしょうがない。

家康は煙草の耕作禁止まで命じるが、それでも煙草の流行は止まらなかった。

その禁止した家康をもってしても禁煙できなかった。

なんでも燃えない石で作る南蛮と、なんでも木と紙で作る日本では話が違う。

小さな煙草の火が化けてたちまち大火になる。それが日本なのだ。この煙草の大流行は大きな危険をはらんでいた。

その家康は江戸においてキリスト教に改宗することを禁止する。

この頃、キリスト教のドミニコ会やフランシスコ会が布教に積極的で、奥州方面にまで布教を広げていた。

神のためにどこにでも行くのが宣教師や修道士だ。

徳川政権の地の果てでも、支配も拒否する態度で、イエズス会などが慎重に布教をするよう言っても受け入れない。

こういう新参の修道会が厄介だった。

勝手に我がもの顔をされて正義をいわれてもふざけるなという話だ。

家康も秀忠もそんな南蛮のキリスト教に態度を硬化させる。一方のイギリスやオランダは日本との貿易だけを求めた。

家康の考えがイギリスとオランダに傾くのは当然である。

そんな時、今度はまたもや浅間山が大噴火した。この噴火は十一月から翌年の二月まで続いた。

慶長十一年（一六〇六）の年が明けると、家康は江戸城の大拡張を天下普請で諸大名に命じた。その江戸城は武蔵野台地の南の先端に、扇谷《おうぎがやつ》上杉の家臣太田道灌が、康正三年（一四五七）に築いたのが最初である。

それ以前の鎌倉の初め頃には江戸家の屋敷があった。

荒廃していたが、そこに家康は本丸、二ノ丸、西ノ丸、三ノ丸、吹上、北ノ丸など大きな城郭を築きたい。

その城下も日比谷入江を埋め立てて広くした。

武蔵野台地の先端は海に近い東が低く、西が高い土地になっている。

築城するのに海に近い東側は石垣の堀を築き、山の西側は深い土塁というのが江戸城の特徴になった。

この天下普請はすべて豊臣恩顧の大名に命じた。

加藤清正を筆頭に福島、前田、黒田、細川、藤堂、毛利、池田、浅野、鍋島、堀尾、山内、有馬、京極など二十五家ほどの大名である。

翌年には奥州の大名に、数年後には東国の大名にも、天守や西ノ丸の築城が命じられた。

家康は幼い頃に人質生活をした駿府城に入り隠居城と決める。

これまでは家康よりも三歳年下の広忠の庶子、異母弟と噂の内藤信成が駿府城にいて治めていた。

その信成を家康は長浜城に移す。

この駿府城も翌年の三月から天下普請で拡張され、内、中、外と三重堀に守られた大きな城に作り直される。ところが完成して間もなく、城内からの出火で十二月に燃えてしまう。

例の煙草の不始末だったという。

すぐ再建に取りかかり新しい駿府城が築城される。その天守は江戸城の天守より大きかった。

家康の隠居城でもあり、西を見張り江戸城を守るという城でもある。

これ以後、駿府城は家康の特別な城として、改修を繰り返し火災や地震災害にもあいながら残された。

名古屋城と共に駿府城は江戸城を守る二大巨城であり続ける。

大井川には橋を架けずに、家康は江戸城を守る大外堀と考えるなど、西国からの攻撃に考えを凝らした。

家康は駿府城から夏の七月になって出立、京の二条城に戻ってきた。少し涼しくなった八月に参内する。

泰平の世も安定期に入ろうとしている。

この頃、家康は西笑承兌に命じて朝鮮との国交正常化や、朱印貿易に力を入れ始めていた。

貿易でどうしても手に入れたいものがあった。

それは日本では取れない伽羅だった。

九月には良質な極上の黒沈香こと伽羅、別に「奇南香《きなんこう》」ともいう、それを何んとしても手に入れるため朱印状を発給する。

その朱印状の管理をしているのが西笑承兌だった。

家康が手に入れたかったのはこの沈香で、強壮、鎮静などの生薬として調合するためだった。

滋養強壮のためならどんなに高価なものでも手に入れる。

実際、家康はその薬湯のお陰で実に元気で、お梶二十八歳やお夏二十三歳、お梅十八歳という若い側室たちを寵愛していた。

とても六十五歳とは思えない若々しさだった。

それが家康の自慢でもある。若い側室たちに負けない家康を、支え管理しているのが信長老と千賀ということだ。

家康の健康にはことのほか気を遣う。

沈香の中でも特に上質なものを伽羅というのだ。

それは黄金よりも貴重とされた。その伽羅のために朱印船を出すという家康も強壮を信じ気が入っている。

伽羅は香道の薫物《たきもの》としても格別に珍重された。

黒沈香の中でも伽羅と呼べる極上のものは実に少ない。家康はそれを手に入れようという。

もちろん朱印船は伽羅ばかりでなく多くの物を交易した。

朱印状は角倉了以や茶屋四郎次郎などの商人に多く与えられた。長崎の女商人を含めて六十余人に発給。

大名は九州の島津、加藤、鍋島、松浦、有馬など十人に発給される。

明の商人十一人にも発給した。

ウイリアム・アダムスやヤン・ヨーステンなどオランダ、イギリス、ポルトガル人など十二人にも発給。

他には今井宗薫などの武士四人にも発給されている。

渡航先は呂宋やマレーの太泥《パタニ》など南方全域にわたり、渡航回数も数百回と実に多い。朱印船は長崎から出航して長崎に帰航するという決まりになっていた。

鷹狩り

家康は九月二十三日に四歳の十一男頼房を常陸下妻十万石に配置する。

この日、江戸城の本丸が完成した。

徳川の子は年齢に関係なく領地を持つ大名である。家臣団が編成されて常陸下妻十万石を治めることになった。

十一月になって家康は江戸城に戻ってきた。

東海道を西へ東へと元気でなければできない。それを見張っているのが佶長老と千賀である。この頃、家康が寵愛する側室たちの中でお梶の方の腹が膨らんでいた。

お梶は初めおはちという名だった。

それを家康がおかちと呼ぶように改めたのだが、それがいつしか梶になりお梶の方と呼ばれている。このお梶は実に聡明で、天海が家康に推挙したともいう。余計なことをする坊主だ。

その出自は遠山家とか江戸家など定かではない。

お梶は家康の気に入りの家臣松平正綱の嫁に出されたが、家康の子を身籠っていることが発覚。

わずか一ヶ月ほどいて大慌てで家康のところに戻ってきた。

子入りを嫁がせるなど、家康はとんでもなく酷《ひど》い男だが、お梶もとぼけというかなんとも可愛い女である。

気づいた時はさぞ困ったはずだ。

お梶も可哀そうだが、嫁にもらった松平正綱こそ大迷惑だろう。

家康の子ども付きでそのまま嫁にすることもあるが、お梶は正綱に不満だったようでさっさと家康のところに戻ってきた。

家康も叱れないちゃっかり者のお梶である。

慶長十二（一六〇七）年の年が明けるとほぼ同時の正月元旦に、そのややっこしい出戻りのお梶が子どもを産んだ。

女の子だった。家康の五女になる。

男は十一男までいるが女は五女で、家康には実にうれしい女の子だった。

お梶が美人だったこともあり、家康は織田家の天下一の美女お市姫のように美しく育つようにと、市という名をつける。

お梶に似て聡明で美しい姫に育つはずだった。

この市姫は家康の期待を背負い、伊達政宗との関係を深めるべく、政宗の嫡男虎菊丸九歳と婚約した。

ところがその直後、市姫は野苺を摘んで遊んでいた際に毒虫に刺される。不運なことにその虫刺されが悪化して市姫は、わずか四歳で夭折、死去してしまったのである。こういう事件はいかんともしがたい。家康は市姫を失ったお梶を不憫に思い、十一男鶴千代こと頼房や三女振姫の養母とした。

家康の側室はこのお梶の他にも於富、名は富子だが詳細不明の人がいる。長崎奉行長谷川藤広の妹お夏は、家康に寵愛されたが子はできなかった。大阪冬の陣で本陣にいた。

お六も大阪冬の陣に供奉していたが家康の死後、喜連川《きつれがわ》義親に嫁いだ。於仙という側室は武田家旧臣の娘で、家康にたいへん寵愛されたがやはり子はできなかった。

また、お梅は秀吉の家臣青木一矩《かずのり》の娘、家康の外祖母の姪として十五歳で家康の傍に上がり五十九歳の家康の側室になる。

だが、家康との間に子はできず、後にお梅は本多正純の継室となった。

阿茶局は名を須和という。

武田家の旧臣飯田直政の娘で、信玄の弟一条信龍の家臣神尾忠重に嫁ぎ二人の男子を産むが、天正五年（一五七七）に忠重が死去すると天正七年（一五七九）に家康に召され、気に入られて家康の戦場に供奉して歩くようになる。小牧、長久手の戦いの陣中で懐妊するが流産してしまう。以後、家康との間に子はできなかった。

そのため亡くなった西郷局の代わりに秀忠と松平忠吉の養育をする。二代将軍秀忠を育てたのは阿茶なのだ。

その阿茶局は大阪冬の陣で、豊臣家との和議をまとめる功績をあげる。家康の信頼が厚かった。

破格の扱いで徳川和子入内の折に母親代わりを務め、後水尾天皇から従一位の高位を授けられる。

側室於牟須《おむす》の方も武田の旧臣三井吉正の娘で、朝鮮出兵の時に家康と九州名護屋に行き、懐妊し出産するが難産で母子ともに亡くなった。

側室三条家の娘は家康の落胤といわれる小笠原権之丞の母という。

能見松平家の娘は家康の落胤という松平民部《みんぶ》の母という。などなど家康には生涯で側室が二十人いた。

おそらく、家康の落胤といわれる人が結構いるのだろう。

なにしろ家康は薬湯のお陰で非常に元気だった。あちこちに子ができていてもおかしくない。信長老の功が大である。

また、他にも側室にはなれなかった愛妾が居てもおかしくない。

内緒で人知れず家康の寝所の御用を務めた女人も、かなりいただろうと下世話だが推測できる。

そこには当然、落とし胤もあったはずだ。

家康の子と噂される人は土井利勝を始め少なくない。家康はまことに艶福家であったが、この五女の市姫が最後の子といわれている。

薬湯の効き目にも限界があったのだろうか。いや、他にも生まれたが隠したのかもしれない。

完全無欠の大権現さまを疑うべし、必ず何かある。

家康と信長老を信じてはいけない。

この二人は天下を盗んだ極悪人で、薄汚い大嘘つきで、人を騙す名人と天才だから信用するな。

一月十一日に秀頼が右大臣を辞任した。

この秀頼の右大臣辞任には、なぜなのか不明なことが多く、理由がはっきりしていない。

大阪城の豊臣家は徳川家が征夷大将軍など、六種八通の宣旨を賜り江戸の政権を開けるのに、秀頼が関白になれず右大臣では納得ができない。

せめて左大臣ぐらいは欲しい。

なんとか朝廷に関白を働きかけられないものか、豊臣家は関白家なのだという思いが強い。

だが、それは非常に危険な考えなのだ。なぜならこの頃、朝廷も家康も秀吉のような武家関白は廃止する考えだったと思われる。

武家関白は家康が絶対に許さない。だが、秀頼が成長するにつれ、茶々は何とか関白に就任できないものかと思う。

それは大阪城にいるすべての者の念願だったかもしれない。

一方では徳川家の政権が着々と出来上がっている。大阪城には大いなる焦りが渦巻いていた。

家康の振る舞いが大阪城に伝わってくる。

それは大阪城には耐えがたい屈辱でもあった。二月になると家康は江戸城を発って駿府城に移った。

ここから大御所時代と呼ばれる徳川政権が始まる。

つまり江戸の将軍秀忠に駿府の大御所家康という最強の布陣の政権だ。

内政は将軍秀忠が行い、外交は家康などと大雑把に言われるが、内政でも秀忠に指示を出しているのは家康である。

家康は盤石の徳川政権づくりを急がなければならなかった。

秀頼は十五歳になっている。ここ何年か家康は秀頼を見ていない。

茶々が大柄な女だったから秀頼も幼いながら大柄だった。大きな女が産んだ子は大きいという。

家康の耳にはそんな噂が入ってきている。

その秀頼には家康の孫の千姫が正室に入り、側室には伊奈という娘がいた。

千姫は十一歳で子は無理だが伊奈は秀頼より歳上で、もう充分に子どもの産める娘だった。

だが、千姫より先に子を産んでは江戸に対して聞こえがよくない。

大阪城の人たちはその日が楽しみでもあり、江戸のことを考えるとなんとなく危険でもある。

家康は歳をとるだけだが、秀頼は日に日に成長するという言い方になる。

この差だけは家康がどんなに元気でも如何ともしがたい。家康は将来を自分の子らに託すしかないのだ。

秀頼をどうするかが問題になりつつあった。

佶長老は端から殺すべきだという考えで一貫している。

先々、徳川家にあだなす危険は排除しておくしかない。それも中途半端にしないで完全抹殺だ。

カリカリやりながら佶長老は何度も家康にそう主張した。

将軍秀忠は二十九歳になるが、諸大名に対して対応できるのか、乱世を生き抜いた海千山千の大名を御するのは難しい。

一人で徳川家とその政権を担うのさえ不安がある。

その秀忠を支えるため、その兄弟たちをどう配置するかだ。千年の政権を築くため家康と佶長老は考えに考え抜いた。

それを示唆するものが天皇家にあった。

「天皇家にはいつの時代も必ず伴走する宮家がございます」

「天皇家が絶えないための宮家だな？」

「はい、千数百年の天皇家は何度か宮家によって繋いでおります」

「男子が必ず生まれるとは限らないからな……」

「将軍家も同じでようやく竹千代さまと国千代さまが生まれました。代々の将軍に必ず継嗣が生まれるとは限りません」

「将軍家にも伴走する家がいるということだな？」

「御意にございます。鎌倉のように宮将軍では間違いなく天下は乱れましょう」

「なるほど、鎌倉は三代であった……」

「徳川家は五十代、百代にわたって泰平の御世を守る必要があります」

「うむ……」

家康も同じ考えだ。二人の間に御三家の構想が生まれつつあった。

信長老は特別な家があまり多過ぎても困ると思う。その家が不仲になる可能性もあるからだ。

中には将軍の地位を狙うものが出てくるかもしれない。

そんな中で家康は九男の義直を、閏四月二十六日に尾張清洲城五十二万石の城主にした。

義直はまだ七歳だが、三月五日に亡くなった兄の松平忠吉の後を継いだ。

忠吉は別れをするため江戸に下り、家康と秀忠に会って数日後に死去した。二十八歳だった。

秀忠と同じ西郷局が母親で、井伊直政の娘婿だった。

秀忠が弟の死を非常に悲しんだという。死因は腫れ物の悪化で湯治などを繰り返したようだ。

だが、体に回復力が備わっていなかったのだろう。

家康はやがてその義直を東海道の名古屋に、天下普請の名古屋城を築いて移すことになる。

名古屋は東海道の要といえる。

その義直の家臣団の中心には、犬山城十万石の平岩親吉をおくことにする。御三家の最初で尾張徳川家だ。

親吉は泣き虫竹千代の腰巾着、一の子分のような大切な家臣だった。

この年は五女市姫が一月に誕生したが、三月には四男松平忠吉が亡くなり、その二ヶ月後の閏四月八日には次男結城秀康が亡くなった。

秀吉の養子になり、結城家に出された秀康はこの時、まだ三十四歳だった。死因は唐瘡《とうがさ》こと梅毒といわれる。

他に難病を抱えていたともいう。

越前六十八万石は息子の忠直が継いだ。

家康より先に息子たちが次々と亡くなっていった。

それを考えると高齢になってから生まれた孫のような義直、頼宣、頼房の三人の息子は貴重だ。

徳川宗家を支える御三家の構想が家康の中にも生まれつつあった。

万一、徳川宗家の将軍家に後嗣が生まれなかった時、生まれても夭折または早世した場合に、次の将軍を出す家を決めておきたい。

後継者問題はどこの家でもあり、なにかとこじれたり揉めることが多いのだ。

それが原因で将軍家が衰えたりしては困る。

源家も足利家も結局、後継者が先細ってしまい家勢は急激に衰えたのだ。そうならない仕組みを作っておく必要があった。

この家康の考えは正しく機能し、将軍家は大奥に三千人もの美女を揃えたが、その美女たちが大量に使った白粉の鉛毒で、生まれてくる子はひ弱で死んでしまう子が多かった。

家康の子でも家康より長生きした息子は六男忠輝の九十二歳しかいない。

その世継ぎのため、大奥は城下の魚屋や八百屋など、美形で白粉など使わない元気な娘を探したともいう。

この後に盛んになる芝居の役者なども、白粉の鉛毒におかされたという。役者の手足の震えが止まらない、などということが頻発したとも伝わる。

家康にとって子らが亡くなることは痛恨だった。

どんな悲しみや苦しみが襲ってこようとも、家康は前に進むことしか許されず、立ち止まることもできない。

そんな家康をひっそりと傍にいる佶長老が支え続けた。

まだ、大阪城の秀頼問題が片付いていないのだから、家康に死なれたら江戸の政権は間違いなく瓦解する。

そんな時、朝鮮からの使節五百四人が来日した。

使節一行は江戸城で将軍秀忠と謁見、駿府城では家康と謁見するなど優遇され、李王朝と日本の国交が完全に回復する。

秀吉の唐入り騒動の決着がついた。

そんな時、駿府城に川越北院の天海が現れた。

天海は比叡山探題を命じられ、山の南光坊に住んで、信長に焼かれた延暦寺の再興を行うことになったのだ。

比叡山探題とは座主に次ぐ位である。

座主が空位になると探題から座主に昇ることになる。このことから南光坊天海と呼ばれることがあった。

もう七十二歳になる。この坊主も百八歳まで生きたというから大怪物だ。

なかなか元気でひょこひょこと江戸城に出てきたり、駿府城に出てきて家康や信長老と話をする。

それが今度は比叡山延暦寺にしばらく行くという。

天海は駿府城に泊まって信長老と入念な話をした。二人は小田原征伐の前からで、結構長い付き合いになる。

その天海は西に去り、家康は十月になると駿府城を発って江戸城に向かった。

ぼちぼち鷹狩りに良い季節になる。

北から鶴や鴨、鴛鴦などが大量に渡ってくる。家康は動かないでいると体に脂がたまるといって嫌う。

東海道筋や江戸の周辺には鷹狩りに良い猟場が多い。猟場は鷹場ともいう。

家康は猟場を決めて、その区域内では狩りを禁じて養生させておく。するとい い獲物が大量にとれた。

それを何よりも楽しみにしている。

その家康が養生させておいた猟場で、猟をした者がいてそれを許した家臣を厳しく罰したりもする。

それほど家康は鷹狩りを好きだった。

十一月になると江戸城を発って、家康の鷹狩り軍団は浦和にある将軍の御狩場に向かった。

浦とは水辺を意味し、古くはこの辺りまで海が入り込んでいた。浦和は直轄地で狩場御殿という名の休息所が用意されている。

家康が鷹狩りで使う御殿だ。

大宮宿ができるまでは浦和宿の次が上尾宿と少し遠かった。その浦和宿は追分で北へは日光道、南には府中大山道につながっている。

その浦和に近い岸村の調《つき》神社や、弘法大師空海が創建した宝珠山玉蔵院があり、その門前として六斎市などで大いに栄えた。

調神社は古く租、庸、調の調の集積所だった。調は月につながり、月は兎であることから狛犬ではなく狛兎になっている。

また、玉蔵院は秀吉が花見をした京の醍醐寺三宝院の末寺でもあった。

このあたりは冬の猟場としては実に素晴らしいところである。家康は秋ヶ瀬の渡しから浦和の狩場に入った。

翌朝、暗いうちから兵たちが布陣すると一斉に鷹狩りが始まる。

家康は薬効があるという鶴をよく食べた。

鶴は鶴でも丹頂鶴は肉がかたくまずいが、マナとは食べ物という意味のようで真鶴は極めて美味である。また鍋というぐらいだから鍋鶴も美味、初春に鶴は朝廷にも献上された。

鶴は姿のまま塩漬けにして江戸城下でも売られている。

鴨肉もうまいが鴛鴦は絶品である。朱鷺《とき》はうまくない。白鳥の若鳥は鳥の中で一番美味だ。

徒然草によると雉も美味で品位があるそうだ。

大鏡には関白藤原兼通が寝酒の肴に雉の生肉を好んだとある。よほど美味なのであろう。

痼癪持ちには雉の黒焼きが効くそうだ。

ちなみに家康は兎もよく食べた。徳川将軍家では正月三が日は兎汁を食べる習慣があった。

おそらく家康を見習ったのであろう。

兎に角、徳川家は大権現さまが一番大切なのだ。

ちなみに江戸城の正月の雑煮にはいつも餅が入っていなかった。

それは家康が正月でも餅など食べられないほど戦いで忙しかった、そのご苦労を忘れないためだという。

家康の鷹狩り軍団は浦和から川越に獲物を求めて押して行った。

川越は河越ともいうが、江戸ができる前は武蔵野台地の北端に栄えた大きな城下町だった。

そのため江戸の母などともいう。

その川越城はやがて江戸城の北の守りとなり、その城下は小江戸と呼ばれるようになる。

本来は川越の方が遥かに古い。

川と街道で江戸と繋がり江戸の台所ともいわれる。

新河岸川の舟運は江戸の大川まで、川越夜船といわれ人、物、銭を運んで大いに繁盛する。

川越城は大老と老中の城といわれ、幕府の重要人物でないと城主にはなれない。

家康は川越から鷹狩りをしながら忍城の方まで押して行った。

忍城はこの三月に亡くなった松平忠吉が、清洲城主になる前に忍城十万石の領主だった。

この城は実に堅牢で、これまで色々な武将に何度も攻められた。

だが、一度も落城したことがない。

秀吉の小田原征伐の時は、北条家に味方して成田家の忍城は、豊臣軍の石田三成、大谷吉継、真田昌幸らに包囲された。

百姓町人と三千人ほどで諸籠《もろごも》りの城は水攻めにされた。

それでも落城しない。

先に小田原城が落城してしまうが、忍城は落ちずに、説得され仕方なく開城降伏したのである。

忍の浮き城という。

その時、活躍したのが天下の美女、成田家の甲斐姫だった。甲斐姫は秀吉の側室になり今も大阪城にいる。

栄枯盛衰は世の常だ。成田家は徳川家の旗本になり不行跡でやがて断絶する。

家康は浦和、川越、忍と鷹狩りを大いに楽しみ、大量の獲物を持って十二月には駿府城に戻ってきた。

するといきなり城内から出火して天守や本丸が丸焼けになった。

家康は側室のお夏やお梅など数人を連れて、本多正信の息子の本多正純の屋敷に避難する。

建てたばかりの城が焼けてすぐ再建に取りかかった。

兎に角、駿府城は燃えるのだ。大阪城からの間者が入っているなどという嫌な噂もあった。

もちろんそんな真偽はわからない。

その頃、京では家康の側近の西笑承兌が亡くなった。その承兌が推挙したのが南禅寺の秀才以心《いしん》崇伝である。

金地院崇伝ともいい、やがて黒衣の宰相とも呼ばれる男だ。

名門一色家の出身で京に生まれ、師は南禅寺二百六十六世玄圃《げんぼ》霊三《れいさん》禅師である。

崇伝は二年前の慶長十年（一六〇五）に三十七歳の若さで、鎌倉五山の第一位巨《こ》福山《ふくさん》建長興国禅寺こと建長寺の住職になる。その数ヶ月後、京都五山の最高位別格本山南禅寺二百七十世となった。

南禅寺は官寺の頂点であり後陽成天皇から紫衣《しえ》を賜った。

その以心崇伝を家康に推挙して相国寺の西笑承兌は亡くなった。六十歳だった。

このことによって足利学校の庠主三要元佶と、南禅寺の住職金地院崇伝という二本の柱が建った。

南禅寺の金地院に住んでいたからそう呼ばれる。

ここにやがて比叡山探題の天海僧正が加わることになり、家康を支える基盤が盤石になった。

オランダ商館

慶長十三年（一六〇八）の正月早々、家康は鷹狩り軍団を編成して、駿河藤枝の田中城の辺りに鷹狩りに出た。

体調がよくじっとしていられない。

田中城は酒井忠利の城だったが、今は駿府城の支配下になっている。

大小の河川があって冬の猟場としては実に良いところだ。家康は瀬戸川から鷹狩りをしながら栃山川、大井川へと西に押して行った。

家康は鷹狩りに出ると元気が百倍になる。冬はまさに鷹狩りをする家康のためにあった。

家康は大井川の鷹狩りから戻ると駿府城本丸の上棟式を行う。

この時、家康が考えた駿府城の天守は巨大で、天守台は南北三十間、東西二十六間という。

大阪城の十四間に十三間よりははるかに大きかった。

だが、実際に建った駿府城の天守は、十四間に十二間で大阪城とほぼ同じ大きさだった。

駿府城の再建は急がれた。

三月になると家康は側室たちを連れて、本多屋敷から駿府城に戻ってくる。するとそこに、家康から招かれた金地院崇伝が現れた。

まさに鋭い刃物のような眼光の崇伝だ。四十歳になった。

崇伝が家康と会うのは二度目だ。

「久しいのう……」

「はい、二十数年ぶりにございます」

「禅師は覚えておるのか？」

「はい、師の玄圃さまが太閤さまのお傍におられましたので、大御所さまとは伏見城でお目にかかりました。そのように記憶してございます」

「うむ、この度は泰長老が亡くなって禅師を推挙された。聞いておるか？」

「はい、生前にお目にかかりました時に、まことに栄誉であり、有り難いことにございます」

「ここにおる閑室禅師と仕事をしてもらうが？」

「畏まってございます」

閑室とは佶長老のことで公式には閑室禅師と呼ぶが、常は佶長老という。同じ臨済宗の佶長老と崇伝はこれまで何度も会っている顔馴染みだ。

仕事はやりやすい。

「来年には比叡山延暦寺から天海探題がくることになっておるのだが……」

「はい、こちらへ伺う前に南光坊へ寄らせていただきました」

「うむ、それなら話が早い。朝廷のこと、寺社のこと、明や朝鮮のこと、朱印船のこと、キリシタンのことなど仕事は多岐にわたると聞いたか？」

「はい、伺いました。よろこんで相勤めます」

この頃、佶長老は徳川政権内では初代の寺社奉行の地位にあった。六十一歳の佶長老と四十歳の崇伝という天才と秀才の組み合わせだ。何ともおもしろい組み合わせだった。

この二人は臨済僧だから、そこに七十三歳の天台僧天海僧正が加われば怪物が三人でちょうどよい。そこに家康が加わると妖怪四天王ということである。

「京を発つ時、妙な噂を耳にいたしました」

崇伝の眼光がいっそう険しくなった。

「噂？」

「御意、大阪城が秀頼さまの左大臣を画策しておられるとか……」

「秀頼の左大臣？」

「はい、大御所さまに無断ではないかと思い申し上げました」

「佶長老……」

「茶々さまならあり得ることにございます」

「うむ、茶々か……」

家康は嫌な兆候をつかんだと思う。

派手に動けば放置することはできない。事実なら阻止する。

勝手に秀頼が左大臣に昇るなど言語道断である。断固許すことはできない。家康は京の公家にすぐ手を打った。

左大臣は空席のまま秀頼の後の右大臣九条忠栄《ただひで》を関白に推挙する。

四月二十八日に秀頼へ左大臣を下された宣旨が、押小路家に残されたと後になって判明する。

宛先が右大臣豊臣朝臣とあるからには秀頼に間違いないだろう。

だが、そんなものが果たして真書か、それとも偽書なのかだ。この事件以後、秀頼はピタッと動きを止め、官職にはついていない。

油断も隙もない。

公家にも功名心があってこういうことを大阪城に仲介する者がいる。

素早い家康の怖さをわかったのだろう。だが、その秀頼は家康の見えないところで日に日に賢く成長していた。

家康が最も恐れているのがそのことだ。

子どもの成長はあっという間で、目を離すと気持ち悪いほど姿かたちがまったく違ってくる。

危機一髪、崇伝の言葉から発覚した秀頼の左大臣昇進を家康が阻止した。

昇進してからだと変更や取り消しは厄介である。

大阪城で誰か豊臣家は徳川家とは関係がないなどと、画策している者がいると家康は感じた。

それは誰なのかだが、何人か思い当たる者がいる。

織田信長の弟の織田信包《のぶかね》と織田長益、茶々の側近の大野治長と治房の兄弟などだろうと思う。

特に大野治房を怪しんでいる。

家康は秀頼の実の父親はこの大野治房ではないかとにらんでいた。

その秀頼を関白にするなど家康はまったく考えていない。勝手に左大臣昇進などもってのほかである。

もう一度、こんな勝手な動きをしたら容赦しない。

徳川家への謀反として成敗してもいい。家康が断固たる考えを持たないと再び乱世に戻りかねない。

まだ、そんな危うさが残っている。乱がないと武家の復活はない。

家康は徳川家の存続のため、八月になってその構想を実行する。長年、佶長老と話し合ってきたことだ。九男の義直と十男の頼宣、それに十一男の頼房という末っ子から三人に徳川の名乗りを許した。

この意味は実に重大なことであった。

徳川という姓は正親町天皇が家康一人に許したもので、一族だからといって勝手には名乗れないのである。

家康と秀忠だけが徳川を名乗り、他の一族はすべて松平のままだった。

それはこれからも同じだが義直、頼宣、頼房の三人だけは徳川の姓を名乗ってよいということだ。

つまり徳川宗家と御三家という考え方だ。

万一にも、徳川宗家に継嗣が生まれなかった時には、この三人の家系から将軍を出してもよいという家康の決定だった。

三人の家系以外からは駄目だということで、宮将軍などは拒否するということでもある。

それが八代将軍吉宗の時、吉宗の二人の息子と一人の孫に拡大する。御三卿だ。

七代将軍家継が八歳で死去したため、紀州徳川家から宗家に入った三十三歳の吉宗は家康の禁を破った。

個性の強いおもしろい将軍が吉宗であった。

吉宗の長男家重は九代将軍になるから宗家、御三卿というのは田安徳川宗武、一橋徳川宗尹《むねただ》、それに家重の次男清水徳川重好である。

徳川を名乗るのは宗家を入れて、尾張、紀州、水戸、田安、一橋、清水の七家となる。

他は将軍の子でも徳川は名乗れなかった。

家康は将軍家に後嗣がいない場合、将軍になる人物を送り込む仕組みをこのように作った。

天皇家と宮家に似ている。

その家康は秋になると鷹狩り軍団を編成して、江戸城を中心に関東各地で鷹狩りを行った。

城中にいると体が動け動けと命じる。

家康は油断すると体に脂がたまって太るという癖がある。それに家康は珍しいもの好きで、食いしん坊でもあった。

ゆえに油断大敵である。太るとつらい。

江戸城へ行くまでも何ヶ所かで鷹狩りをする。兵たちは大量の獲物を持って江戸城に入るがすぐ食べてしまう。

するとと家康がすぐ軍団を連れて鷹狩りの遠征に出かける。

なんといっても出かける前の作戦会議が実に楽しそうだ。あの川がどうのこうの、あっちの沼がどうのこうのと作戦が話し合われた。

家康は行き当たりばったりが嫌いだから、この作戦会議の誰もが頭の中に獲物が満載になる。

つまり捕らぬ狸の皮算用であれこれと考えを披露する。

獲物などは行ってみなければわからない。だが、この捕らぬ狸の皮算用が楽しい。戦いと違って子どものように目が輝き、みな多弁になって一羽一羽の鷹の品定めなどもする。いつもむっつり怒った顔の本多正信も、もとは鷹匠だから鷹の話になると口が急に軽くなる。

この作戦が獲物の種類や数を決めるのだ。

行ってみたら獲物がいないでは話にならない。そんな家康の鷹狩りが暮れまで続けられた。

十二月になって大量の獲物を持って、家康たち遠征軍が江戸城に戻ってきた。

獲物を置くと江戸城を発ち、あちこちで鷹狩りをしながら駿府城に向かう。家康は本当に鷹狩りが好きだ。

この年、大阪城の秀頼十六歳に国松という男の子が密かに生まれた。誕生は秘密にされ生まれるとすぐ国松と名づけられ、若狭京極家の茶々の妹初のところに預けられた。

正室の千姫が子を産む前に男子が生まれては具合が悪いからだ。家康や江戸の義父秀忠への聞こえがよくないため隠された。人知れず殺されるかも知れない秀頼の嫡男だ。

慶長十四年（一六〇九）の年が明けた正月、家康はまた鷹狩り軍団を編成して、駿府城を発ち尾張の清洲城に向かうが、途中の鷹狩りで行軍は大いに手間取った。

二月になって清洲城に到着すると、九男徳川義直の居城として名古屋城を築くことを決める。

その築城開始は来年の閏二月とした。

もちろん天下普請で諸大名に支度が命じられる。

この名古屋城は大きな城で延べ五百五十八万人が働いたという。大阪城には秀頼がいるが家康の圧倒的な権力を見せつけた。

その家康が伊勢大神宮の遷宮に米六万俵を寄進する。

伊勢大神宮は戦国乱世で、二十年ごとの式年遷宮が行えず、本遷宮をあきらめ仮遷宮で式年を繋ぐことが少なくなかった。

そんな時、海の彼方のマカオで大事件が勃発した。

九州肥前の日野江城主有馬晴信の朱印船が、ポルトガル領マカオに寄港した折、取引のことでポルトガル船アウス号の船員と悶着を起こす。

些細なことから騒乱に発展すると、マカオ総司令のアンドレ・ペソアがそれを鎮圧する。

その時、晴信の船の乗組員六十人ほどが死んだ。

これが後に岡本大八事件と呼ばれる疑獄事件の始まりだった。

つまり家康が発給した朱印状を持つ朱印船は、約束では保護されなければならないのである。

こういう大事件は倭寇や海賊以外滅多にない。

家康の朱印状を持っていれば公式の日本の貿易船である。

その乗組員が六十人も殺されたとあっては、由々しき問題で大きな事件になることが考えられたが、騒乱も国外のことで一旦落ち着きを取り戻した。

その問題が翌年にポルトガル人のマカオ総司令、アンドレ・ペソアが来日して再燃する。

この頃、オランダが東インド会社を設立して香辛料貿易に力を入れていた。東インドとはインドネシアのことで、バタヴィアことジャカルタを拠点に、周辺の覇権をポルトガルやイギリスと争った。やがてオランダは争いに勝ち覇権を握って、インドネシアはオランダ領東インドとなり植民地になる。

そのオランダ東インド会社が、日本との貿易に目をつけないはずがなかった。

だが、この頃の日本との貿易はポルトガルが握っていて、オランダがそこに入り込んでくる恰好なのだ。

オランダと日本の関係はリーフデ号漂着以来、アダムスやヨーステンが日本に残って、貿易でも活躍していて良好だった。

その日本は黄金の国ジパングで大量の銀を産出している。

ことに石見銀山の銀は質がよく、量も大量に産出して世界の銀の三分の一を賄ったという。

世界のどの国でも金や銀は欲しい。

だが、日本の金銀の産出量は徐々に細って行くことになる。

夏の暑い盛りに、オランダ東インド会社から正式の使節が平戸へ来日、オランダ総督オラニエ公マウリッツの親書と献上品を携えていた。この頃のオランダには国王がいなかったので、オランダ総督を国王と呼んでいたようである。

オランダ使節は駿府城に招かれて家康に謁見した。

そのオランダ使節の希望は、正式な朱印貿易のため長崎平戸に商館を開くことにあった。

家康はそれを許し通航許可の朱印状を使節に渡す。

この許可によってオランダ東インド会社の商館が平戸に建設され、オランダと日本の正式な交流が始まることになった。

この時、イギリスは一歩オランダに後れを取った。

イギリス東インド会社が平戸に商館を開くのは、四年後の慶長十八年（一六一三）になってからである。

そんな暑い時期になんとも嫌な事件が禁裏で起きた。

以前からそれはささやかれていたことで、公家たちの乱脈ぶりがあまりにもひどいものだった。

後宮の不義密通はあってはならない禁忌である。

そんな醜聞が発覚、その中心には猪熊教利《いのくまのりとし》という男と、兼康頼継《かねやすよりつぐ》という牙医のいることが判明した。牙医とは歯医者である。

この猪熊教利は四辻《よつつじ》家に生まれたが、山科言経《ときつね》が勅勘により摂津に下ると、教利が山科家に入り当主となった。

ところが山科言経が家康の取り成しで山科家に復帰、教利は勅命により山科家を出て新しく猪熊家を興した。十七歳だった。ちなみに猪熊とは住んでいた猪熊小路が由来である。

その猪熊教利は天下無双の美男子といわれ、在原業平か光源氏かともてはやされた。教利の髪型や帯の結び方は猪熊様《よう》といわれて流行する。京人はこういう傾奇者が大好きである。

家康はその猪熊教利に二百石の知行を安堵してやった。

だが、その教利には良くない癖があった。人妻であれ、女官であれ手を出すという女癖が悪いのだ。

暇な公家はそういうことが手柄になる。

その女の方も仕方のないもので、教利のような美男で、家々を転々とする不運なちょい悪の女たらしに実に弱い。

二年前に教利は突如として勅勘を受けて大阪に逃げた。

この勅勘は天皇が教利と女官の密通に激怒されて、追放処分にされてのことだと噂になった。

だが、こういう男は悪の味を知っているから懲りない。

その公家衆乱行随一といわれる男は、秘かに京へ戻ってきたが悪癖は治っていなかった。

むしろ、天皇をないがしろにする素行の悪さである。

猪熊教利は牙医の兼康頼継と組んで、自邸に公卿や女官を誘って乱交三昧、不義密通を飽きることなく続けた。

兼康頼継はまだ二十五歳だったが、天皇の典薬寮を預かる典薬頭で従五位下備後守だった。牙医は女官の歯も見るため、後宮にも顔が広く猪熊教利の楽園に女官を紹介した。

言語道断、不埒千万である。

こんな悪行が発覚しないはずがなかった。

風紀紊乱

この事件の発端は左近衛権少将花山院忠長《かざんいんただなが》が、後陽成天皇の寵愛する広橋局に懸想したことだった。

花山院忠長は大納言広橋兼勝の娘広橋局に恋い焦がれた。そこで宮中の奥まで出入りのできる牙医兼康頼継に仲介を頼む。恋に狂うと見境がなくなる。

よせばいいのに兼康頼継も、妹の命婦《みようぶ》讃岐が宮中に仕えているのを利用した。讃岐を介して花山院忠長の文を広橋局に取り次いだ。局もあしらえばいいのに真に受けて文通を始める。

その先は知れたことで忠長と局は秘かに逢瀬を重ねるようになった。叶わぬ逢瀬は切なくも蜜の味がするもので、いけないと思えば思うほどズルズルと深みに落ちて行く。

ところがこの話を牙医から猪熊が聞いてしまった。

こういうことに人一倍眼端の利くのが猪熊教利である。興味を持つとその上を行ってしまう。

親しい飛鳥井雅賢《まさかた》に相談すると悪さはすぐまとまった。

少しずつ慎重に他の公家たちにも話を広げ、兼康頼継が女官を誘い出す役目で、発覚しないようにあちこちの屋敷に場所を変えて乱交三昧だ。

だが、その人数が多くなれば楽園は楽しいが、だらしのない遊びだから発覚しやすくなる。

こういう悪行は運が尽きるのも早い。

ちょうどその頃、飛鳥井雅賢にひどく恨みを持っている女官がいた。それは上北面の武士で従五位下の松下家の娘だった。

松下家は下級公家だが蹴鞠では、蹴鞠の飛鳥井家を凌ぎ認可状なども発行している。

この頃は、それぞれの家に伝わる家業を伝授して、武家などから収入を得ている公家が少なくない。

飛鳥井家は松下家の振る舞いに困って家康に訴えた。

その裁定は前の年に下って、蹴鞠は飛鳥井家が代々の家業として認められ勝訴した。それでは松下家がおもしろくない。

下級公家は収入が少なく苦しいのに、蹴鞠伝授の権利も飛鳥井家に取り上げられた。あっちを立てればこっちが立たない。

そんな時、松下家の娘は宮中で、ヒソヒソと噂になっていた飛鳥井雅賢たちの乱行を耳にする。

立ち聞きだが不義密通をしている女官たちの密談だから生々しい。

誰それの君はこうだが、誰それの君はこのようだなどと、あられもない淫靡を話している。

こういうだらしない話は必ず漏れるようになっているものだ。

飛鳥井雅賢を陥れるのはこの時とばかりに、松下家の娘は後陽成天皇に聞き知った話のすべてを奏上した。

七月は残暑が残っていて蜩《ひぐらし》の声が禁裏に満ち溢れていた。

悪行が天皇の耳に達しては万事休すだ。

天皇の逆鱗に触れた猪熊はそれを察知すると、逃げ足が速く、追手を振り切って九州へ逃亡する。

こういう野郎の乱行は死ぬまで治らないのが相場だ。

猪熊教利は九州でも危険と考え、朝鮮まで逃げれば日本からの手は届かないだろうと考えた。

怒った後陽成天皇は乱交に加わった者は全員死罪だと命じる。

ところがこの事件はここからが難儀なことになる。というのは朝廷には死罪という刑罰はない。

これは古くからの習慣、慣例で最高刑が流罪となっていた。

天皇の口から全員死罪を命じるのは前代未聞である。天皇にしてみれば全員死罪でも足りないぐらいだ。

だが、この天皇の言葉が大問題なのだ。

この頃、徳川政権の力が強くなり、こういう朝廷の問題にもかかわりを持つことができた。

この事件の内容が大御所の家康にも報告される。

こういう事件が厄介なことを家康は知っている。すぐ京の所司代板倉勝重に詳細を調べるよう命じた。

その板倉勝重が驚いたのは次々と出てくる関係者の多さだ。

勝重は当初は四、五人ぐらいだろうと考えていた。それがとんでもないことで優に十人を超えている。

全員を死刑にするのは人数が多く混乱を招きそうだ。

そんな時、後陽成天皇の実母で国母の新上東門院《しんじょうとうもんいん》こと勧修寺《かじゅうじ》晴子《はるこ》から、寛大な処分を希望すると所司代板倉勝重に伝えられた。

こうなると勝重が判断することができない。

全員死罪だという天皇の怒りもわかる。

逆に寛大な処罰にしてほしいという国母の願いもわからないではない。京から早馬が駿府城に駆けた。

どういう処分にするかは極めて難しい。

家康は所司代からの書状に驚いた。

実は家康も勝重と同じように四、五人だろうと思っていた。

「なんだこれは？」

その書状には処分を受けるべき公家と女官の名が書かれていた。

首謀者の猪熊教利を始め、朝廷ではみな官位官職の高いものばかりがずらりと並んでいる。

「おのれ猪熊め……」

家康が困った顔で親指の爪を噛んだ。このところ見かけない癖だ。

そこに列記されていたのは、参議の烏丸光広を始め、左近衛中将大炊御門頼国《おおいのみかどよりくに》、左近衛少将猪熊教利、左近衛少将花山院忠長、左近衛少将飛鳥井雅賢、左近衛少将難波宗勝、右近衛少将徳人寺実久、右近衛少将中御門宗信、牙医典薬頭兼康頼継の九人の男たちである。

眼が眩みそうな中将、少将の面々だった。

女官は新大典侍広橋局、権典侍中院局、中内侍水無瀬、菅内侍唐橋局、命婦讃岐の五人の女たちである。

天皇のお傍にお仕えする女官たちに、こういう不始末はあってはならない。

後陽成天皇には皇子十三人、皇女十二人が生まれるが、この不埒な十四人に天皇の子はいなかった。

家康はこの十四人の処分を熟慮する。

何んとも厄介至極だ。

「大御所さま、天子さまのお望み通り全員、死罪でもよろしいのではありませんか？」

などと本多正信はこういう厄介なことは、早く終わらせるべきだと冷たい言い方をする。

だが、家康から聞かれた佶長老はまったく違う考えを述べた。

「罪には軽重があってしかるべきかと考えます。死罪というものは少ない方がよろしいかと思われます」

「それでは天子さまが不快になられるのではないか？」

「佐渡守さま、これまで朝廷に慣例のない死罪を、慣例にしてしまうのはよろしくございません」

「天子さまとの間がこじれるが？」

「それも結構です。ここは大御所さまの力を、天子さまに知っていただく良い機会にございます」

「なるほど、もし、譲位を口になされたら？」

「それも仕方のないことにございます。大御所さまの裁可がすべてを決め、この国を動かしているのでございます」

佶長老は朝廷に家康の力を見せつけるべきだと考えている。

その裁可が気に入らなければ、天皇には譲位という奥の手があると本多正信が警戒する。

朝廷の扱いは厄介で難しい。

だが、信長老はもしそうであっても、断固として家康の考えを押し通すべきだと考えている。

権力は誰にでも見えるようにしておくべきだ。

それが見えなくなったり、弱くなったりすると国が乱れる原因になる。信長老はそう思う。

まだ、徳川政権の権力は将軍にはなく、大御所にあることをはっきりさせる。

九月になると朝鮮に渡海すべく、その方法を探っていた猪熊教利だったが、九州日向の延岡城主高橋元種に捕縛されて京へ護送されてきた。

猪熊のような罪人がそう易々と国外に逃亡できるものではない。

その時、所司代の板倉勝重は不埒者の処分をどうするか、駿府城の家康に呼ばれていた。

板倉勝重は国母の新上東門院の考えに近いことを考えていた。

淫乱な馬鹿者どもだが全員死罪は少々重いようだ。なんといっても女官の処刑というのがつらい。

天皇の命令だが簡単には決められない。

駿府城で家康を中心に処分内容が話し合われた。

最初に決まったのは女官たちの処分で、五人を全員一緒に伊豆の新島に配流することだった。

五人一緒なら寂しくもなく生きられるだろう。

家康には一人だけ三条家の娘という公家の娘の側室がいる。この三条氏は家康の落胤といわれる小笠原権之丞の生母だ。

それ以外の詳細はまったくわからない側室である。

おそらくそんなこともあってか、家康は女官を流罪にしたのだろう。側室三条の縁者が女官の中にいたのかもしれない。

次に死罪が決まった。

首謀者の猪熊教利と女官を誘った兼康頼継の二人である。

罪を問わず恩赦してもいいのではないかという者が二人いた。烏丸光広と徳大寺実久は官停止と蟄居のみにとどまった。

他の五人は厳しい流罪となった。

飛鳥井雅賢は隠岐の島に配流、大炊御門頼国と中御門宗信は硫黄島に配流、花山院忠長は蝦夷松前に配流、難波宗勝は伊豆に配流と決まった。

板倉勝重はこの処分決定書を持って、九月二十三日に急ぎ京へ戻ってきて朝廷に伝達する。

本多正信が懸念したように後陽成天皇は、家康の処分を手ぬるいとして大いに不満を持った。だが、国母の新上東門院を始め、家康の処分に妥当だと得心する公家たちが多かった。

公家の社会にはこういう姦淫放蕩には温い考えが古くからあった。王朝文学などもてはやされる。源氏物語などがその典型的な話で、寝取った方は手柄で寝取られた方が油断だというのだ。

こういう文化は公家社会の特徴のようなものだ。

武家社会では逆で不義密通は二人を重ねて一刀両断である。

天皇は一人で反対することもできず、後に残りそうな不満を残したまま事件の刑が確定する。

家康は天皇に考えをはっきりさせた。

意のままにならない天皇は悔しい限りだ。その天皇の悔しい気持ちが尾を引くことになる。

この猪熊事件が解決したその直後の三十日に、上総大喜多岩和田村田尻の浜で、スペインのガレオン船サン・フランシスコ号が難破、村人によって漂着した乗組員が救助された。

その船には総督の交代のため、スペインに帰国するドン・ロドリゴ・デ・ビベロが乗船していた。

そのドン・ロドリゴは呂宋のマニラから、植民地のヌエバ・エスパーニャこと後のメキシコのアカプルコへ、三隻の船団で向かい台風に遭った。

サン・フランシスコ号は上総の田尻の浜に漂着、サンタ・アナ号は半月も前の九月十二日に豊後臼杵中津浦に緊急避難、サン・アントニオ号だけがヌエバ・エスパーニャに向かっていた。

大多喜城主で本多平八郎の次男本多忠朝が、三百人余の兵を出し自らドン・ロドリゴに会い、江戸と駿府に赴いて仔細を報告するよう約束させる。

その上でドン・ロドリゴを歓待し送り出した。

約束通りドン・ロドリゴは江戸城で将軍秀忠に謁見、駿府城で大御所の家康にも遭難の仔細を報告した。

家康はドン・ロドリゴに帰国させることを約束する。

十月になると絶世の美男子猪熊教利が収監先から引き出され、京の北、鞍馬口の上善寺にて斬首された。

牙医の兼康頼継も猪熊と一緒に斬首される。

ここに宮中の風紀紊乱《びんらん》事件は終わった。この後、十四年後の元和九年（一六二三）に伊豆新島に流された女官五人は勅免により許される。

硫黄島に流された大炊御門頼国は四年後、同じ硫黄島に流された中御門宗信もほどなくして島で死去した。

飛鳥井雅賢は隠岐の島で十七年後に死去する。

蝦夷松前の花山院忠長は二十七年後、伊豆の難波宗勝はわずか三年後には勅免された。

まさに罪には軽重があるということだ。

この後、後陽成天皇はこの事件で意のままにならないことを知り、しばしば譲位を口にするようになる。

大きな落胆であった。

天皇は弟の八条宮智仁《としひと》親王への譲位を考えていたが、これには大きな問題があった。それは八条宮智仁親王が秀吉の猶子だったことがあり、豊臣家と親しい関係にあった。

こういう事はこじれのもとになる。

豊臣家と徳川家は対立していて、三十一歳の智仁親王が天皇になることに家康が難色を示す。

つまり天皇は皇子ではなく弟に譲位したいという。

家康は後陽成天皇の皇子政仁《ことひと》親王十四歳に、孫の和子姫三歳を入内させて中宮に昇らせたいと思っていた。

徳川家が天皇家と結ばれることは、不動の権威を手にすることである。

ここでも天皇と家康の考えに齟齬があった。これでは後陽成天皇が譲位をしたいと言っても話がまとまらない。

天皇の考えだけで次の天皇は決められない。そこが皇嗣の難しいところである。

譲位もできないまま二年後の慶長十六年（一六一一）になって、家康に押し切られる形で政仁親王への譲位が決まる。

後水尾天皇である。

だが、ここでも問題が起きる。後水尾天皇と和子姫は歳が離れていたため、和子姫が懐妊する前に後水尾天皇に子が生まれてしまう。

これが問題になる。およつ御寮人事件という。

この事件で天皇の子を産んだのは、大納言典侍の四辻与津子といい、死罪になった猪熊教利の実の妹だった。

公家の世界は狭く、百数十家しかないからこういうことが起きやすい。

後水尾天皇の第一皇子と第一皇女を産んだにもかかわらず、天皇の傍から遠ざけられ禁裏から追放される。

その与津子は嵯峨野に隠棲したという。

不幸は連鎖することがある。

家康は猪熊事件を経て公家や禁裏の腐敗を憂慮し、公家や禁中を統制する法度の必要性を痛感、佶長老と金地院崇伝にその検討を命じた。

藤原不比等の血を引く藤原一族の問題は根が深い。

一朝一夕では解決できない。

家康は暮れになると十男徳川頼宣に駿河五十万石を与え、十一男の徳川頼房には水戸二十五万石を与えて移封する。

この二人に尾張の徳川義直を入れた三人の息子は、家康の構想の中では最も重要な子たちだ。

御三家として江戸の徳川宗家を支えてもらいたい。

だが、この三人をどのように配置するかが問題だった。尾張の義直、駿河の頼宣、水戸の頼房でどうか。

この御三家の配置では京や大阪の周辺が手薄だ。

彦根の井伊家と桑名の本多家は当てになるが、名古屋に近く東に偏り過ぎていないかと思う。

姫路の池田家と連携できる楔が欲しい。

家康と佶長老はカリカリやりながらそんな話をする。

大阪城がどうしても邪魔だ。

その大阪城で前年の国松に続いて、この年も十七歳の秀頼に女の子が生まれた。後の天秀尼である。

すぐ隠されたためその名も生母もわからない。

茶々の傍にはお付きの侍女たちが大勢いる。その中の一人ではないかと思われるが後に甲斐姫が母ではないかといわれる。

それは天秀尼が死を免れて、鎌倉の東慶寺に入った時、甲斐姫がつき従ったといわれているからだ。

その真相はわからない。

慶長十五年（一六一〇）の年が明けた正月に、豊臣恩顧の九州、西国の大名二十家に、正式に名古屋城築城の手伝いをするよう命令が下った。

なんといっても急がなければならないのは、本丸や天守ではなくそれをのせる頑丈な石垣である。

土台がしっかりしていないとその上に大きな城郭はのせられない。

その築城名人が肥後熊本城の加藤清正である。その清正は築城助役として天守台の石垣をすることになった。

大掛かりな天下普請である。

駿府城の家康は鷹狩り軍団を編成すると、正月にもかかわらず駿河から遠江に向かって押して行った。

好きなものは理屈抜きで好きなのだ。

まだまだ獲物の多い季節である。

閏二月までに大名たちが続々と兵を連れて名古屋に集結、九男徳川義直の居城となる名古屋城の築城が始まった。

それに合わせるように家康は江戸の将軍秀忠に、閏二月十四日から二十三日まで三河の田原で鷹狩りをするよう命じた。

家康は江戸から出ない将軍秀忠に三河まで来るよう命じたのである。

将軍の鷹狩りとなると大御所のそれとは構えが違う。江戸城を出立したのは旗本四万三千人余の大軍団だった。

暢気にしていた旗本たちがいきなりの出陣だ。

鷹狩りといっても将軍の鷹狩りは、隠居爺さんの家康の鷹狩りとはまるで違う戦支度の出撃である。

寝ぼけの旗本が眼を覚ます。将軍を守る旗本が怠惰では困る。

この出陣には名古屋に集結した大名たちを見張る役目もあった。

将軍がわざわざ鷹狩り名目で三河まで出てきたことに、東海道筋から尾張周辺にピリピリと緊張が走った。

築城手伝いの諸大名は大小の石に家の刻印を打って石垣に積む。

ここはどこの家がした仕事かわかるようにする。莫大な量の石が各地から運ばれしっかり刻印が打たれる。

頑丈な石垣があちこちに積まれていった。

そんな時、福島正則が加藤清正に愚痴をこぼした。二人は正真正銘豊臣秀吉と血のつながっている遠い親戚だ。

幼少から北政所お寧さんに育てられ気心が知れている。

「虎之助、こう度々の手伝いでは、加増されても身代が持たぬわい……」

正則は清正より一つ年上だ。

そんな正則の弱音に清正は厳しかった。

「そんなに城の普請が嫌なら、国に帰って戦支度をすることだ」

清正は家康の命令に服従できないなら、安芸広島に帰って徳川軍を迎え討つ支度をしろという。

それを聞いて正則は沈黙した。

まさに清正は天下が家康の手の中にあり、もはや服従するか戦うか道は二つしかないという。

そんなことはもちろん正則もわかっている。

清正は正則に愚痴や弱音を言うなと釘を刺したのだ。どこに目があり耳があるかわからない。

不用意な発言は家康に謀反と思われないとも限らないからだ。

この名古屋城の石垣群は年内にほぼ完成するのだから凄まじい。それこそが家康の威力である。

秀頼見参

そんな騒然とした忙しさの中で、五月になるとマカオ事件の総司令アンドレ・ペソアが長崎に来て、長崎奉行の長谷川藤広に事件の調書を提出した。

その上で駿府城まで行って、家康に事件の陳弁をしたいと申し出る。

ところがこの長谷川藤広という奉行は、伊勢畠山家の家臣だったが、妹のお夏を家康の側室に上げて、長崎奉行になったといわれる狡猾な男だった。

長谷川藤広はそのまま家康に取り次がず、事件の真相を隠して自分の家臣だけを駿府に向かわせた。

これに不満なアンドレ・ペソアが強引に駿府に行こうと騒ぎを起こす。

その騒ぎはイエズス会が抑えたが、長崎奉行の長谷川藤広がペソアの振る舞いに激怒する。

自分が悪いのにおもしろくない長谷川藤広は、水夫を六十人も殺され、ペソアに報復を考えている有馬晴信をたきつけた。

家康にアンドレ・ペソアとその船を捕縛したいと請願させる。

それと同時に晴信は上質な伽羅を入手する朱印船の許可も願い出た。この辺りからマカオ事件がこじれることになった。

このこじれの原因は長谷川藤広の不忠にある。正直に真実を家康に報告しないのだから話がこんがらかった。

朱印船による伽羅の入手問題とからまった。

アンドレ・ペソアを駿府城に向かわせれば、さしたる事件にはならなかったと思われる。

それを長谷川藤広は姑息にも権力を振りかざしたからこじれた。

妹お夏のお陰で長崎奉行に出世、長崎奉行は貿易商人の元締めで、大きなうまみのある役職だった。

その上、伽羅の入手を家康が長谷川藤広にも命じている。

家康は船を押さえペソアに報復すれば、ポルトガルとの交易が途絶えるかもしれないと思う。

だが、スペインやオランダとは交易ができる。

それに伽羅を早く欲しいこともあって、家康はペソアへの報復と朱印船貿易を晴信に許可した。

その許可を見届ける監視役に、もとは長谷川藤広の家臣で今は本多正純の家臣になっている岡本大八を長崎に派遣する。

大八はペソアを駿府城に召喚するようにと命じられた。

ところがこの岡本大八という男が曲者で、家康は本多正純の推挙で人選を誤ってしまう。

家康の失敗人選で岡本大八は大事件を起こす。

大八は長谷川藤広を上回る悪党で狡猾な男だった。その頃、アンドレ・ペソアは船と共に長崎に留め置かれていた。

岡本大八は質が悪く、この事件は銭になると考えた。困った男だ。

六月になると家康はドン・ロドリゴに、ウイリアム・アダムスが建造した洋式帆船を与え、田中勝助《しょうすけ》らと浦賀からメキシコに向かわせる。

家康の寛大な措置であった。

その家康は秀忠のもとで、旗本八万騎の軍事力はほぼ整備されたと判断して、財政面も秀忠に譲ることにする。

それまで駿府城に納めていた上方の年貢米を、江戸城へ納めるように変更する。

六十九歳と高齢の家康は、自分がいつ死んでもいいように、政権の中心を江戸城に移す必要があった。

こういう権力の移行が大切である。親はどうしても子どもに不安があって、なんでも握りしめることが多いが、それでは子どもに責任感が育たない。

家康はそこをわかっていた。秀忠一人ではどうにもならないが、それを支える人材を配置すればいいと思う。

この年から土井利勝と酒井忠世が老中に加わり、大久保忠隣や大久保長安、本多正信や成瀬正成、安藤直次などの老臣たちは身を引く時が来ていた。

家康中心から徐々に秀忠に権力を移行させなければならない。慎重にやるべき家康の頭の痛い仕事だ。

そこで土井利勝に期待した。

家康は覚えのあることだが、自分の胤かはわからない。似ているようでもあり似ていないようでもある。

そういうことは男には分からない。

ちょうど家康が正室築山殿とうまくいかなくなった時期で、何人かの女に心を移した記憶がある。

利勝は幼いころから家康に可愛がられた。

落胤なら秀忠の兄ということになる。その利勝を幕閣に入れて弟かもしれないのに秀忠の側近にする。

何んとしても秀忠を独り立ちした将軍に育てなければならない。

その頃、琉球を征服した島津家久が、琉球王の尚寧《しょうねい》を護衛して駿府城に現れ家康に謁見する。

その足で江戸城に赴き将軍秀忠とも謁見した。

琉球の尚寧王は島津軍と戦い、敗れて江戸に連行されたといった方が正しいかもしれない。

この時、尚寧王は四十七歳だった。

これ以後、琉球は日本の薩摩に属することになった。

家康は十一月になると鷹狩りの虫がむずむずする。あちこちの川や沼で冬の獲物たちが待っている。

虫が騒ぐと居ても立っても居られない。

家康の鷹狩りはもう病だった。鶴や鴨が呼ぶのだからどうにもならない。

ただちに鷹狩り軍団を編成して駿府城を発ち、好きな鷹狩りをしながら江戸へ押して行った。

江戸城へのみやげは鶴や鴨や雉などの獲物だ。

この頃は、四足の獣を食する者は少なかったが、鳥や魚などを食す者は少なくなかった。

江戸は目の前が海で種類も多く、大量の魚が獲れて江戸城に献上されている。うまいものが食べられるのは、城下が発展する助けにもなる。京や伏見の魚は海から遠く活きが落ちる。

家康は三河や駿河で育ったから魚は美味いものを食してきた。

江戸にはそれがある。そこに美味い真鶴や鍋鶴があれば、申し分のないご膳ができあがる。

鷹狩りの大いなる楽しみだった。

その頃、アンドレ・ペソアは家康からの召還を受けると、殺されるのではと命の危険を感じた。

何んとも怪しげな雰囲気で、ペソアは無断で長崎から逃げ出すことを考える。

ところが間の悪い時は仕方のないもので、アンドレ・ペソアの乗るデウス号が長崎港外にでると、有馬晴信の朱印船の船団が現れて、デウス号を逃がすまいと猛攻を開始した。

　家康から許しを得ている攻撃だ。

　十二月十二日から始まった攻撃で、マードレ・デ・デウス号ことノサ・セニョーラ・ダ・グラサ号が炎上。

　四日四晩も海に浮かんだまま燃え続けた。

　マカオで日本人が六十人も殺されたのだから当然の弔い合戦だ。

　こうなってはもう逃げられないペソアは、その燃える船の弾薬庫に火を放って爆死する。

　その一部始終を長谷川藤広と岡本大八は見ていた。

　こうして日本とポルトガルの交易が断絶、明からの貴重な生糸が日本に入ってこなくなった。

　このデウス号事件の後、家康の通訳をしていたポルトガル人のロドリゲス神父を、長崎奉行の長谷川藤広と長崎代官の村山等安《とうあん》が讒訴する。

　秀吉にも家康にも信頼されていたロドリゲス神父は、事件後すぐにマカオに追放された。

　ポルトガルの貿易拡大を手助けするロドリゲス神父を、イエズス会や周辺の大名が嫌い、奉行と代官に圧力をかけたからともいわれた。

それほど南蛮や明との貿易は利が太かった。誰でも儲かることはしたいのが当たり前のこと。

だが、それを独り占めすることは許さない。

デウス号とアンドレ・ペソアはこうして長崎の海に沈んだ。だが、この事件はまだまだ終わらず疑獄事件とキリシタン問題に発展する。

慶長十六年(一六一一)の年が明けると家康は七十歳になった。

日々の薬湯は忘れたことがなく体調はいいが、少々食べ過ぎのきらいがあって体に脂がたまりやすい。

だいぶ太ってきた家康はそれを気にしている。

寝所の方は相変わらず若い側室でにぎやかだが、どうしたことかどの側室も懐妊しなかった。

家康には娘が少なくあと四、五人はほしいところだがこればかりはなかなか。

この頃、天海は権僧正になり時々家康の前に現れた。

僧正とは律令で定められた僧官で大僧正、僧正、権僧正、大僧都、権大僧都、少僧都、権少僧都、大律師、律師、権律師の十位からなる。

大僧正まで天海は昇りつめる。

天海の延暦寺再興が続けられ、延暦寺は秀吉から千五百七十三石の寺領を与えられたが、それに家康が三千四百二十七石を追加で寄進してぴったり五千石とした。

こうして天海は信長が焼き討ちにした延暦寺の各坊を再建させていった。

その天海は百八歳の長寿だったといわれ、大僧正に昇り死後には天皇から慈眼大師号を追贈される。

天海の最大の業績は日光の東照宮と思われがちだが、実は経典の印刷出版である。

それは寛永寺版とも天海版ともいわれ、二十六万にものぼる木製活字が後世に残された。

「僧正、延暦寺の再興はどうじゃ？」

「はい、大御所さまのお陰にて各坊の再建が進んでおります」

「そうか、結構なことだ」

「つきましては川越の無量寿寺北院をも再建したいと考えております」

「うむ、よかろう」

家康の同意で無量寿寺北院は、翌年には喜多院と名を改め完成する。

その喜多院はやがて徳川家や川越城主に保護され、仙波東照宮が建立されるなど四万八千坪を有する大寺になる。

正月が明けたばかりなのに、朝廷では猪熊事件を引きずって状況が悪化していた。後陽成天皇は家康の処分に不満だったが、実母の女院や公家の多くに説得され、渋々温い処分を受け入れた。

天皇の命令が実行されず家康の考えが優先され権威に傷がついた。

その天皇と公家たちの間にも隔たりができ、実母の女院とも意思の疎通が滞り、皇后とさえ会うことが少なくなっていった。

猪熊事件に関与したもの全員の死罪を主張した天皇は孤立したのである。

こうなると天皇でいることが難しい。

正月前の暮れに譲位を家康に伝達、政仁親王への譲位で合意して年明けの三月二十日頃の譲位と内定した。

八条宮智仁親王は除外された。

朝廷は古くから高齢の親王が即位することを嫌う。

かつて後醍醐天皇が三十一歳で即位したが、この時は後三条天皇以来二百五十年ぶりといわれた。

朝廷は歳を召した天皇の即位を望まない。それは平安期の摂関政治とのかかわりがあった。

帝位にしがみついた後醍醐天皇は、建武の中興で武家の扱いと土地問題の扱いに失敗、南北朝という天皇家の分裂を招いた。

天皇の即位には国が新しく生まれ変わるという意味がある。

よって高齢は嫌うが幼いことは気にしない。これまでに最も幼い天皇は二条天皇の病によって、天皇に即位した六条天皇の生後七ヶ月、数え二歳での即位でその即位の礼ではぐずって泣いたという。

その六条天皇は五歳で八歳の高倉天皇に譲位して上皇となる。

高倉天皇はわが子の安徳天皇三歳に譲位、その安徳天皇は源氏に追われ、平家一門とともに壇ノ浦で亡くなる。

急なことで四歳の後鳥羽天皇は、神器が揃わないまま即位した異例の天皇といわれている。

後陽成天皇も十六歳で即位していた。

結局、後陽成天皇は気に入らない政仁親王十六歳の即位を了解した。ところが閏二月十七日になって、家康が市姫の死去を理由に譲位の延期を奏請してきた。

これには天皇が激怒する。

その上、家康は即位に伴い政仁親王が元服する期日にも介入した。

天皇は大いに不興になられたが、家康と衝突しては困ると考え、五摂家が入れ替わりに天皇を必死で説得する。

力を失った天皇は仕方なく家康への抵抗をあきらめた。

その家康は即位の礼のため駿府城を発って京に向かい、三月六日には上洛して二条城に入った。

この時、家康は大阪城の秀頼と会いたいと考える。

天皇の即位のめでたい時だ。茶々も反対しないだろう。使者を出して秀頼に上洛して欲しいと要請する。

家康はずいぶん秀頼とは会っていない。

譲位は予定より少し遅れたが、三月二十七日に無事行われ、政仁親王が後水尾天皇となられた。

上皇になられた後陽成上皇に、上皇の御料として二千石が献上される。

だが、この二千石は少ない。

上皇には十三人の皇子と十二人の皇女がいた。この皇子や皇女を産んだ女御や典侍など九人がいる。

とても二千石では賄いきれずに上皇は苦労することになった。

家康の後陽成天皇に対する振る舞いは、天皇の権威との激突でかなり問題もあるが、まだ安定しない徳川政権を守るために、強引に主張を通し権威と権力の在り処を、はっきりさせておく必要があったと見ることもできる。

国を率いるのは天皇ではなく、家康であり徳川政権だということだ。

翌三月二十八日に家康は二条城で秀頼と会見する。

その秀頼は妻の千姫の祖父に挨拶するという名目で大阪城を出た。秀頼を護衛するのは加藤清正と浅野幸長である。

織田有楽斎《うらくさい》と清正は家康の上洛要請を茶々に仲介、左大臣昇格問題以来疎遠な両者を和解させた。

もちろんその裏には、清正の娘八十姫と家康の十男頼宣の婚約があった。

そういうことで家康も、清正が大阪城から秀頼を上洛させることに期待していたのだ。

家康は清正を徳川家の家臣と見ている。

清正も秀頼の護衛ではあるが徳川頼宣を婿と考えていた。

二条城でその秀頼十九歳を見た家康は、ひっくり返りそうになるほど仰天した。

家康が大阪城で何度も見た秀頼とはまるで別人だった。

秀頼はにこやかに家康を義祖父として上座に勧める。

なんとも秀頼は滅多に見ることのない巨漢で、身長六尺五寸（百九十七センチ）に体重四十三貫（百六十一キロ）だった。

家康はその大きさに恐怖を感じた。

大阪城の茶々が大きな女だから、大きな女が産んだ子は大きく育つと家康は思っていた。

立派な公達ぐらいに考えていた。

ところがそんな家康の想像を遥かに超えて、巨漢というだけでなく秀頼は実に聡明な男に育っている。

まさに威風堂々たる容姿に知性的な落ち着いた振る舞いだ。

とても十九歳とは思えなかった。

これこそ織田家の血筋ではないのか。

太っている家康が何んとも小柄で貧弱な爺さんに見える。その場にいた北政所お寧さんや清正たちもそう感じた。

家康は咄嗟にこの秀頼に江戸の将軍が殺されると思う。

この男はあの貧相な猿顔の小柄な爺さんの子ではない。あの太閤秀吉の子ならこんなはずがない。

そう思うと強烈な殺意が家康に生まれた。

この男を殺さないと江戸の将軍ではとても抑えられなくなる。

大狸の家康はわざと笑顔を作り、沸き立つ殺意を押し隠す。心の奥底には得体の知れない恐怖が生まれていた。

この十九歳の小僧に大御所ともあろう者が何を恐れている。

家康は殺意を悟られないように、笑顔を絶やさず形式通りの盃事を無事に終わらせた。

だが、家康のこの殺意に気づいた者がいた。

高台院こと北政所お寧さんである。その殺意に気づいた者がもう一人いた。いわずと知れた佶長老だ。

その佶長老はまずいことになった。やはり殺しておくべきだったと思う。

高台院は大阪城の茶々が立派に育った秀頼を、関白にしたいばかりに家康に披露したのだと気づいた。

それは愚かな考えで大きな間違いであり失敗だ。

徳川家康という人は茶々が考えるような甘い人ではないのだ。秀頼が立派になったから関白に就任させるなどという、危ないことを考えたりする人ではない。

茶々は相変わらず考えが甘過ぎると高台院は思った。この失敗で秀頼は家康に殺されるかも知れない。

義父の将軍秀忠など、六尺五寸、四十三貫の秀頼と並んだら貧弱な親爺だ。貧乏秀吉を太閤にまで昇らせた糟糠の妻は、家康の心の奥底を見破る実に聡明な女だった。その上、秀吉の菩提を弔う高台寺を建立する時に、家康から大きな支援をしてもらった。

危ないと気づいても高台院お寧さんにはもう秀頼を助けるすべはない。

その日、高台院は悲しい気持ちで東山の寺に帰った。

第十二章　金地院崇伝

三岳寺

「見たか？」

家康が薬研をカリカリ回しながら信長老に聞いた。

「はい……」

「それでどうする？」

「殺します」

信長老は家康の傍に薬湯の茶碗を置いて、はっきりと秀頼を殺すべきだと言った。

相変わらず老女の千賀がコクリコクリとやっている。

「どうやって殺す、毒か？」

「正々堂々と大阪城を攻めます」

「あの城を攻め落とすのは難しいぞ……」

「大御所さまはすでに大阪城の落とし方をご存じかと思いますが？」

「知っていたのか？」

「いいえ、そう思いましたまででございます」

家康が薬研を回しながらチラッと信長老を見た。

信長老は家康が大阪城の落とし方を知っているはずだという。だからいつまでも秀頼と茶々姫を放置している。だいぶ前に信長老はそう感じ取っていた。

「実は、あの城の落とし方は建てた本人から聞いた」

「太閤さまから？」

「うむ……」

家康は手を休めると薬湯の茶碗を取ってガブッとやった。苦い。

「苦いッ！」

「はい！」

千賀がパッと寝ぼけて目を覚ました。

近頃の千賀は居眠りしながら涎を流したりする。それでも家康は何も言わず千賀を愛しているのだ。

この老人と老婆は不思議な関係なのである。

「飲め……」

「はい、有り難く頂戴いたします」

千賀が両手で家康の飲み残しの茶碗をいただいた。

「飛び切り苦かったわい……」

「不愉快な時には苦い薬がよろしいかと思います」

「うむ、ところで佶長老、肥前の鍋島が肥前小城の医王山三岳寺をそなたに寄進したいそうだがどうする?」

「勝茂さまが?」

「肥前小城がそなたの生まれ故郷だそうだな?」

「はい、拙僧の父は肥前小城晴気城主、千葉胤連さまの家臣、野辺田善兵衛という者にございます」

その千葉家の養子だった鍋島直茂が実家に復帰する時、胤連は家臣中から十二人を選んで直茂に与えた。

その中の一人が佶長老の父野辺田善兵衛である。千葉家から鍋島家の家臣になった。

鍋島勝茂はその直茂の嫡男で、関ヶ原の戦いでは石田三成の西軍だった。戦いに敗れ、当然、鍋島家は改易になるはずだったが、鍋島勝茂は家康の側近である野辺田家の三要元佶を頼った。

「勝茂殿、すぐ家康さまに謝罪なされ、拙僧が取り次ぎますすほどにな？」

「かたじけなく存じます。この御恩は終生忘却いたしません」

「そのようなことは気になさるな。主家のために働くのは家臣の務めです」

「有り難い……」

鍋島勝茂は両手で顔を覆って泣いた。

「まいりましょう」

勝茂は佶長老の働きで家康との面会が叶い、伏見城を攻撃したことなどを謝罪し許された。

家康の佶長老に対する信頼は格別だった。

関ヶ原では徳川軍精鋭の秀忠軍が遅参し、不安になり弱気になる家康を、佶長老は「この戦いは決して負けません！」と励まし続けた。

その功績は鍋島家を救うのに充分だったのである。

父の鍋島直茂が伊勢口にいて、勝茂が西軍と行動するのを止めたことも評価された。関ヶ原の戦場において家康の傍で働いた信長老の取りなしで、鍋島三十五万七千石は無傷で安堵された。

家康は信長老に感謝の意味で鍋島家に手を付けなかった。

鳥居元忠の伏見城を攻撃したのだから、重ければ改易、軽くても半減封は免れないところだ。

勝茂は幸運だった。

「勝茂殿、すぐさま九州に戻り、柳川の立花宗茂を攻めて下され……」

「承知仕りました。閑室さま、御礼の言葉もございません!」

この時、鍋島勝茂は二十一歳の若き武将だった。

その勝茂が信長老に故郷の肥前小城の、医王山三岳寺を寄進したいと、家康に伺いを立てたのである。勝茂は若き日の恩を忘れていなかった。

「三岳寺は三津寺というそうだが、臨済宗南禅寺派に改宗して、寺領百二十石で信長老に寄進したいということだ。受けるか?」

「大御所さまのお許しをいただけますならば……」

「肥前に帰りたいか?」

「はい、すぐ戻ってまいります」

「うむ、戻ってくるという約束で許そう……」

家康はこの時、信長老は必ず戻ってくると思っていた。だが、六十四歳の三要元佶は家康の傍に戻ることはなかった。

信長老は支度を整えると、迎えに来た三岳寺の寺侍谷口杢太夫らと九州に向かった。

秀頼が家康に会うため二条城まで出てきた返礼に、家康は幼い義直十一歳と頼宣十歳を名代として大阪城に遣わした。

四月十二日に後水尾天皇の即位の礼が行われる。

その日、家康は京にいる大名たちに、江戸の将軍が発する諸法度に従うよう誓約させる。

将軍秀忠の権威を諸大名にわからせる必要があった。

いつまでも家康の時代ではない。譜代は別として大名などは面従腹背であることが多い。強い者になびくだけなのだ。

そういう大名は弱味を見せるとそこに嚙みついてくる。だが、おかしな動きをする大名は容赦なくとり潰す。

家康は即位の礼が終わるとすぐ京を出立した。

二十八日には駿府城に到着した。久々の上洛だった。家康の頭からあの巨漢の秀頼が離れない。

殺してしまうべきだと言った信長老は九州に向かった。

家康は一人でカリカリやるのが寂しい。例によって千賀は家康の傍ですぐ居眠りをする。

信長老の代わりになれるのは本多正信ぐらいだ。

その頃、江戸城で問題が起きていた。

将軍秀忠が自分の乳母の大姥局《おおうばのつぼね》に仕える美女のお静に手を付けたのだ。お静は聡明でやさしい女だった。

乳母の大姥局のところに顔を出しているうちに、秀忠はお静を好きになり、お静に会うために大姥局に会いに行くようになった。

それに大姥局は気がついた。

秀忠は三十二歳、お静は二十七歳ともう若くはない。

「若君、どうぞ奥へ、お静に伽《とぎ》の支度をさせておきました。夜のつれづれなどをお話しください」

「局……」

「お静は、若君のお情けを頂戴したいそうにございます」

「お静が？」

「はい、なにとぞ、お子を……」

その夜から秀忠は時々大姥局のところにきて、お静との逢瀬を重ねると大姥局のいう通りお静が懐妊した。

それからが大騒動だった。

なんといっても秀忠は歳上の妻お江の悋気が怖い。このまま城内においておけばお静の懐妊が発覚してしまう。

こうなると天下の将軍もだらしがない。

実は秀忠には家光が生まれる前に、長丸《ちょうまる》という男の子が生まれている。この子は千姫と珠姫の後に生まれた。

だが、母親は正室のお江ではなかった。

身分の低い女でその名はどこにも残っていない。家女とあるのみだ。その長丸は生後十ヶ月で夭折した。

その死因がお灸というから不思議だ。

生まれたばかりの子にお灸など考えられないが、大火傷でもしてそれが原因で亡くなったとも考えられる。詳細は隠された。

事故に見せかけて長男の長丸は殺された可能性さえ考えられた。

その長丸の死後に正室お江の産んだ次男家光が三代将軍となる。この辺りの事情を秀忠は知っていた。長丸がなぜ死んだか。

秀忠は秘かに土井利勝を呼んだ。もっとも信頼している老中である。

利勝は秀忠が生まれると役料二百俵で傅役となった。その時、利勝はまだ松千代と呼ばれ七歳だった。

そんな幼い利勝を家康は鷹狩りに連れて行くなど、土井家は三河譜代の家臣でもないのに寵愛が尋常ではなく、誰もがきっと、あの松千代は家康の落胤に間違いないといった。

公式には水野信元の三男で土井家に養子に入ったことになっている。

だが、利勝が生まれた頃には、家康が正室の築山殿と不仲で、水野信元も武田信玄と通じているとかいないとか、猜疑心の強い織田信長とうまくいかなくなった難しい時期だった。

若い家康が寂しさからあちこちの女に、秘かに手を出したともいわれた。

そんなことが原因で後家好きになったのかもしれない。

その土井利勝は順調に出世して一万石の大名になり、秀忠が将軍宣下を受けた時に従五位下大炊頭《おおいのかみ》に任官し老中になった。

今は下総佐倉三万二千石である。

「大炊、大姥局のところのお静を知っているな？」

「はい、存じ上げております」

土井利勝は秀忠の乳母の大姥局とは傅役の頃から親しい。むしろ母のように慕ってきた。

「できた……」

「はい？」

「できたのだ。お静に……」

「はッ、おめでたいことでございます」

「わかっているのか？」

「はい、ここでは口にできないことかと……」

「そうだ。なんとか城の外に出したい。策を考えろ。他言無用だ！」

「畏まりました。すべては利勝の一存にて取り計らいまする」

「うむ、任せる……」

秀忠は不安そうな顔で利勝に任せることにした。何んとも冷静な男が将軍の傍にいるものだ。驚きもしない。

本来、側室や愛妾を持つ時は、正室の体面を考えて了解を取り、娘をしかるべき武家に預けて養女にし、その身分を整えるという段取りが必要だが、長丸の母の時もお静もその手続きを秀忠は取らなかった。

せっかちというかすぐ抱いてしまう。

そこは家康に似ていた。家康も手が早い。だから二十人も妻がいる。

忘れていたわけではないのだが、長丸のことで秀忠はお江にひどく負い目を感じている。

秀忠は真面目な男なのだ。長丸の死に責任を感じていた。

それでいてまたやってしまった。

お静は武蔵板橋竹村の大工の娘で、身分が低く将軍の側室なり愛妾にするには、お江の体面に傷をつけてはならない。

他の娘に将軍の手がつき懐妊したのを、正室が知らなかったでは大恥をかくことになる。

秀忠の後始末を任された利勝は大姥局に会いに行った。

大姥局はニコニコと嬉しそうだ。利勝は大姥局とお江がうまくいっていないのかと思う。

「利勝殿、久しぃのう」

大姥局は利勝がくるのを待っていたという顔だ。

「はッ、お局さまにはご無沙汰をいたしております」

「それはお互いさまじゃ。実はな、お静には神田白銀町に姉婿の竹村次俊という親戚がおる。そこはどうかのう？」

大姥局は秀忠の意を汲んで、お静を城外に出すことを考えていた。利勝がそのことできたとわかっている。姉の嫁ぎ先であれば安心というものだ。

「はい、承知いたしました」

利勝は秀忠の傅役だが秀忠と一緒に大姥局に可愛がられて育った。大恩のある人なのだ。

「それでな、やはり側室は無理だろうか？」

「話が前後いたしましたので、御台所さまに申し上げるのはいささか……」

「だろうな。長丸君のこともあるでのう」

「はい、時機を見てということになるかと思われます」

「うむ、仕方なかろう。ところでお静と生まれた子を預ける人だが？」

「お局さまに心当たりでも？」

「ないこともない。まだ将軍さまには話していないのだが、一人、お頼みするのに相応しいお方がおられる」

「お漏らしくだされば……」

「将軍さまに話してくださるか？」

「はい！」

「近すぎても遠すぎても困る……」

「はい、上さまが鷹狩りなどの折に、立ち寄れるところなどであれば誠に有り難く……」

「八王子では遠いかのう？」

「八王子といえば大久保長安さま……」

その時、土井利勝の頭に一人の人物の名が浮かんだ。だが、口にはしなかった。

「田安門の比丘尼屋敷におられる見性院さまをご存じでしょうか？」

「はい、武田家の姫さまで穴山梅雪斎殿の奥方さまとお聞きしております」

「お会いしたことは？」

「ございませんが、お局さまはその見性院さまを……」

「うむ、武田家であれば将軍さまの子を預けるに不足はないと思うがのう？」

「はい、仰せの八王子というのは見性院さまの妹、信松院《しんしょういん》さまのことでございましょうか？」

頭に浮かんだ人の名だ。

「ご存じか？」

「大久保長安さまからお聞きしております。武田信玄さまの五女の松姫さま、織田中将信忠さまのご正室であったと……」

「うむ、今は信松尼さまといいます」

「はい……」

利勝は信玄公の二人の娘なら、将軍の子を密かに預けるのに申し分がないと思う。

「将軍さまのお許しがあり次第、見性院さまにお会いしてお願いいたします。八王子には見性院さまから通していただきましょう」

「承知いたしました。早速、上さまに言上いたしまする」

「お願いします」

将軍の乳母と傅役の話がトントンと進んだ。

もちろん、早々にお静を隠してしまいたい秀忠に否やはない。

武田家というのは願ってもないことである。武田信玄は大御所の家康が尊敬している人だ。

そのお静が神田白銀町に移って臨月を迎えた。

お静は将軍秀忠に会いたくて仕方がない。

当然、将軍秀忠も愛するお静に会いたい。だが、将軍は好き勝手に江戸城を出ることはできない。

浪人がうようよしている城下に出ることなど言語道断である。

将軍が城を出られる時は大番組などの旗本が、少なくとも一万騎は護衛につくことになる。

お忍びなどということはまったくない。

将軍というのはそんな軽い身分ではないのだ。

武家はその身分によって供揃えというものが決まっている。将軍自らそれを破るようなことは決してない。

そこが二人には辛いところだ。

将軍秀忠という人は途方もなく律儀な人で、婚約だけで終わった正室織田信雄の娘小姫、継室で秀吉に薦められた御台所の浅井長政の娘お江、長丸の母、後に側室になる大工の娘お静、この四人だけが正式な妻である。

家康のように正室と継室と側室が、二十人などという奥の華やかさはまったくなかった。

お静は臨月に入るとすぐ、五月七日に安産で男子を産んだ。

その誕生は土井利勝から秀忠に報告された。秀忠は四男の誕生に大喜びで、赤子には幸松丸と名をつけた。

つまり長男長丸、次男竹千代、三男国千代、四男幸松丸である。

お静と幸松丸の親子は見性院に預けられ、八王子の松姫の信松院に隠されることになった。

八王子であればお江の手も届かない。隠れ家としてはちょうど手ごろだ。

この幸松丸とお静に会うため、秀忠は大軍を率いて鷹狩りをし、八王子方面に押して行くことになる。

幸松丸はお静と信松尼と見性院に育てられ、やがて高遠城に移り、その武田家の縁で、信州高遠城の保科正光に預けられる。

正光にはすでに左源太という養子がいたので、幸松丸は行くのを嫌がってお静を困らせたという。

名を正之と改め母のお静と高遠城に住んだ。

やがて長じると保科正之は実に聡明で、将軍家光と対面、忠長とも対面し兄たちに気に入られる。

特に三代将軍家光は聡明な正之を信頼した。

出羽山形城二十万石を与えられるなど、水戸の徳川光圀、岡山の池田光正らと並び、保科正之は三名君と称され徳川政権の中枢を支えることになる。

極楽

幸松丸が生まれた頃、浦賀にスペインの使節セバスティアン・ビスカイノが到着した。

ビスカイノはドン・ロドリゴが救助されたことへの答礼使である。

この来日は家康が西欧の鉱山技術、特にアマルガムに興味を持っていたからでもあるといわれた。

金銀の効率的な抽出法で、やがて大久保長安がそれを手に入れる。

この頃、西欧やメキシコでは、日本の近海には黄金を産する金銀島があると噂されていた。おそらく佐渡島のことだろうと思われる。

ビスカイノも日本の金銀に興味を持って、アカプルコから浦賀を目指してきたのだった。

無事に到着したビスカイノは江戸城で将軍秀忠と謁見。

二ヶ月後には駿府城の家康に謁見する。

その際、ビスカイノはスペイン王家の紋章を掲げ、トランペットを吹き鳴らし、マスケット銃を撃ち鳴らしながらスペイン流の行進で、なんとも派手々々しく駿府城に入城してきた。

家康は通商を望んだが、ビスカイノはキリスト教の布教を望んだ。

スペインやメキシコはまず日本にキリスト教を布教したい。家康との考えの隔たりは大きかった。

双方は友好ということだけで合意する。

その先の具体的なことまで合意することはなかった。ただ家康は日本近海の測量だけは許可した。

貿易船が出入りするための地形の測量である。

その頃、大阪から九州肥後に向かった加藤清正が船中で発病、熊本城になんとか戻って六月二十四日に死去する。五十歳だった。

その死因については、この後に亡くなる浅野幸長と同じ唐瘡とも、癩患だったともいう。

そんな中で根強い噂が家康による毒殺ということだ。

家康が二条城で秀頼と対面した時、家康に食事を勧められた秀頼に代わって、傍にいた清正が毒入りの料理や毒饅頭を食したというのだ。

だが、その後、清正は秀頼と豊国神社に参詣しており、京から熊本まで何日もかかる中で発病する。

そんな遅効性の便利な毒はあるだろうか。

帰国する船中で発病した清正は、口が利けず遺言も残さなかったという。何んとも急な病だったのだろう。

明から砒《ひ》霜《そう》を手に入れるとか、石見銀山の銀毒などを使えばそうなるだろうか。

この時期に家康が清正を殺す必要があったかも疑問だ。

すでに、清正は家康に恭順しており生きている方が、豊臣恩顧の大名を押さえるため家康には使い道があった。

毒饅頭は後世の創作話のようだ。

この頃、小さな地震が頻発していたが、八月二十一日巳の刻に入った頃、会津地方を大地震が襲った。

グラッと一撃が来てグラグラと地下の大鯰が暴れた。

倒壊した家屋が二万余戸、死者が三千七百余人という大惨事になった。

会津鶴ヶ城の石垣が崩れ落ち、七層の大天守が傾いて半壊、寺社にも大きな被害が出た。

この国の地震はどこに起きてもおかしくない。いたるところに大鯰がいる。

悲惨なのは山崩れや地滑りで多くの人々が呑み込まれ、川がせき止められてあちこちに沼や池ができたことだ。水害も発生した。

大きな地震は後を引くという悪い癖がある。

その頃、ビスカイノは海から仙台に赴き伊達政宗とも謁見、気仙越喜来《おつきらい》村沖を測量中に慶長三陸地震の大津波に遭遇する。

十月二十八日のことだった。

その時、海上にいたビスカイノの船は無事で、九州方面に測量しながら南下して行った。

慶長という元号は天変地異などで、なかなか落ち着かない年が続いた。

そんな時、江戸城では八歳の家光と、六歳の忠長の間に派閥ができ始めている。

大名家では世継ぎ争いは珍しくない。家臣たちが権力を争うからだ。

だが、将軍家ではあってはならないこと。

国が乱れ応仁の大乱のようなことになりかねない。

家光は生まれながら病弱で、病になると家康が調合した生薬で回復してきた。

お福は家康だけが頼りだった。

そんな家光を秀忠もお江も嫌い、弟の忠長を溺愛する始末である。

その家光をお福が手塩にかけて育てた。忠長が可愛いからといって家光が粗略に扱われては不満だ。

お福は駿府城に赴いて家康に直談判する。

「どうした福、竹千代がまた病か？」

「大御所さま……」

「泣いても駄目だぞ」

「はい、福は泣きませぬ」

「うむ、国千代のことだな？」

家康は将軍が弟の国千代を溺愛していると知っていた。

「案ずるな。わしの眼は節穴ではないぞ。それより久しぶりだ。伽をするか？」

「はい、このような婆さんでよろしければ、ご下命、有り難く……」

「うむ、福、わしが後家好みだと知っているか？」

「いいえ、存じ上げません」

「そうか、幾つになった？」

「二十八に相成りましてございます」

お福も結構な狸で実は三十三歳だった。

「ちょうど良い年ごろじゃ……」

家康は賢いお福を気に入っている。

そのお福は家光の遊び相手に、自分の息子の正勝、正利、正吉の三人を差し出していた。正吉は稲葉正成の子だが母親はお福ではない。

お福の命がけを家康はわかっていた。そこが何んとも可愛い。

この夜、お福は家康の寝所に上がったが、江戸城のことは何も言わなかった。

「福、正成のことだが未練はあるか?」

「はい……」

「そうか、その正成を越前の忠昌の家老に考えている」

「確か松平忠昌さまは結城秀康さまのご次男かと存じますが?」

「うむ、もう十四になった。ところがなかなかの暴れん坊らしい。正成ならなんとかするだろう?」

「はい……」

「気に入らぬか?」

「いいえ、有り難いことにございます」

この時、忠昌の兄忠直は将軍秀忠に可愛がられ、秀忠の三女勝姫と九月二十八日に結婚すると決まっていた。

越前は七十五万石と大きな国である。

その松平忠直はやがて江戸への参勤を怠り、家康の法要に参列しなかったり、勝姫の侍女を斬ったりと不祥事が多い。

そのため秀忠に叱られ九州豊後に隠居させられる。越前は弟の松平忠昌が継ぐことになる。

もちろん家康が亡くなってからの話だ。

「遠からず江戸へ鷹狩りに行く……」

「はい……」

寝物語に家康はお福とそんな約束をした。

それからしばらくして、家康は鷹狩り軍団を率いて江戸に向かった。

江戸城に入った家康はいつものように、将軍秀忠、お江、家光、忠長に会った。

お福が部屋の隅にひっそり控えている。

将軍一家を見て家康はこのままでは駄目だと思う。

お江の忠長に対する溺愛が眼に余る。それを秀忠は咎めないのだ。

おそらく家康が小言を言っても、お江は聞くような相手ではなさそうだ。そう察した家康がチラッとお福を見る。

そのお福が苦笑いをしたのを家康は複雑な心境で受け止めた。

家康は派閥まで出来つつあるとは思っていなかった。あの夜、可愛いお福はそういうことを一切言わなかった。

「竹千代、ここへ参れ！」

「はいッ！」

家康の生薬に何度も助けられた家光は、お福から聞かされて祖父の家康を尊敬している。

発育が良くないのか八歳にしては小柄だ。

「ここへ座れ……」

家康は家光を自分の膝に座らせた。それを見た忠長が自分もと思い、座を立つと家康の傍に行こうとする。

「国千代ッ、控えろ、そこに座っておれ!」

家康の厳しい声に将軍もお江も、にこやかにその場にいた土井利勝たち老中も急に緊張した。

お福はうつむいている。

「国千代に言い聞かせることがある」

それは子どもの国千代ではなく、家康が将軍以下の愚かな大人どもに言い聞かせたいのだ。二人の子どもには何の罪もない。

「国千代、そなたはいずれ将軍になる竹千代の家臣になる身である。この爺の膝に座ることは許さぬ。いいな?」

「はいッ!」

「いい返事だ。竹千代、国千代を可愛がるのだぞ。家臣を大切にできぬものは将軍にはなれぬ。忘れるな」

「はい！」

それを聞いてお福の眼から涙がこぼれた。

家康はみなの前で徳川家の長幼の序を正したのである。家康の意向は絶対だ。違背は許されない。

以後、徳川将軍家は長子相続であると決まった。

部屋の緊張がほぐれるとお福は家康に平伏して座を立った。うれしかった。大好きな家康がすべてわかっていたのだと思う。

その夜、お福は家康の傍に上がりたかった。だが、家康からのご用を夜遅くまで待っていたがお呼びはなかった。

駿府城から若い側室たちがついてきているのだから仕方がない。

大年増のお福の出る幕はなかった。家康の寝所はいつも忙しい。

翌日、江戸城を出た家康と鷹狩り軍団は、江戸の近郊から鷹狩りを始め、十一月には忍城の近くまで押して行った。

鷹狩りにはちょうど良い季節で、どこに行ってもたっぷり脂の乗った良い獲物がうようよいる。

鴨などは獲り放題だ。鷹を放てば必ず仕留めてくる。

そんな獲物を大量に持って家康と鷹狩り軍団が江戸城に戻ってきた。するとその夜、お福は家康のご用を命じられた。

お福はうれしくて仕方がない。大年増がいそいそと乙女のように寝衣で家康の寝所に上がった。

「福、少々疲れた。腰を揉んでくれ……」

「はい！」

「どうだ。少しは改まったか？」

「はい、大御所さまのお陰にて、近頃は将軍さまが竹千代さまにお話をしてくださいます」

「そうか、三代目は心配ないか？」

「御意……」

「福、そなた伽羅を知っているか？」

「はい、高価なお香だと聞いております」

「そうか、聞いたことはあるか？」

「ございません」

「そこの箱を開けてみろ……」

家康が褥に横になったままお福に命じた。傍の金蒔絵の小箱を開けると微かにいい匂いが漂った。

赤い袱紗には握りこぶしほどの黒い香木が包まれている。

「これは？」

「それが伽羅だ。褒美にやろう」

「この福に？」

「そうだ。ここにはそなたしかおるまい……」

「こ、このような高価なものを福に？」

家康は褥に起き上がって「聞いてみるか？」という。

「はい！」

なんとも七十歳の家康と三十三歳のお福が、夜の夜中に香を聞くというのだから変な二人だ。お福にも化け物の素養がありそうだ。

「道具は？」

「ございます……」

お福が猫のように音を立てずに寝所から出て行くと、暫くして香を焚く道具を持って戻ってきた。二人はこそこそと薄暗い寝所で泥棒のように支度を始める。

「福、わしはこれを生薬に使うのだ」

「香がお薬になるのですか？」

「なる。この伽羅は南方のバタヴィアというところからきたものだ」

「バタヴィア？」

「うむ、天竺の傍らしい」

「まあ、あの仏さまのおられる天竺でございますか？」

「そうだ。船で何ヶ月もかかる」

「そんな遠くから……」

「南方のシャムあたりにも良い伽羅があるそうだ」

「大御所さま、一つお聞きしてもよろしいでしょうか？」

「なんだ？」

「この天地が丸いというのは本当でしょうか？」

「うむ、この世は蹴鞠のように丸くできておるのだ。その鞠はずいぶん大きいらしい……」

「やはりそうでございましたか……」

二人は暗がりで楽しそうだ。そのうち、伽羅が焚かれてなんとも良い匂いが寝所に広がった。

家康が最初に香を聞いた。それがお福に渡される。

これまでに経験のない良い匂いだ。

「大御所さま、これはきっと極楽の匂いにございます」

「極楽?」

「はい、そうに違いありません」

「なるほどな……」

家康も確かに極楽だろうと思う。お福は香の匂いに溶けてしまいそうだ。

「お情けを……」

「うむ……」

伽羅の微かな匂いが明け方まで寝所に残った。

佶長老死す

アンドレ・ペソアのデウス号事件以来、日本との交易を失ったポルトガルは交易復活のため、島津家の援助を受けようと薩摩に現れる。

艦隊司令官ドン・ソウトマヨールは六月に薩摩に上陸した。

島津家は援助要請を受け入れドン・ソウトマヨールを案内し、駿府城で家康に謁見させ江戸城で将軍秀忠と謁見させる。

ソウトマヨールはマカオ事件の弁明をした上で、長崎奉行長谷川藤広の罷免と失ったデウス号の賠償を求めた。

だが、家康も江戸の将軍もすべての責任は、アンドレ・ペソアにあるとして取り合わず、交易の再開だけを認めると言い渡し朱印状を与えた。

そんな時、長崎では話がこじれていた。

有馬晴信はマカオ事件で死んだ乗組員六十人の報復も果たし、家康への伽羅の献上も藤広より早く達成したことで、家康から褒賞があると考えた。

晴信はその褒賞には欲しいものがあった。

それは家代々の争いの中で龍造寺家に奪われた領地の回復である。それは有馬家の悲願でもある。大名家はどうしても領地にこだわる。これは武家に憑りついた業のようなものだ。

このこだわりがあちこちで悲喜劇を生んだ。

そんな晴信の思惑を知らない長谷川藤広は、伽羅の献上で先を越されたことがおもしろくない。

藤広と有馬晴信は不和になった。

すると、キリシタン大名の晴信が関係の深いイエズス会と対立している、ドミニコ会に藤広が接近する。

何とも大人げない振る舞いだが本人たちは真剣だ。

その上、藤広がデウス号を沈めるのに四日四晩もかかったのは、晴信の攻撃が手ぬるいからだと批判した。

それを聞いた晴信が激怒して「次は藤広を沈めてやる」と、軽率にも口走ったのは油断だった。

こういう言葉は殺してやるといったと誤解されやすい。

心で思っても口に出してはいけないことだ。

結局、この不用意な発言が有馬晴信の命取りになってしまう。

この晴信の言葉を聞いた岡本大八が、晴信の思惑と懐疑心につけ込んだ。大八は晴信と同じキリシタンである。

家康に報告を済ませて長崎に戻った大八が、気心の知れたキリシタン同士で晴信を饗応した。

有馬晴信は真面目で一徹な大名だった。

その饗応の席で悪党の岡本大八は、ありもしない怪しげなことを晴信にささやいたのである。

大八は大金を手に入れようと考えていた。

「この度の恩賞に藤津、杵島《きしま》、彼杵《そのき》を晴信殿に与えようと、大御所さまは考えておられるようだ。それがしは本多正純さまの仲介を取り計らうことができるのだが……」

このささやきに家代々の失地回復を願う晴信は易々と引っかかった。

そんな話はどこにもない大八の作り話である。

大八のいう藤津、杵島、彼杵とは有馬家が、隣の龍造寺家に奪われた土地で、それを取り返すのが有馬家の悲願だった。

その弱点に嚙みつかれた。

岡本大八は悪の本性を表して、晴信に仲介工作のために資金が必要だという。

本来、恩賞工作などというのは怪しい話だ。

だが、大八は家康の側近本多正純の家臣であり、自分と同じキリシタンであることから、疑わない晴信は本多正純の力添えがあれば、何とかなると安易に思い込んでしまった。

旧領の回復は間違いないと思い大八の求めに応じることにする。

軽率といえばまことに軽率で、家康の側近本多正純の名を聞いてコロッと信用した。

大八の大嘘の小芝居に引っかかった。

悪党の大八は用意周到で偽造した家康の朱印状まで持っていた。発覚すれば死罪は免れない。

その朱印状を信用して晴信は仲介工作資金六千両を渡してしまう。

大名といえども六千両は大きな金額だ。

ところが、待てど暮らせどパタッと話が消えてしまい、岡本大八から褒賞の話がない。六千両も渡したのにどうしたことかと思う。

端から黄金を奪う騙しなのだから返答などない。

業を煮やした晴信が、自ら大八のもとに赴いて談判すると、恩賞の話などは虚偽であることが発覚する。

旧領復活を期待していただけに話がこじれた。

というのは晴信の嫡男有馬直純が、家康の養女国姫を妻にしていたからだ。迂闊なことをすると直純と国姫に傷がつきかねない。だが、六千両も払って泣き寝入りはできない。

何んとも厄介なことになった。

その有馬晴信から正式に訴えが出されて、本多正純が家臣の岡本大八を厳しく詰問した。

ところが大八は「知らない」と、否認するばかりで埒があかない。

本多正純は家臣の大八を庇うように、晴信にも六千両も与えた贈賄の罪があると思う。

だが、家康の側近といえども、国姫のことがあって迂闊に晴信に手は出せない。

ついに困り果てた正純は、この事件を一存で処分できず、家康に裁決をゆだねるため一部始終を報告した。

場合によっては家臣の仕出かしたことで正純自身も責任を問われる。すると家康はすぐ駿府町奉行の彦坂光正を呼び、岡本大八と有馬晴信の事件を調査するよう命じた。

こうしてマカオの事件のこじれが表沙汰になり思わぬ方に発展する。

囲碁将棋の好きな家康はこの年、囲碁の名人本因坊算砂と将棋の名人大橋宗桂に対局を命じた。

この頃の名人上手は囲碁も将棋もどちらでもできた。

二人は賭け将棋好きの秀吉の頃からの好敵手で、本因坊算砂を名人と認定したのは信長である。

本能寺の変の時、本因坊算砂は前の夜に本能寺で対局していた。

囲碁名人の本因坊算砂はやはり、将棋名人の大橋宗桂に一勝七敗だった。それでも囲碁名人が将棋名人から一勝したというのはさすがだ。

囲碁将棋の好きな家康は碁将棋所を設けて、本因坊算砂に碁も将棋も管理させていたようだ。

その家康は大橋宗桂に将棋指南として五十石五人扶持を与えている。

家康はその本因坊算砂と大橋宗桂に対局を命じ、この年から元和四年（一六一八）まで京、伏見、駿府、江戸において五十四番を戦うことになった。

ちなみに詰将棋の嚆矢《こうし》は大橋宗桂で、残されている最古の棋譜は本因坊算砂と大橋宗桂の対局の百三十三手で大橋宗桂の勝ちだ。

本因坊算砂と信長、秀吉、家康の三人は、共に五子の手合いだったという。三人ともいい加減な見栄を張ったのではないか。

信長と名人の手合いが五子と聞いた秀吉は、「名人、余も五子で頼もう！」と力んだという。

そういうことなのだ。この三人は。

それを聞いた家康は、「名人に頼みたいことがある。手合いは五子にしてもらいたい」という。

何んとも意地っ張りで、秀吉は信長より強いのにいざとなると自信がない。少し遠慮もあって本因坊算砂に三子にしてくれとは言えない。

本心は負けるのが嫌なのだ。

家康も秀吉が五子なのだから意地でも五子で戦いたい。

慶長十七年（一六一二）の年が明け、新年の賀詞を受けると家康は正月早々から、鷹狩り軍団を率いて駿府城を発ち西に向かう。

駿河、遠江、三河で鷹狩りをしながら、尾張の名古屋まで押して行った。家康は名古屋城の築城の進捗を検分に来た。名古屋城は頑丈で大きな城に作られている。

その名古屋城は西国に対して江戸を守る最前線の城ということだ。ここを破られると次は駿府城で戦うしかない。そのためには名古屋城は落ちないぞと諸大名に思わせる必要があった。

巨大な城で完成はまだ三年も先の元和元年（一六一五）二月になる。名古屋城はまだ天守も本丸もなかった。天守をのせる巨大な石垣が山のように積まれていた。

その天守だけはこの年の暮れに完成する。

家康は駿府城に戻る途中、遠江の境川と佐倉で鹿狩りをした。

その頃、例の岡本大八が駿府町奉行彦坂光正に、事件の経緯などすべて取り調べを受け捕縛された。

彦坂光正は駿河問状とか駿河問いという拷問を考案した男だ。

その取り調べは後ろに回した両手首と両足首をまとめて吊るし上げ、それだけで充分に苦しいがその背中に石を載せた上で、縄をひねって回転させるという壮絶なものであった。

泥を吐かない悪党はいないといわれる拷問で大八も吊るされた。吊るされて素直に白状するか、背中に石を載せられて白状するか、回転させられて白状するかである。

強烈な拷問だが大八はなかなかしぶとかった。

だが、駿河問状には耐えられる悪党はいない。遂に大八は朱印状を偽造したことを認める。

いつの世も悪党は往生際が悪い。

有馬晴信が「藤広を沈める」といったことを、「晴信は長崎奉行の長谷川藤広を暗殺しようとしている」と言い張った。

このことで晴信が巻き込まれ大八は江戸に送られた。

三月十八日に呼び出された有馬晴信は、駿府の大久保長安の屋敷で尋問された。長安が家康から取り調べを命じられると、晴信が正直に藤広に対して殺意があったと認める。

正直者の有馬晴信はキリシタンでもあり嘘は言わない。

三月二十一日に江戸から戻された大八は朱印状偽造の罪により、駿府城下引き回しの上、安倍川河原において火刑に処せられた。

この男の所業は悪徳で致し方ない。

翌二十二日に晴信は旧領回復の策謀と、長崎奉行長谷川藤広暗殺計画の罪により甲斐に流罪が決まった。

有馬晴信の所領である日野江四万石は改易の上没収となる。

家康に近侍している嫡男直純は、父晴信とは疎遠であったことから、有馬家の家督相続を認め日野江四万石の所領をあらためて安堵すると決まった。

ここは家康の養女国姫のため超甘い結果でおさめる。

後に、有馬晴信は切腹を命じられたが、キリシタンであることから自死はできない。

そこで五月七日に配所において家臣に斬首される。

一方、この事件の張本人ともいえる長崎奉行の長谷川藤広は、妹の夏が家康の側室であることから咎められることはなかった。

お夏は家康好みの瓜実顔の美人で、十七歳の時に京の二条城の奥勤めになることができた。

するとすぐ五十六歳の家康が見初めて側室にした。

そんなお夏を気に入ってあちこちに連れて歩いた。だが、どんなに家康が溺愛してもお夏は懐妊しない。

そうなると益々可愛いがこればかりはどうにもならない。

この後、大阪冬の陣ではお夏を本陣に連れて行くほど家康は溺愛した。

夏の陣では伏見城まで連れて行って、戦いが終わるまで待たせておいたというから家康も結構なものだ。

老いてますます盛んな家康はまことにめでたいことである。

だが、家康がどんなに寵愛してもお夏が子を産むことはなかった。

そのお夏は万治三年（一六六〇）まで八十歳の長寿を生きたという。家康の側室の最後の生き残りとして江戸の幕府はとても大切にしたと伝わる。

この岡本大八事件はキリシタンとも関係があり、家康は三月中にキリスト教禁止を命じ、京の耶蘇教寺院を破却するよう命じた。

四月になると南光坊天海が現れ、家康と面会し川越の喜多院に五百石の寺領の寄進を受けた。

後にその喜多院は四代将軍家綱にも加増される。

その頃、許されて故郷の肥前小城に戻っている、家康の大軍師ともいえる信長老が病に罹った。

信長老が死の危機に陥った。

足利学校の庠主でありながら家康の傍で、その天才的な博学でどんな時も家康を支え続けてきた。

だが、死は誰にも避けがたい。

まさに幼い家康の寂しさを支えてくれた義元の大軍師、太原崇孚雪斎に代わる禅師であった。

その家康の大軍師は、大阪城の秀頼は殺した方がいいと言い残して九州に去った。

五月二十日にその信長老こと三要元佶が、肥前鍋島家の三岳寺にて入寂《にゅうじゃく》する。六十五歳の生涯だった。

信長老死去の知らせは九州の鍋島家から家康に届いた。

家康は九州行きを許したことはまずかったと悔いたがもう遅い。急に寂しさを感じた。

一緒にカリカリやる人がいなくなった。

この時、もう一人、家康には絶対必要な男が病に苦しんでいた。

その男は家康の金蔵を支えてきた怪物の大久保長安である。大酒飲みが祟っての中風だ。

愛妾を八十人も持ち、あちこちの金銀山に百万両を超える黄金を持っている。武田信玄の狂言師から徳川政権の屋台骨を支えた男だ。金銀の産出が細り始めていて、ここで長安に死なれては困る。

家康は七月二十四日に侍医の片山宗哲を呼んだ。

宗哲に秘薬烏犀円《うさいえん》の調合を命じる。家康が考案した生薬で中風にも効果があると考えていた。

二十九日には宗哲に命じて大久保長安の中風治療に烏犀円を投与させる。

信長老だけでなく長安にまで死なれては困るのだ。

ところがその長安はこの時、本多一族と大久保一族の熾烈な権力争いに巻き込まれていた。

大久保忠隣と本多正信は犬猿の仲で、双方が顔も見たくない政敵である。

長安は家康から大久保忠隣の与力として預けられ、甲斐では土屋と名乗っていたが大久保と改めた。

長安の死後に一族はその本多正信によって滅ぼされる。

十月になると家康はオランダ国王に親書を送った。

家康は貿易よりキリスト教の布教が先という、スペインやポルトガルは危険だと考える。オランダやイギリスは日本に交易しか求めていない。

この違いは家康には決定的な違いなのだ。

スペインやポルトガルのキリスト教布教の裏には、日本を植民地にしたいという野望が見え隠れしていて危ない。

家康はオランダと交易だけをしたいのである。

この頃、家康は駿府の銀座を江戸京橋の南に移転させた。すでに江戸には金座があり両替町と呼ばれている。

江戸の銀座は新両替町と呼ばれるが、後世には銀座という地名になって残る。

閏十一月になると家康は関東で鷹狩りをするため江戸に向かう。江戸を検分するということもある。

だが、こう頻繁になると鷹狩りはほとんど家康の病なのだ。

秋が過ぎて寒くなるとジッとしていられない。

沼や池の鶴や鴨が家康を呼んでいるし、鷹たちも家康が野山に連れて行くのを待っている。

兵たちも「今年も大御所さまは元気そうだな？」などという。

暗黙の了解で鷹狩りの支度を始める。一ヶ月も野宿で鷹狩りをする時は、その支度が結構たいへんだ。

手ぶらで出かけるわけではない。

戦と同じように腰兵糧をぶら下げて、鳥見《とりみ》の仕事から勢子《せこ》の仕事、炊事の仕事など忙しい。

だが、戦いと違って楽しいことも多いのが鷹狩りだ。

家康は江戸城に入ると秀忠と会って話をし、竹千代とお福にも会い国千代とお江とも会った。その秀忠も将軍の鷹狩り、巻狩りで盛大だがその目的は、八王子にいるお静と幸松丸に会うためだ。

北に攻めて行こうが西に攻めて行こうが、秀忠が最後に立ち寄るところは八王子と決まっている。

家康と秀忠では鷹狩りの目的が違う。

十二月になって家康は駿府城に戻ってきたが、脂が落ちて体が軽くすっきりした気分だ。家康は暢気な鷹狩りのようだが、その眼は油断なく上方の大阪城をにらんでいる。

腹の中では信長老が言ったように、秀頼を殺すしかないと考えていた。だが、殺すには殺し方がある。

こうなると信長老が帰ってこないのが痛い。

崇伝や天海では駄目だ。

こういう危ない話はやはり信長老しかいない。

あの巨漢の秀頼に西国の大名が集結したら、関ヶ原の戦いのようにはいかないだろうと思う。

その上、徳川家に取り潰された全国の浪人が大阪城に集まりかねない。

厄介なことになることは眼に見えていた。それでも大阪城との戦いはやらなければならない。

「迷うことはございません」

信長老の声が聞こえてきそうだ。

この年、天下を支える名古屋城の大天守が完成、天海僧正は川越の喜多院を関東の天台宗の本山とする。

家康は後水尾天皇の即位の時、大阪城から上洛してきた秀頼と会った。

その時の驚きで秀頼に殺意を持った。

身長六尺五寸（百九十七センチ）に、体重四十三貫（百六十一キロ）という巨漢に恐怖さえ覚えた。

確かに、信長老のいうように殺すしかない。

江戸の将軍ではあの秀頼を抑えられないだろう。幼い家光などは論外だ。

家康は自分の生きているうちに始末をつけたい。この問題は自分と秀吉の唯一残された問題だと思う。

「おそらく、どんな交渉をしても秀頼は大阪城から出ないだろう……」

それが家康の結論だった。

大和あたりに二、三十万石で生き残らせることも考えた。

そんなことで秀頼が納得するとも思えない。茶々は徳川家より豊臣家の方が家格は上だと考えている。

この厄介な問題を解決しないで佶長老は死んでしまった。

家康は後水尾天皇の即位の時、京に参集した大名二十二人から、二条城で江戸の幕府の命令に違背しないとの誓詞を取った。

まるで晩年の秀吉のやったことではないか。

家康は幼い秀頼に忠誠を誓うと何度も約束させられた。

この即位の時に上洛しなかった東北や、関東などの大名六十五人からは、今年になって同じ内容の誓詞を取った。

そんな誓詞などいざという時には、なんの役にも立たないことを家康が一番よく知っている。

今まさに秀吉に書いた誓詞を家康は破ろうとしているのだから。

その誓詞さえ大阪城の秀頼には出させていない。そんなものを秀頼も茶々も書かないとわかっている。

やはり佶長老がいったように秀頼を殺すしかないか。

そんなことを考えながら、家康は秀頼を取り除くための方策を考える。

あの会見の後、清正が死に浅野長政が死んだ。堀尾吉晴も死んだ。豊臣恩顧の大名が一人二人と亡くなる。

慶長十八年（一六一三）の年が明けた正月二十五日には、家康の次女督姫が再嫁した姫路城の池田輝政が死去した。

池田一族の石高を合算すると百万石といわれる。

死因は中風だが、家康は本多正純から病状を聞いて、秘薬烏犀円を調合して与えたという。

こういうことをするから家康の毒饅頭などと噂される。

輝政は五十歳だったと思う。

その死を聞いた大阪城の秀頼の側近たちは、姫路城の池田輝政こそ大阪城の押さえだったと思う。

輝政がいる限り大阪城の秀頼は安泰だったのにと嘆いた。

督姫を妻にしている輝政は大阪城の頼みの綱でもあった。姫路城は大阪城に近かったからでもあろう。

大阪城の茶々は百万石の池田家を当てにしていた。

その人柄も優将らしく剛直で家臣には寛容、寡黙でありながら堂々たる大名で人々に信頼された。

独特の香りと歯触りの芹の酢味噌和えが輝政の好物だった。

ある時、芹は領国の備前物が一番うまいと言って取るのを禁じる。すると芹作りの百姓が盗まれたと訴えてきた。

その百姓に輝政が聞いた。

「その者は取ったのかそれとも盗んだのか？」

「へい、盗んだのでございます」

「そうか、盗んだのか。わしの芹を強引に取ったのなら許さぬが、盗んだというのはその者はわしと同じ芹好きなのであろう。そのままにいたせ……」

そう言って輝政は罪を問わなかった。

また、輝政が督姫を娶る時、伏見の徳川屋敷に家康を訪ね、長久手の戦いで父の池田恒興を討ち取った永井直勝と会った。

輝政は父恒興の最期を語らせ、その手柄の褒美の石高を聞いた。

直勝の石高は五千石だった。

徳川家で五千石は大身の旗本である。

だが、それを聞いた輝政は不機嫌になり、「わが父の首がたったの五千石なのか……」と嘆いた。

父の首が五千石では納得いかなかった。

家康と対面した時、輝政は家康に永井直勝の加増を願い、直勝は一万石の大名となり、やがて七万二千石を家康から知行される。

輝政とは百万石に相応しいそういう花も実もある武将だった。

この池田輝政の孫が三名君の一人池田光政である。

頼りにする輝政が亡くなったことで、大阪城の秀頼と茶々は孤立感を深めることになった。

この後、家康を警戒するあまり、大阪城は徐々に兵糧を備蓄する。

人は以心伝心である。家康が秀頼を殺そうと思えば、それが伝わり秀頼は殺されると思う。

そこで家臣として大阪城に浪人を雇い入れることになった。

秀頼にとって加藤清正と池田輝政は、心から信頼できる秀吉の家臣だった。だが、その二人が亡くなった。

孤立や恐怖を感じると人は不安になり武装したくなる。

秀頼は家康を信じたい気持ちもあるが、家康が攻めてくるのではないかという恐怖も感じていた。

家康が殺意を持つとそれが秀頼にビリビリと響く。

清正と輝政が亡くなり、秀頼が頼れるのは難攻不落の大阪城と、秀吉が残してくれた七百万両の軍資金だけとなった。

この時、秀吉の遺産金はほぼ無傷で残っている。

他にも豊臣家には六十五万石の蔵入りがあった。家臣を抱えても困るということはない。だが、もし徳川軍と戦うことになれば、そんな軍資金はたちまち無くなってしまう。

秀頼は万一のため秘かに武器弾薬や兵糧を備蓄しようと考えた。二十一歳になった秀頼は愚かな男ではない。

家康が見抜いたように聡明な頭脳を持っている。

秀頼は家康との融和を考えると同時に、万一の時のことを想像できる実に賢い男だった。

一方の家康も四月二十五日に、佶長老に続いて天下の総代官大久保長安を失った。長安は中風を悪化させ「黄金の棺で甲斐に葬れ……」と、遺言して駿府の屋敷で亡くなった。六十九歳だった。

家康の烏犀円は中風には効かなかった。

その夜、家康が薬研をカリカリ回していると本多正信が現れた。

信長老がいなくなってから、佐渡守正信がその代わりを務めている。時々、金地院崇伝や天海僧正も顔を出した。

「何だ？」

「はい……」

「はいでは分からぬ。さっさと用件を言え！」

家康は薬研の手を休めずに正信に命じる。

「申し上げます。代官所の勘定が滞っているとの報告がございます」

「どこの？」

「あちこちと……」

それを聞いた家康の手がぴたっと止まった。

「佐渡、うぬは何を考えている？」

「格別には……」

家康が正信をにらんだ。蠟燭の明かりが小さく部屋は薄暗い。ここで家康は信長老と色々な策を考えてきた。

「長安のことか？」

「御意！」

「何か不正でも見つかったか？」

「はい、不正蓄財とのことにございます」

「なんだと……」

家康の顔が怒った顔になった。正信は怯まないが家康に睨まれて視線を落とした。

「本当のことを言え！」

「石見守の不正を正していただきたく……」

「佐渡、うぬはいつものようにこのわしを謀る気か！」

「大御所さま……」

「黙れ、何を企んでいる。目当ては長安の黄金か？」

「はい……」

「なんだと！」

滅多に言葉を荒らげない家康が、正信が部屋に来た時からいつになく言葉が険しかった。

この薄気持ち悪い狸老人が現れる時は嫌な話が多いのである。

慶長十五年に亡くなった本多平八郎などは「正信は本多一族ではないわい！」と、

散々嫌って「あやつは徳川家に仇なした男だ！」と言い続けた。

正信は一族からも嫌われている。

つまり平八郎は正信が三河一向一揆の時に、家康に刃を向けたことを許さなかったのだ。

「石見守の蓄財は百万両とも二百万両ともいわれております」

「その程度の銭は新しい金山を二つ三つ開発したらすぐなくなるだろうよ」

「はい、ですから仰せの如く石見守がなくなった今、大久保家には必要のない金銀にございます。是非、その黄金を回収させていただきたいのですが……」

家康と長安が約束した黄金の取り分は四分六であった。家康が四分に長安が六分である。

これは信玄と山師の取り分と同じだった。

山師の方が取り分としては多いが、金銀山探しから開発、穴掘りの賄いや鉱山の資材調達などすべて山師が賄うからだ。

うまく山を経営しないと六分でも足りなくなる。

そこを工夫して大久保長安は、長生きできない穴掘りの供養に寺を建立したり、増産のために間歩《まぶ》という坑道を増やしたり、湧水の坑道や伊豆の山のように坑道が温水で異常に熱かったりするのを、騙しだまし金銀を掘り出してきた。

その結果、あちこちの山に多くの黄金が蓄えられている。

それは家康が言うように新しい山の開発や、新しい間歩を開発するのに使う資金なのだ。

山は無尽蔵に黄金を産出するものではない。

鉱脈が細ったり消えたりする。このところ、その産出量がかなり細くなって長安は苦労していた。

その山に残された黄金を正信は代官所の不正だと言いたい。

それと同時に大久保長安の黄金が、その一族や政敵の大久保忠隣一族に利用されるのが怖い。

なんとか犬猿の仲で権力争いをしている大久保忠隣を潰したいのである。

それには不正蓄財というのは誰にでも分かりやすく、大久保長安ならやっぱりそうだったかと納得する。

大久保一族に言い掛かりをつける千載一遇の機会なのだ。

「大御所さまに申し上げます」

「なんだ……」

「大阪に万一のことが起きた時、軍資金が足りなくなることも考えられます。百万両があれば一息つけまする」

本多正信は大久保長安家を取り潰したい。

その理由は政敵の大久保忠隣を攻撃することと、大阪城の秀頼を攻める時の軍資金ということだ。

「佐渡、うぬのような悪党は地獄に落ちろ……」

「はい、御奉公のためであればよろこんで地獄にまいります」

「食えぬ奴め！」

「それがしの一存にて……」

家康が沈黙した。

大阪城の万一の時といわれると、さすがに家康も眼の前の百万両は欲しいに決まっている。

気の進まない話だが家康が黙認する格好になった。

この時、家康は大久保忠隣と本多正信の不仲も確執も知っていた。それにも眼をつぶった。

正信の讒言ともいえる言い掛かりで、大久保長安一族の運命が決まった。

即、大久保長安の葬儀の中止が命じられた。

正信の打つ手は素早く五月六日には、長安の配下の勘定方や手代などが呼び出されて調べられた。

天下の総代官といわれた男に着せられた疑惑だ。

その結果、不正蓄財があるということになり、各地の金銀山にある長安の財産を調べることになった。

調べられた勘定方や手代は大名家に預けられる。

長安の息子たちに代官所の勘定を調べるよう命じた。すると五月十七日に息子たちは能力がないため役目をはたせないと申し出た。

金銀山の勘定など長安の息子たちにできるはずがない。

長安なら帳簿を見なくてもこの山なら、ほぼこれぐらいの産出があるだろうと目算ができる。

帳簿を見れば不正があるかないか一目瞭然だった。

それをわかっていて長安は山師の不正は、ここまでは許すがそれ以上は許さないと一線を画した。そんな長安を山の者は信頼し恐れた。

長安の息子たちが勘定を投げ出すのは当然だった。調べる山は一つや二つではなかった。

総代官は全国の金銀山を支配してきた。その山にも大きい山小さい山がある。

息子たちに対する家康の処分は厳しかった。

佐渡金山や石見銀山を始めすべての山の権利を没収、関東に千石も与えないという厳しさだった。勘当処分である。

それだけではすまなかった。大久保長安の七人の息子たちは、七月九日に全員切腹お家は断絶となった。

大久保長安の財産は厳しく調べられた。

各地から集められた金銀は五千貫余、金銀製の各種道具類などが駿府城の金蔵に納められた。

正信の見積もり通りすべてで百万両ほどにはなろうか。

この事件で連座して改易を命じられた大名もいる。それらを合算すると大阪城と戦う軍資金に充分だ。この本多正信は煮ても焼いても食えない悪党だった。

何んとも薄汚い謀略である。

徳川政権を支えてきた天下の総代官は、本多正信と正純親子の謀略により、権力争いの中で罪のない長安の一族までが消えた。

諸行無常、南無釈迦牟尼仏である。

この大久保一族と本多一族の戦いは決着の時が近かった。

両家の確執は大久保忠隣の嫡男で、その優秀さを家康や将軍秀忠に気に入られた大久保忠常が亡くなった時に、大久保家が劣勢に立たされる。

忠常はあまりにも優秀で若く、「本多佐渡守の右に出たり」といわれるほどの逸材だった。徳川の天下を背負える男と期待された。

譜代の家臣の中で最も優れた男とまでいわれる。実にやさしく慈悲深く常に温厚で聡明だった。

そんな忠常を見過ごせず、嫉妬深い本多正信と正純親子が暗殺したという。

慶長十六年（一六一一）十月十日に忠常は亡くなったが、働き盛りの三十二歳である。

病死とされているがその真相は不明である。旗本は正信の命令で小田原での葬儀に参列することも許されない。

まさに正信と正純は権力亡者だった。そうでなければ権力など手に入らない。

この忠常の死によって父親の忠隣は、落胆のあまり屋敷に籠るようになった。

やがて家康や秀忠の信頼を失う。

そんな正信との戦いで苦しい大久保家にあって、力を持ち続けた長安の死は凋落を決定づけた。

家康と秀忠の信頼を失えば譜代の名門といえども仕方がない。

この後、大久保家は本多正信と正純親子に、一方的に攻められ忠隣が改易になってしまう。

長安の死は政権に激震をもたらした。

武田家から徳川家に移った長安は、その優れた才能を使い果たして亡くなった。

波乱万丈の生涯である。

この大久保長安事件の後、八月二十五日に歴戦の勇将といわれた、和歌山城三十七万六千五百六十石の浅野幸長が死去した。

三十八歳だった。

死因は唐瘡というが、幸長の武勇を恐れた家康によって暗殺されたともいう。

家康にはこの手の危ない噂が多い。毒饅頭であろうか。

その噂のようにあちこちで家康が暗殺したとは思えないが。信長老から学んだ薬草学と生薬の調合好きが噂の原因だ。

朝鮮出兵に参加して妓生遊びをした可能性が高く、家康の暗殺より唐瘡と見る方が正しい。

他に幸長は傾城の美女である葛城を傍において寵愛した。

家康の天下を認めながらも、大阪城の秀頼にも忠誠を誓う大名が次々と姿を消していく中で、家康は相変わらず元気だ。

秋風が吹く九月になると例によって家康は鷹狩り病を発症した。

この病には我慢ができないという特徴がある。

なんといっても、どこにいけば何がどれだけいると、頭に入っているのだから仕方がない。

駿府城を発って江戸城に向かう。

可愛いお夏を連れていた。この頃、阿茶と千賀は寒いのが苦手なようで駿府城から出たがらない。

お夏は三十三歳になり、相変わらず家康に寵愛されているが子はできなかった。

家康に呼ばれるとどこにでもついて行く元気のいい側室だ。兄の長崎奉行はお夏のお陰で岡本大八事件では咎められなかった。

そのせいかこのところ、藤広は有馬晴信の旧領地で、熱心にキリシタンの弾圧に励んでいる。

家康とお夏は実に相性はいいのだがなぜか子ができない。

元気がいいとはいえ家康はもう七十二歳なのだから無理はできなかった。だが、この度の鷹狩りは九月から十一月までと長い遠征になった。異常な元気の良さだ。傍には可愛いお夏がいる。

こういう病は仕方のないもので、家康の鷹狩り軍団は戸田、川越、岩槻、忍、越谷、葛西と、獲物のいそうなところにはどこにでも押して行った。

獲物はどれも脂が乗ってたまらないほど美味である。それがあるから兵たちも鷹狩りは楽しい。

十二月十九日に幕府は前年、直轄地へ出していた禁教令を全国に拡大した。

岡本大八事件でキリシタン大名有馬晴信が処刑されたことで、キリシタン大名たちは家康と将軍秀忠の厳しい考えを知り、キリスト教を退転してキリシタン大名が次々と姿を消した。

つまり徳川家の大名でいる限り、キリスト教から改宗しなければならない。

この日、小田原城の大久保忠隣は将軍秀忠の命令で、キリシタン追放の仕事のため京に向かった。

大久保一族の没落の最終にきていた。仕事を与えて忠隣を小田原城から出した。

城に籠城されては困る。

家康は金地院崇伝に命じ、一晩で伴天連追放の文を起草させ、将軍秀忠の名で十二月二十三日に伴天連追放令を発布した。

この禁教令と伴天連追放令によって教会は破壊され、各地の宣教師や修道士やキリシタンは国外追放になり、マカオやマニラへ向かうことになった。

南蛮のキリスト教に益なしとの判断だ。交易はイギリスやオランダとすれば良いと家康は考えた。

追放されたキリシタンの中に、キリシタン大名だった高山右近の一族もいた。右近はマニラに向かった。

禁教令は出したがキリシタンを捕らえての処刑は行わなかった。

この時、追放を逃れ潜伏したバテレンは五十人ほどいた。やがて密かに日本へ潜入する宣教師や修道士が多くなる。

宗教者というのはなかなか布教をあきらめないのが特徴だ。

それは他人を救えば自分も救われるという教えがあるからだろう。つまり宗教の無限拡大の法理である。

その上、禁令を徹底できなかったのは、南蛮貿易にかかわっている宣教師が多かったからだ。

それに京の所司代板倉勝重はキリシタンに寛容だった。

京にはキリシタンが住んでいたデウス町というのがそのまま残された。

だが、いつまでも甘くはしていられない。徐々にキリシタンに対する取り締まりが厳しくなり大殉教の時代がくる。

多くのキリシタンが処刑される。

幕府は静かにキリシタンがこの国から消え去ることを願った。

だが、宗教というのは一度根付くとほぼ消えることはない。それは人が弱い生き物で信じるという動かしがたい癖があるからだ。

信じることによって人は強く生きられる。

家康は天海僧正に日光山の貫主を命じ管理をさせることにした。

この頃、日光山は修験道の道場で山岳信仰の中心地でもあった。日光権現として広く知られていた。

後に、家康を尊敬する三代将軍家光によって、百万両と延べ四百五十万人という人々により、豪壮華麗な日光東照宮が建立される。

家康が東照大権現さまとして永遠に祀られることになった山だ。

そのことを家康は知っていたのかもしれない。家康の遺言は日光に小さなお堂を建てるようにだったという。

ところがその小さなお堂が日光東照宮である。

そんな時、大久保一族の恨みを買っている本多正信は、家康から暇を許され駿府から江戸に戻った。

この時、家康から万病円二百粒、八味丸百粒を与えられた。

その粒の中に鳥兜の根を砕いた丸薬を、一つ二つ入れておけばよかったのかもしれない。

極悪人の糞爺がコロッと逝ったかもしれない。

ひしぎ

慶長十九年（一六一四）は雪の降らない正月だった。

家康は年が明けると正月七日には、下総佐倉の印旛沼の傍に、鹿狩りの陣を敷いていた。

七十三歳になった家康は秘かに思うことがあった。

それは大阪城との開戦である。やはり歳には抗えず、家康は自分の衰えを隠せなくなっている。

元気は元気なのだがお夏に負けてばかりいた。

それに秀頼は殺すべきだという信長老の言葉が、家康には日に日に重く聞こえてくるようになった。

何んとしても大阪城の巨漢の秀頼の始末をつけたい。

このままでは江戸が潰される。自分が生きているうちに決着をつけておく。秀頼を殺せというのは信長老の遺言だと思う。

ここまで来てしまってはもう秀頼と戦うしかない。

家康の方が追い詰められている。秀頼は若々しく家康は日に日に老いていくばかりなのだ。それをなんとかしなければならない。

それには戦いと同じように陣を張って、鹿狩りでも鷹狩りでもして老骨を鍛えるしかない。

二条城で威風堂々の秀頼を見てしまったことは家康の悪夢だ。

信頼した信長老はもういない。家康一人の厭離穢土欣求浄土の戦いだ。そう信じて戦う。

下総佐倉は土井利勝の三万二千石の領地だが、二年前に四万五千石に加増された。わずか七歳の時に利勝は役料二百俵で秀忠の傅役を命じられ、今や四万五千石の大名であり将軍秀忠を支える老中である。

徳川政権の屋台骨を背負っていた。

佐倉城は名門千葉家が築城したが、関東の東を押さえる要衝として、利勝の手によって大きな城に改修された。天守を持ち、本丸、二の丸、三の丸、椎木曲輪、天神曲輪、西出丸、南出丸などの郭が建っていた。

石垣はなくすべて土塁と水堀に守られている。

印旛沼が近いため豊かな水に浮かぶ水上の城になっていた。

家康は遥かに佐倉城を望み、難攻不落の大阪城を大軍で包囲した時のことを考えてみた。

大阪城の秀頼が密かに動き出していることも家康は知っている。

ついにその時がきたのかもしれないと思う。信長老がいれば太って尻が重くなったかと叱られそうだ。

鹿狩りや鷹狩りは戦いの訓練でもある。

家康が秀頼との戦いを考えていた頃、正月十八日に出羽山形城の優将最上義光が死去した。

また一つ乱世の大きな星が墜ちた。

義光は前年に病軀《びょうく》を押して江戸と駿府に赴き、将軍と家康に挨拶し最上家の将来を家康に託し、二人は天下吞分《のみわけ》の杯を交わした。

家康と義光は仲が良かった。関白秀次事件で駒姫の助命に家康が動いてくれたが、それ以前から義光は家康を信頼してきた。

二人は天下吞分の杯を交わし、その杯を懐に抱いて義光は出羽に戻って行った。それから間もなく、何んとか年は越したが、一代で五十七万石を築いた義光が力尽きて亡くなった。六十九歳だった。

ところが、最上家には良い家臣が育っていなかった。

その後、最上家は家督相続に失敗、大騒動を引き起こし近江大森に一万石、さらに半減され五千石の交代寄合に落とされる。

家名断絶にならなかったのは、家康と義光の信頼関係があったからだ。

その出羽の五十七万石は小さく分割され、徳川家の譜代の大名たちが治めることになる。

人材のいない家は間違いなく凋落する。

山形城には三名君の保科正之が入り、もう一人の名君水戸光圀の家老に義光の子が抜擢され、一万石を与えられるなど優遇された。

その正月十八日には京でキリシタン追放が行われ、南蛮寺が破却、信徒の強制改宗などが激しかった。

江戸の政権は将軍、老中、町奉行の組織しかなく未熟だが人材が揃っている。老中は十人以上の体制でがっちり将軍を守っていた。町奉行も北と南の二人体制で江戸を守る。

その頃突然に、家康の使者の所司代板倉勝重が現れ、大久保忠隣に改易が申し付けられた。

その時、忠隣は京の藤堂高虎の屋敷で将棋を指していた。

すでに忠隣は処分を覚悟している。というのは改易などの時は、城主を城から出して申し付けることが少なくない。

それは籠城などで抵抗されると厄介だからだ。

「流人の身になっては将棋も楽しめまい、この一局が終わるまでしばらく待っていただきたい……」

勝重も事の次第をよく知っていて了解する。

徳川家で最も大切な安祥譜代七家の一つ、大久保家がとり潰されるのだから尋常ではない。

その重大さをわからない大名はいない。家康は容赦しないということだ。

忠隣は騒がず驚かず、使者をしばらく待たせて将棋を終わらせてから、改易の口上を聞いた。

その処分は厳しいものだった。

大久保忠隣は改易、小田原城は本丸を残してすべて破却、忠隣の身柄は近江に配流となり井伊直孝に預けられる。

頑固一徹の大久保忠隣はあの薄汚い糞爺に敗れた。

前年に後継者がなく断絶した叔父の大久保忠佐の三枚橋城も破却される。

この大久保忠隣の改易を聞いた京の人々は、騒動になると洛中から逃げ出そうとしたという。

ここに大久保一族と本多一族の権力争いは終わった。

大久保家が敗北してすべてを失ったのである。

だが、天は物事をよく見ている。ゆえに天網恢恢疎にして漏らさずとはよく言ったものだ。

この後、大久保家は復活してくるが、本多家は本多正純が思い上がって将軍秀忠に従わず、宇都宮城釣り天井事件を起こし、将軍暗殺を謀ったとして改易、お家は断絶し復活することはなかった。

糞爺には失礼だが、悪いことばかりしているとそういうことになる。

家康が側室お梅の方を、本多正純に下げ渡すなど甘やかしたのがまずかったようで家康の責任でもある。

結局この後、安祥譜代の本多家の正信家系が完全に滅亡する。

この大久保忠隣や大久保長安事件の裏には、忠隣が西国大名と親しく大阪城攻撃に邪魔だったこともあるという。

そう家康が考えたから処分したとの噂もある。

家康の死後、井伊直孝が大久保忠隣は冤罪だと、将軍秀忠に嘆願したが許されなかった。

秀忠は大阪城攻撃という家康の本心を知っていた。

一連の大久保事件の真相もすべて知っていたと思える。

大阪城攻撃に軍資金が必要なことも、忠隣に大阪城との和睦などと邪魔されたくないことも。

家康と将軍秀忠はかなり前、つまり、二条城で巨漢の秀頼を見た頃から、信長の秀頼は殺すべきだという考えに傾いていた。

それしか徳川政権を守る手立てがない。

このままでは死ぬに死ねないと家康は覚悟を決めたということだ。そのためには、たとえ譜代の大名でも潰す。

大阪城に近づく者は安祥譜代でも岡崎譜代でも駿河譜代でも許さない。家康の断固たる考えだ。

三月になって将軍秀忠が従一位右大臣に叙任する。

同じ三月二十七日に冷泉為満が、家康に古今伝授を行うため駿府城に参上する。

古今伝授とは天皇や上皇の命で編纂された古今和歌集から、五百三十四年間に編纂された二十一の勅撰和歌集、つまり二十一代集の解釈に秘伝があるとされ、その秘密の解釈を伝授することを古今伝授という。

秘中の秘とされた。

勅撰だけに朝廷には大切なもので、師から弟子、または親から子へと相伝される。古今伝授の秘伝は平安末期から始まり、鎌倉期には公家の家々に秘密として伝承された。

例えば古今和歌集は二条家の秘事として、代々相伝されるようになった。

通常の解釈とは全く違う裏に隠された秘密があるという。それは口伝、切紙（印可や免許）、抄物《しょうもつ》（抜き書き）によって伝授された。

二条家から足利家や近衛家、三条家などに伝授されたという。

その伝授にも御所伝授、奈良伝授、堺伝授、箱伝授などさまざまに民間にも古今伝授は広がった。

三条西実枝《さんじょうにしさねき》は子が幼かったため、細川幽斎に古今伝授をしたが、その幽斎が関ヶ原の戦いで田辺城に籠城、石田三成方に包囲されてしまう。

朝廷は幽斎が死ぬと古今伝授が絶えると考え、勅使を派遣して幽斎の身柄を保護するため開城させた。

幽斎はすぐ八条宮智仁親王、三条西実条《さねえだ》、烏丸光広に古今伝授をした。

その八条宮がやがて後水尾上皇に伝授する。

この流れを御所伝授という。

御所伝授には口伝伝授と切紙伝授があり、冷泉為満が家康に伝授したのは、切紙に書いたものが残っていないことから口伝伝授と思われる。

切紙は残るが口伝は残らない。

この古今伝授はやがて俳諧や国学が盛んになると、すべては封印され姿を消し

その秘密の解釈も消えていった。

その内容を知ることは難しくなった。

五月になると家康は天海僧正から血脈《けちみゃく》相伝を受ける。血脈相承ともいうが宗派

によって伝灯相承、伝法灌頂《でんぽうかんじょう》、法嗣などという。

おおむね本尊、教義、戒律、切紙などの奥義、秘伝、宝物、法具などを弟子、

または次の世代の後継に伝達相続することである。

家康も厭離穢土欣求浄土の法旗を掲げてきたが、旅立ちが近づいて罪障消滅を

しておかなければならない。

最後の戦いの時がきたということだ。

五月二十日に加賀百二十万石の前田利長が死去した。五十三歳だった。

利長は病を得て京に隠棲していたが、この前年に大阪城から豊臣家の味方に誘

われたが断っている。

病はやはり唐瘡で高岡城に移って死去した。清正人参のセロリはよかったがこ

の唐瘡は不治の厄介な病だった。

子は満姫一人で、それも七歳で早世している。

加賀百二十万石は三十二歳年下の弟利常に相続させていた。

その利常は将軍秀忠の次女珠姫を正室にしている。珠姫は前年に長女亀姫を十五歳で産んだ。

利常はその時二十歳だった。

二人は仲がよく、相性もよく三男五女を儲けるが、ほぼ毎年のように子を産んだ珠姫は二十四歳で死去する。

珠姫が江戸城から金沢城に嫁いだのは七歳だった。

江戸城に参勤に行った利常を待つ珠姫は、父親の将軍秀忠に利常を早く金沢城に帰せと、催促の手紙を出していたという。

可愛らしい姫でよほど利常が恋しかったのであろう。

その珠姫から、前田家の秘密が幕府に筒抜けではと乳母が疑い、五女の夏姫を産んだあとに体調がよくないと偽って、珠姫を利常から隔離したという。

すると珠姫は八人も子を産んでいるのに利常に嫌われたと勘違い、利常の御成りを待ちながら衰弱死したのだという。

まあなんとも珠姫哀れである。わずか二十四年の生涯は残酷だ。

強引に臨終の場に駆けつけ、珠姫の遺言からすべてを知った利常は激怒、乳母を蛇責めの刑で殺したというから恐ろしい。

利常も珠姫を深く愛していたのだろう。

この前田利長の死が家康に踏ん切りをつけさせたのかもしれない。

家康は武器弾薬の発注をするなど、着々と戦いの支度を始める。そういうことは以心伝心で大阪城の秀頼も、大量の兵糧や浪人たちを城内に入れだした。

この浪人というのがまた厄介なのだ。

直臣ではない雇われのようなものだから、いうことを聞かないしまとまりがない。こういう連中は勝ち戦の時はまだいいが、負け戦になると何をしでかすかわからず危険である。

それでも秀頼は兵が欲しい。

豊臣恩顧の大名などというが、この頃になると誰一人大阪城には顔を出さなくなっていた。

大名たちは兎に角家康が怖い。

このまま戦機が盛り上がると、いよいよ誰も止められなくなる。

四

京の東山方広寺の再建を始めて、ずいぶん年月が経ちようやく完成が近い。

月十六日には大仏殿の梵鐘が鋳造されている。

秀頼はこれから幾らでも軍資金が必要なのに、こんな壊れてばかりいるどうしようもない寺に大きな費用をかけていた。

秀吉の厄介な遺産で捨てるに捨てられない。

完成を間近にして大阪城の奉行片桐且元が、家康に完成供養のことについて問い合わせた。

それに対して家康が導師に仁和寺の覚深法親王《ほっしんのう》を指名する。

この親王は後陽成天皇の第一皇子だったが、天皇と秀吉と家康の間で調整がうまくいかず、第一皇子でありながら天皇になれなかった。

天皇家で第一皇子が天皇になれないというのは珍しいことである。

この方広寺建立は秀吉が始めたのだが、場所が悪かったのか大仏も大仏殿も倒壊して厄介ものだった。

方広寺の再建など豊臣家の意地だけで意味がない。

家康に勧められ浪費しているだけである。だが、秀吉が残した七百万両はほとんど残っていた。

豊臣家の六十五万石という領地は決して小さくない。

天下普請へかり出されるわけでもなく、六十五万石はそっくり大阪城の米蔵に納められる。

秀頼より茶々が熱心で、秀吉の供養だといって寺社の修復や造営を賄った。それは東寺金堂、熱田神宮、石清水八幡宮など八十ヶ所以上にのぼったといわれている。

その一つが方広寺である。

茶々は家康との戦いをまったく考えていないから湯水のごとく黄金を使う。それは茶々に限らず女は平和が好きだから、戦いのことなど想像できないことが多いのだ。

だからといって茶々が悪いといえない。

子を産む女は平和でないと子を育てられないからそうなるともいえる。女は戦いに不向きだ。

その茶々が大阪城の本当の大将のようだから困る。

秀頼可愛いがいつしかそうなってしまった。織田家の血筋かもしれない。

その頃、戦いの匂いを嗅ぎつけた浪人や、弾圧されているキリシタンなどが大阪城に集まってきている。こうなるとただではすまなくなる。

六月になると家康が上洛し二条城に入った。

家康は京にきて大阪城の戦機が満ちていることを実感。いざとなれば秀頼と戦うという決心をする。あの日、家康がこの二条城で見た秀頼は、家康に戦いを挑む度胸を持っていた。

家康は秀頼に静かな闘志を感じた。

大阪城は茶々の城と家康は見ていたが、いつの間にか秀頼がなかなかの武将に育っているのだ。

開戦の切っ掛けさえあれば双方がすぐ激突するだろう。

家康はその切っ掛けを探し始める。それは誰もが納得するような大義名分でなくてもよい。

開戦の理由などなんでもよい。戦いは勝てば大義名分など誰もいわない。

歴史は勝者が勝手に作っていいと決まっている。敗者は滅びるだけなのだ。消え去るのみ。

七月一日になって二条城に将軍秀忠を迎えた。

秀忠はこの春に従一位に上階、右大臣に昇進したお礼を奏上するため上洛したという名目だ。今ははっきりした名目はないが戦のため、将軍が上洛してきたかと騒ぎになる。

ましてや京に大御所と将軍が揃えば、間もなく大阪城の秀頼と戦いになると噂になるだろう。

「大御所と将軍が上洛したそうだな？」

「いよいよか？」

「そうだろう。狙いは大阪城に決まっている」

「やっぱりそうか。それでどっちが勝つ？」

「わからねえ、大阪城は太閤の難攻不落の城だし、大御所は二十万の大軍を持っているらしいから……」

「二十万だと？」

「ああ、江戸から呼べば旗本八万騎だ。大名はみな徳川になびいているそうだから二十万は嘘じゃねえ……」

「太閤恩顧の大名は？」

「馬鹿、そんなものが当てになるか、みな勝てる方に寝返るに決まっているだろ……」

「そうか、おれは太閤贔屓だが駄目か？」

「いや、駄目とは限らないな」

「一体どっちが勝つんだよ！」

「そんなことおれに聞いてわかるか！」

上洛した将軍の供廻りも、前の十六万人から見るとずいぶん貧弱だ。戦うという陣立てではない。将軍秀忠を迎えて家康は上機嫌だ。そんな中で珍しく家康が能を舞うことになった。

家康は秀吉に似てなかなかの舞い手である。

この二条城本丸御殿の中書院三の間は、畳を取り外すと能舞台になる仕掛けになっていた。

一閃、ひしぎの音がピーッピッと響いて静寂と緊張を切り裂いた。

家康の能が始まり三歩、四歩と舞台の前にすり足で進んでくる。息をしない死者のような能面だ。

無表情な若女《わかおんな》の能面が見物の大名たちをにらむ。秀忠はブルブルと身震いした。まさに天下人の迫力と恐怖が能面からほとばしっている。厭離穢土欣求浄土の仏の舞だ。

誰もが能面の下の家康の顔を想像する。

まだ、安住していない天下人の怒りが能面に薄く浮かんでいた。静かな怒りだ。能面の下から家康が大阪城をにらんでいるのだと、秀忠以下の大名たちははっきりと感じとった。

天下を統べる者の恐ろしいまでの執念をものいわぬ能面は語っている。

その夜、家康は秀忠を傍に呼んで話し合った。

「将軍は江戸に戻ったら、戦の支度をしておくように、よいな?」

大御所家康が命を懸けて戦う時だ。

「はい!」

秀忠は返事をしたがフッと家康の陣中死を思った。

高齢の家康が戦場に出れば何があってもおかしくない。殺し合いの戦場は鷹狩りの野原とは違う。

将軍は最悪のことまで想定しておかなければならない。

事実、秀忠の曽祖父清康は織田の城を攻めていて陣中死した。祖父の広忠も二十四歳で殺害された。

父の家康にも何が起きるかわからない。そういう高齢でもある。

その秀忠は大阪城の秀頼の権威を恐れている。本来であれば、秀頼は娘婿だから秀忠が保護しなければならない。

それが千姫を大阪城に入れた秀吉と家康の暗黙の約束なのだ。

だが、今はそんな悠長なことを言ってはいられない。若き偉丈夫の秀頼は恐怖でしかない。

その秀頼が大阪城にいて徐々に力を持ちつつある。

江戸の徳川政権といえども、法令を出せるようになったのは、三年前の慶長十六年（一六一一）である。

朝廷からの新年の勅使も、江戸城ではなく大阪城に赴いている。

大阪城の方を朝廷は重く見ているということだ。豊臣政権は秀頼の権威とともに、まだその命脈を保ち続けているのだ。復活してくるかもしれない。

その秀頼を葬りたい気持ちは秀忠の方が家康より強い。

秀忠は家康の命令を受けると、このまま戦いたい逸《はや》る気持ちを抑え、翌日には江戸に向かって京を発った。

家康も駿府城に戻った。

迫ってきた戦いの時を、不備のないよう兵力を整備して待つ時だ。徳川家の旗本八万騎の実力を問われる時がくる。

そんなことを考えながら将軍秀忠は江戸城に戻ってきた。

国家安康君臣豊楽

その後を追うように七月二十一日に飛鳥井雅庸《まさつね》が駿府城に現れる。家康に源氏物語を講釈してその奥義を伝授する。次いで江戸の将軍秀忠には蹴鞠を伝授した。

家康はいつも眠そうな千賀を相手に、カリカリやりながら「まだ寝るな……」という。

爺さんと婆さんの暇つぶしの夜だ。

近頃はいつもがっかりのお夏は寝所に遠慮がちになった。阿茶も寝所を遠慮してから十年以上になる。

「千賀、わしはもう駄目かのう？」

「はい……」

「元気なのだが役立たずじゃ……」

「試してみられますか？」

「お前にか？」

「はい……」

「そうだな。何かいいことでもあるか？」

「今日は大安ですから……」

「そうか、大安か、それなら久しぶりに試してみるか……」

化け物と幽霊の禅問答だ。佶長老がいたら腹を抱えて笑いそうだが、この二人はいたって真面目なのだ。

本当に手を引いて「行こうか……」などと寝所に入りそうだ。

男と女は灰になるまでというがそれはこの二人のことだ。まことに恐ろしいことである。

「そろそろ死のうかと思う……」

「はい……」

「そなたはどうする？」

「竹千代さまと一緒にございます」

「わしと一緒に死ぬか？」

「はい……」

「お前と相対死《あいたいじに》なら粋だがな……」

家康がニッと笑うと千賀もうれしそうだ。

この二人は七十年近くも馴染んできた。死ぬ事すら食べてしまうお化けと幽霊になった。

まことに結構、めでたいこと限りなし。

この頃、大阪城の片桐且元は方広寺完成法要のことで、家康に事細かく相談をしていた。

こういうめでたいことに手抜かりがあってはならない。

そんな時、後水尾天皇から大仏開眼法要を、天台宗常胤《じょういん》法親王の導師でと勅命が出た。

実は、方広寺大仏の開眼法要と、大仏殿落慶供養の日にちの前後を、天台宗と真言宗が争い対立していた。

こういう争いが起きると厄介なことになりかねない。

家康は且元の問い合わせに開眼法要を先に八月三日、落慶供養は秀吉の命日である八月十八日と指図する。

何ごとも家康の考えが大切だ。

だが、且元は秀吉の十七回忌の八月十八日は避けたいとして、八月三日に両方の法要をしたいという。

秀吉の法要は大阪城で別にしたいのだろう。

早朝に常胤法親王の開眼法要、その後、覚深法親王の落慶供養とし、終日天台宗が上座と具申する。

常胤法親王は正親町天皇の子で覚深法親王は後陽成天皇の子だった。

且元は朝廷とも相談したのだろう。このことは天皇家の問題でもあり、そういうことも影響したと思われる。

ところが、日程が決まり式典が行われることになったが、いきなりすべての日程が中止であるという。

七月二十六日に方広寺梵鐘の銘文事件が勃発する。

大阪城を攻める大義名分、早い話が言い掛かりをつける小さな種が見つかった。

それを針小棒大にすればいい。

それは梵鐘に刻まれた国家安康、君臣豊楽の銘文に問題があるということだ。

国家安康は大御所家康の名を切り裂き、君臣豊楽は豊臣家を賛美するものだということである。豊臣家が建立する寺だから、それでいいではないかと誰もいえない。

こういう言い掛かりでも家康が言えば通るのだ。

豊臣家の方広寺だから君臣豊楽は仕方ないが、国家安康は明らかに家康に対する嫌がらせではないかという異議だった。

いきなり困ったことが持ち上がった。

この銘文は南禅寺の禅僧文英清韓《ぶんえいせいかん》が起草したものである。大仏開眼法要も大仏殿落慶供養もわずか四文字のために吹き飛んでしまう。

大阪城内が一気に大混乱だ。

この徳川家から突き付けられた難問題に、大阪城がどう対処するのか連日話し合われた。

梵鐘を鋳つぶして造り直せばいいということではない。

この梵鐘は豊臣家を潰すため、家康が言い掛かりをつけた鐘として、何百年も恥をさらすことになる。

この時は、この方法しか戦いにする言い掛かりがなかった。

冷静な秀頼は家康が戦いたいのだと戦の匂いを嗅ぎ取っている。仕掛けられた戦いを回避できるか。

ここから秀頼の苦悩の日々が始まった。

家康が戦をしたいのなら、どんな弁明をしても聞く耳を持たないだろう。江戸に徳川政権ができて、大阪城の自分が邪魔なのだと秀頼はわかっている。殺しにくるなら戦うしかない。

もし妥協する道があるならそれはどんなことか。

家康の天下普請などを見ていると、秀頼の六十五万石の安堵は特別でとても考えられないことだ。

半減の三十万石ほどか、その次に半減されて十五万石かもしれない。それぐらいなことを考える家康だ。それでは大阪城を穏やかに明け渡す話し合いにはならないだろう。

母の茶々が断固反対するに決まっている。

最後は一万石未満で、京に住む公家ということも、考えられないことではないのであった。

秀頼はそういうことを想像できる賢さを持っていた。

だが、その秀頼が見誤った。老い先のない家康はそんな豊臣家の生き残りさえ許す気はない。

なにがなんでも秀頼の命を取って禍根を絶ちたいと考えている。家康がそう考える以上、結局のところ、どんなに足掻《あが》いても豊臣家は織田宗家のように消えていくしかない。

秀頼も薄々そう気づいてはいた。生き残る道などない。だが、生き残る道もあるはずだと思う。そこが決定的に甘い。牛き残る道などない。そう覚悟しないと戦い方が違ってきてしまう。この時、秀頼には良い軍師がいなかった。茶々と秀頼が頼りにしていたのは、高野山の真田昌幸だったが、すでに慶長十六年六月に九度山《くどやま》で病死していた。

結局その覚悟のなさと甘さが秀頼と茶々に残り致命傷になる。

大阪城には織田信雄や織田信包や織田有楽斎など、茶々との血縁を頼って織田家の生き残りが集まっていた。

織田信包は数日前、七月十七日に大阪城内で吐血して死んだ。片桐且元が毒殺したとの噂がある。

信雄などは家康の間者ではないかと思うほど駿府に近い人物だ。後に家康から五万石をもらい大名になったところを見ると、大阪城のことは織田信雄を通じて家康にすべて漏れていたと思える。

暗愚さまは生涯暗愚さまで何をするかわからない男だった。

この後、信雄は戦わずに大阪城から逃げ出し家康を頼ることになり、織田有楽斎も大阪城から出て京で茶の湯に生きた。

織田宗家の秀信は高野山麓で亡くなり、織田家はこのようにして四分五裂になってしまう。

豊臣家も似たようなことになりかねない。

大阪に豊臣家がある限りこの国は東西で二分されると秀頼は考える。そこまでわかるなら甘い考えは捨てるべきだ。

秀頼と茶々には生き残れる道はもうない。

間もなく死ぬだろう家康は、国を二分する危険を残すはずがない。そこを考えれば戦い方が決まる。

ところが秀頼と茶々は生き残りたい、生き残れるはずだと甘く考えた。

結局、この死にたくない生きていたい覚悟の無さが、もう一歩のところで死を招いてしまう。

これを世間では「身を捨ててこそ浮かぶ瀬もあれ」という。

信玄の甲陽軍鑑に記される。

秀頼はあと少しのところで家康に勝てた可能性がある。その悲しい物語がここから始まる。

やがて「もののふのやたけごころのひとすじに身を捨ててこそうかぶ瀬もあれ」と書き残される。

もうほんの少しだった。それを壊したのが茶々であった。

母だから仕方がないとあきらめる秀頼は哀れだ。口を出していけない人が口出しするとこういう悲しいことになってしまう。

それも甘い考えがあったからだ。

これまで家康が大阪城を潰そうと思えば、その機会は何度かあったのだが家康は動かなかった。

動く素振りすら見せなかった。

だが、この度の銘文問題は違う。世間では南禅寺の金地院崇伝が、同じ南禅寺の文英清韓に難癖をつけたと見る向きもある。

秀頼はそういう宗門の中の問題ではなく、家康が大阪城の豊臣家を潰しにきていると見ていた。

実に聡明である。

確かに清韓も崇伝も南禅寺の秀才で、清韓は四十七、崇伝は四十六と歳も近い。だからといって二人の間に何か確執があるとは聞いていない。秀頼は清韓を信頼して銘文の起草をさせた。

その銘文に崇伝が難癖をつけた。佶長老なら違う方法を考えただろう。兎に角、戦いを回避できるならその努力をするべきだ。だが、こういう難癖にはその見込みはほとんどないのが相場である。

端から戦いたい難癖だから逃げ道などない。

秀頼は家康が自分の死を考え、加藤清正、浅野幸長、池田輝政、前田利長などが亡くなった今が、戦い時と決めたのだと思う。

戦いの支度をしながら秀頼は考える。

母の茶々はすぐ感情的になる人で、いざという時は当てにならないとわかる。その母を秀頼は大切に考え、口答え一つしたことがなかった。秀頼可愛いだけの母なのだ。

父の太閤亡き後、ただ一人で幼い一人息子を育ててくれた。

乱世が信長と太閤によって終焉したとはいえ、母の苦労を思うと秀頼は母を守らなければと思う。

いずれ家康の本心ははっきりする。

家康がどうあれ戦う支度を怠りなくすればいいことだ。

八月十三日の深夜、大阪城から片桐且元、大野治長、文英清韓らが駿府城に派遣された。

その片桐且元一行が東海道を東に鞠子宿までできた。

この宿は江戸期を通じて街道では一番小さな宿場だが、関ヶ原の戦いの翌年に宿場となり、慶長元年（一五九六）に丁子屋というとろろ汁屋ができた。

やがてそれが天下の名物とろろ汁になる。

鞠子宿から駿府城下までは一里半で目と鼻の先だ。安倍川を渡ればそこが駿府城下だった。

その安倍川の茶店に家康が立ち寄ると、店主が搗きたての餅にきな粉をまぶして献上した。

この安倍川の上流では砂金がとれている。

「安倍川の金な粉餅でございます」

餅に砂金をまぶしたと店主はいいたいのだ。

それに家康が大いによろこんで、その金な粉餅に安倍川餅と名づけたという。

そんなのどかな街道だ。

　その鞠子宿に駿府奉行が出張ってきていた。

「南禅寺の文英禅師だな？」

「拙僧が文英清韓にございます」

「詮議したいことがある。捕らえろ！」

　八月十七日の昼頃、鞠子宿で文英清韓が駿府奉行に捕らえられた。

　片桐一行は安倍川を越えて駿府城下に入ったが、弁明の機会も与えられず、家康と面会することもできなかった。

　大阪城からの使者ではなく咎人《とがにん》のような扱いだ。

　捕らえられた文英清韓は秀頼に仕える優秀な臨済僧で、東福寺の長老であり南禅寺の長老でもあった。

　清韓は漢詩文の達人で役人の問いに、国家安康は泰平を意味しその中に家康の名を隠し題として入れたと弁明した。

　隠し題とは和歌などの場合に使う修辞である。

　例えば、「唐衣着つつなれにし妻しあらばはるばるきぬる旅をしぞ思ふ」という歌には、「かきつばた」が隠されているという塩梅だ。

それが果たして不吉な呪いの銘文といえるかは疑問だ。清韓が家康を呪う銘文を書いたとは考えにくい。

この問題は大阪と戦うため、家康と金地院崇伝によるこじつけ、言い掛かりだという見解と、問題になる要素が含まれるという見解がある。

戦いたい家康の言い掛かりだと思う。

ただ家康の名を、易々とこういう銘文に使うのは、軽率といわれても仕方がないだろう。

文英清韓はやがて南禅寺から追放される。

その清韓は大阪城ににげて籠ったが戦いに敗れ逃亡、再び捕縛されて駿府で拘禁される。

その拘禁の間に林羅山と知り合う。羅山の取りなしで許された。

おそらく銘文はその程度のことに過ぎなかったということだ。

そんなつまらないことを家康に媚びる坊主たちが、ああだこうだと騒いで大問題に仕立てたに過ぎない。

林羅山もそんな騒いだ一人だから罪滅ぼしをしたのだろう。

つまり人にはそれぞれ事情というものがあるということだ。だが、実際の事態は大きな戦いに発展する。

こういう権力者に媚びるというのは世間では日常茶飯事だ。清韓が捕縛された翌八月十八日に、京の五山の長老たちに鐘銘の文字の解釈を行わせた。するとその僧たちは銘の国家安康は、大御所さまの名を犯し不敬であると判断する。

その長老の中に南禅寺の長老がいたのだから万事休す。

長老は清韓を庇わなかった。

藤原惺窩の弟子で追従者の儒学者、林羅山も銘文の中に「家康を射る」という、恐ろしい呪詛が含まれているとこじつけた。

羅山はこの時三十二歳だった。

二十三歳の時に家康に認められた朱子学の秀才だが、世渡り上手の追従上手だったという。

お陰で方広寺梵鐘の銘文がとんでもない大問題に発展した。

こうなるともう手の施しようがない。

いつまでも片桐且元が戻らないので、茶々の使いで大野治長の母大蔵卿局が駿府城に赴いた。

すると上機嫌で家康は面会を許し丁重に迎えたのである。片桐且元たちと扱いがまるで逆だった。これは家康の高等戦術で大阪城内を真っ二つに割ろうという魂胆だ。

信長老がいなくても家康は大狸の化け物になっていた。そんなことに茶々の乳母でしかない大蔵卿局が気づくはずはない。こんなところにしゃしゃり出てくるべきではない人である。

もう大阪城では茶々のわがままと独断が始まっていた。それが大切な秀頼を殺すことになると、まったく気づいていないのだから救いようがない。

どうもその根底には大阪城は難攻不落だという過信があったようだ。秀吉にそう教えられていたのだろう。

九月六日に家康は金地院崇伝と本多正純を使者に、駿府城で且元と大蔵卿局を同席させる。

この問題は徳川家に対する豊臣家の不信が原因だとねじ込んだ。

江戸に赴いて申し開きをするようにと要求、その一方で家康は西国の大名五十人から誓詞を取っていた。

家康は一方で大阪城を押さえ込み、一方では大名たちの同意を取り付ける。あの信長老が傍にいるような大狸らしい狡猾さだが、これが家康の生涯最後の大作戦だ。

齟齬は許されない。

埒のあかないまま九月十二日に大阪城に戻った片桐且元は、九月十八日にこの問題の妥協案を作って茶々に進言する。

その内容は、秀頼さまが江戸城に参勤すること、お袋さまが人質として江戸に住むこと、秀頼さまは国替えに応じて大阪城から退去すること、この三つの中から一つを実現することである。

こんな家康が決めたような一方的な条件に、茶々が同意するはずがなかった。

豊臣家の完全敗北を認めて、徳川家に臣従するということだ。

そんな無体なことを受け入れるぐらいなら、自害してもいいと威勢よくいうのが茶々なのだ。

それが太閤秀吉の妻としての最後の矜持と思い込んでいる。

だが、実際はそんな度胸も覚悟もない。何んとかなると思っている。もう何んとかならないのです。且元はそう言いたい。

茶々が動かせるような事態ではないのだ。そこがわかっていない。

この妥協案は且元一人の独断ではなく、大御所家康の意向や金地院崇伝の考えが充分に含まれている。

つまり早くいえば、秀頼と茶々の命を家康に預けるという条件を呑めということだ。秀頼の参勤は危なくて受けられそうもない。茶々の人質と大阪城退去など考えられない。だが、且元は茶々の人質ならと思う。

しかし、どれ一つとっても豊臣家が豊臣家でなくなるということだ。

家康の生き残り条件は木下家か羽柴家に戻れということである。

家康に豊臣の姓を朝廷に返上しろといわれかねない。そんな屈辱を受ける覚えはないと茶々は思うだろう。

だが、天下を取るということはそういうことなのだ。且元は追い詰められた。

豊臣家などこの世にあってはならない。茶々はそこをわかっていないが秀頼はわかっている。

事実、この後、秀頼が戦いに敗れると、家康は秀吉の豊国大明神の神号を剝奪、豊国神社そのものを廃絶にしてしまう。

秀吉は家康によって神の座から戒名大居士に転落する。

北政所お寧さんの願いで、豊国神社の社殿だけは残されるが、その後、修復も許されず朽ちて行くのである。

天下とはそれほど厳しく、権力とはそれほど冷酷なのだ。

だからこそ権力にはいつの世も甘い蜜の香りが漂う。それは夢遊の世界の陶酔にも似ている。

やがて、その権力は寂しい荒野の中にあると気づく。

世の権力者は一人残らず孤独で寂しい中に毅然と、また時にはオロオロと立っているものなのだ。

江戸期において豊国神社は再興されることはなかった。

慶応四年（一八六八）閏四月に明治大帝が「秀吉は国家に大勲功あり」と、仰せられたことによって再興が沙汰される。

信長も明治二年（一八六九）十一月に「日本が植民地にならなかったのは信長のお陰である」と、大帝が仰せられ建勲の神号が下賜されて、信長は神階に昇り数百年の刻を超えて建勲《たけしいさお》神社が創建される。

天下人とはいつの時代もそういうものでわれ一人尊いのだ。

信長も秀吉も歴史の中に影を潜めてしまう。家康ただ一人が大権現さまとして二百六十年間の江戸に君臨し、光り輝くことになる。

人はその勝者の歴史に心地よくコロッと騙される。

この片桐且元の進言に茶々は激怒、且元は裏切り者だということになった。

すると九月二十三日には且元を、木村重成らが暗殺するという計画が発覚、且元は屋敷に籠り身辺の警備を厳重にした。

茶々は冷静さを失い家臣すら信じられなくなる。

この事態に冷静な秀頼は調停しようとした。

だが、片桐且元の方が硬化して、九月二十八日には高野山に入るため大阪城を出ると決めた。

この且元の頑なさにはさすがに温厚な秀頼も怒った。

翌九月二十九日に豊臣家に対して、不忠であるということで片桐且元に改易追放を命じる。

こうして大阪城内が突然の家康の言い掛かりに大混乱に陥った。

この片桐且元の混乱を、秀頼は家康と秀忠に対し所司代板倉勝重宛てに、且元が兵を集め不届きであったと嘘の弁明をする。

これに家康が激怒した。

つまり三条件をすべて拒否するという回答だからだ。この嘘の弁明が本当に秀頼だったのか、それとも茶々だったのかはわからない。秀頼はいずれか一つを受け入れる気だったのではないか。

それは母の人質ではなく秀頼の江戸への参勤である。千姫のために。

弁明を見た所司代板倉勝重はこれで戦いになると思う。

二十二歳の若き秀頼は何んとか戦いを回避したい。

だが、家康と秀忠が豊臣家を潰そうとしている以上、戦いを避ける方法はもうないのではと勝重は思う。

お袋さまの茶々も家康と妥協する考えはない。

こうなっては戦いの回避を考えながら、秀頼は一方で戦支度を整えるしかない。

雇い入れた浪人中心の豊臣軍だが徐々に数は揃ってきていた。その軍資金は莫大である。

大阪城下とその周辺の米をすべて買い集めた。

片桐且元は大阪城内の米や黄金の勘定を引き継ぎ、十月一日に四千人ほどの兵を率いて弟の貞隆の茨木城に退去した。

且元が無事に茨木城に入ったと聞き家康は喜んだ。やはり且元は家康に懐柔されていたのである。

家康と本多正信は寝返りさせる名人なのだ。

その頃、大阪城の秀頼と織田有楽斎から、家康に敵対するなどと考えていないと書状が届く。

だがもう家康には取り合う考えはなかった。

最早、大阪城とは戦うのみ、秀頼の命を取るだけである。

秀頼からの書状を横に置いて、家康はついに大阪城攻撃を決定した。大軍で大阪城を包囲して潰してしまう。

あのたった四文字が戦いの引き金になった。

家康の言い掛かり謀略は大成功である。

この戦いの功労者は皮肉だが文英清韓であり、西笑承兌と信長老の代わりの金地院崇伝だったかもしれない。

この崇伝は辣腕を振るうが後に紫衣事件で、沢庵宗彭から天魔外道と罵られる。

ついに大阪城の豊臣家に対して軍事行動を決意した家康は、次々と大名たちに出陣を命じる。

諸大名に大阪城を包囲するよう命じた。

この頃、肝心の福島正則は従軍を許されず、江戸城の留守居役を命じられ、大阪城の戦いから遠ざけられた。

正則は二年前に病を理由に隠居を願い出たが許されなかった。

その正則は大阪城から加勢を頼まれたが断り、大阪の蔵米八万石を豊臣軍が持って行くのを黙認した。

正則には忸怩たるものがあっただろう。

秀吉の血筋でありながら、秀頼のためには何一つ役に立たない男だった。そんな男が豊臣恩顧というのだから情けないと言われても仕方がない。

全軍を率いて大阪城に入り、秀頼を守って堂々と戦ってこそ、武家であり秀吉の家臣の誉というものだ。

それができずに江戸城にいる。

その頃、大阪城には真田信繁が名を幸村と改め、九度山から密かに抜け出して大阪城に駆けつける。

その幸村は城の東南の平野口に出丸を築いていた。

真田丸と呼ばれる出城だ。

幸村は幼い頃、弁丸と名乗り真田家から人質として秀吉に差し出された。

その弁丸は賢く秀吉に気に入られ可愛がられた。その頃、弁丸は秀吉から大阪城の弱点は東南の角だと聞いた。

それは家康も聞いたはずなのだ。

そこで幸村は籠城する前に、父真田昌幸から聞いた、徳川軍を青野ヶ原で殲滅できるという策を実行しようとした。

つまり関ヶ原の戦いのやり直しである。

戦わずに大阪城に籠城するのではなく、まず、全軍が野戦で戦うべきだということだ。

青野ヶ原と瀬田の唐橋の二段構えで徳川軍と戦う。

籠城するのはもし戦いに敗れ万策尽きてからでもいい。それでも大阪城には徳川軍と戦う力が残っている。

大阪城はそんじょそこらにある生易しい城ではない。

籠城戦の名人太閤秀吉がそのように築いた城である。だが、その手を使うのは最後の最後の策でなければならない。

幸村は乾坤一擲の戦いを青野ヶ原でしたい。

だが、幸村のこの策に大野治長など秀頼の側近たちが、そんな戦いは無謀であ

ると いって絶対反対を唱えた。

端っから籠城すべきだという。

それも戦い方の一つではある。そこで幸村は城の東南の角を守る出丸を平野口に築いた。真田丸である。

家康もその弱点を狙ってくるはずだ。

秀吉が万策尽きた時に、難攻不落の大阪城と運命を共にする秘策を、幸村と父の昌幸は知っていた。

だが、その昌幸は三年前に高野山麓の九度山で亡くなった。

その時、真田昌幸が我が子幸村に、青野ヶ原の作戦はお前では無理かもしれないといったという。

幸村は秀吉の最後の策を密かに秀頼に伝えていた。

大砲と火縄銃

片桐且元が大阪城から退去した十月一日に、江戸との交渉を秀頼はあきらめた。

家康の強引な言い掛かりは何がなんでも、戦いをしたいというのが見え透いていると思う。

秀頼はもう戦う以外に策はないのだと悟る。

翌二日に大阪城の秀頼は豊臣恩顧の大名や浪人に檄を飛ばし、大阪城に集結して徳川軍と戦うよう要請した。

ついに戦いの支度に入ることを明らかにする。

旗幟を鮮明にして諸大名に来援を促す。

同時にその日から、一斉に兵糧の買い入れを始め、大阪の諸大名や徳川家の蔵屋敷に押しかける。

蔵屋敷のすべての蔵米を接収してしまうなど戦いの準備に入った。

徳川軍が大軍で大阪城を包囲しても、戦いのために備蓄している兵糧米はどこにもないということだ。

すべて大阪城の米蔵や空部屋に運び込まれた。

大阪城周辺の米も買い占められ、蔵屋敷の兵糧米を奪われたため家康は苦労することになる。

一方、大阪城に結集する兵のために、数えきれないほどの長屋が建てられた。

長屋の一部屋に五人から十人ほどが住み、そこで煮炊きをするから城内は騒然となった。

その兵の数は一万、二万と日に日に数を増していった。

その大阪城には後藤基次、長宗我部盛親、毛利勝永、明石全登《じゆすと》など、名のある浪人が続々と集結する。

中には大勢のキリシタンや宣教師まで加わっていた。

大阪城を包む戦機は日ごとに膨れ上がって、家康を殺さない限り豊臣の天下はないという機運が満ちた。

誰もがこの戦いがいかに大切かを知っている。

青野ヶ原の野戦を大野治長らに反対された幸村は、秀頼に太閤の話をして城の東南に真田丸を築いていた。

大阪城を守る重要な出丸だ。

真田丸が落ちる時は大阪城が落城する時だ。

幸村と名を変えたのは家康を倒す一念からで、幸村の村は徳川家が嫌う千子村正の村なのだ。

村正は家康の祖父清康を暗殺した刀で、父の広忠を斬り信康を斬った刀だ。

家康も関ヶ原で村正の槍で手を怪我している。徳川家が忌み嫌うのが千子村正なのである。

その村正の村を名乗って必ず家康を殺す。

幕末には徳川幕府を倒すため有栖川宮や西郷隆盛を始め、多くの勤王の志士がわれこそはと千子村正を腰に差した。

そのため欲しがる人が多過ぎて、村正の刀が店から姿を消したという。刀にはそれぞれ格というものがあって、千子村正はそれほど格式の高い刀ではなかった。

「村正は宮さまがお腰になさるような太刀ではございません」

官軍の総帥有栖川宮熾仁《たるひと》親王にそう忠告した者がいた。

皇族の宮さまの持つべき刀は格式の高いものにするべきだということだ。だが、有栖川宮は聞き入れなかったという。

婚約者の和宮親子《かずのみやちかこ》内親王を、徳川家に取られた有栖川宮は、おそらく怒り心頭だったのではないか、宮の意地にかけて村正の格などより、何がなんでも徳川幕府を倒す一念だったと思われる。

村正は徳川家を倒す象徴なのだ。

幸村は息子の大助を連れて真田丸の築城を急いでいる。

大阪城は台地の北端に築かれた城で、三方を淀川、平野川、猫間川、大和川、横堀川が天然の大堀となっていた。

惣構えの巨大な城の南だけは空堀になっている。

真田丸はその大阪城の惣構えの外に張り出して築かれた出城で、南北に百七十間、東西に百七十間という少し歪な円形の防御陣だった。

攻撃に出るため東西には枡形の馬出しの広場がある。

土塁は三段に盛り上げられ、その土塁の前には敵の攻撃を防ぐ三重の柵が東西に半円を作っている。

幸村が考えた頑丈な出城だった。

土塁の下は深い空堀になっていて近づくのは困難だ。三重の柵に近づくと鉄砲や弓矢の射程内に入る。

真田丸の上は平らで兵たちの長屋や住居が建っていた。

その周りは楯板と数間おきに攻撃用の矢倉が立ち並んでいる鉄壁の出城だ。

その矢倉には真田家の六文銭ののぼり旗が林立して、どこからでも攻めてこいという守りの構えだ。

真田丸の後ろは深い谷で背水の陣でもある。

前方は林や畑がきれいさっぱりと取り払われて、攻めてくる敵が丸見えの状況になるから狙いやすい。

幸村が大阪城を守る最後の砦として考え抜いた出丸だ。

もう一つの秘策は幸村が秀吉から聞いた浮き城の計画である。大阪城を水に浮かべてしまえという。

「弁丸、この城の最後は浮き城にすることじゃ……」

確かに秀吉はそう言った。

「浮き城にすれば誰も近寄れない。誰も落とすことなどできない。兵糧を二、三年分入れることだ……」

幸村はその言葉を鮮明に覚えている。

大阪城では三方の川を利用して徳川軍が近寄れないように、城の周辺に水を流し込んで浮き城にしてはどうかという話になっていた。

それは幸村が秀吉の秘策として秀頼に伝えたことである。

水を使う戦いは秀吉が得意とした戦法だ。

西国の備中高松城を水攻めにしたり、小田原征伐の時には忍城を水攻めにしろと石田三成に命じている。

だが、こういう作戦は派手でおもしろいが成功させるのが難しい。惣構えの大阪城が巨大な湖の中の浮き城になったら壮観だ。城内に兵糧米は充分に集まっている。

秀頼はこの浮き城の作戦を実行するよう許可した。

その頃、十月十一日に大御所家康が軍勢を率いて駿府城を発った。あの巨漢の秀頼を殺さない限り枕を高くしては寝られない。

なにがなんでも秀頼を殺す。

翌十二日には大阪城の真木島昭光が出陣して早々に堺へ向かった。

ここに戦いの火ぶたは切って落とされた。

その頃、江戸城の将軍秀忠も旗本に出陣を命じて支度を始める。将軍の旗本八万騎が動きだした。威勢よく旗本八万騎というが、実際のところは旗本六万騎といったところである。

駿府城を発った家康は十月二十三日に二条城に入った。同日、江戸の将軍が六万騎を率いて江戸城を出立した。

家康は二十五日に藤堂高虎と片桐且元を呼んで先鋒を命じる。

結局、片桐且元は秀頼を裏切って家康に味方した。諸大名が全国各地で動き出している。

大阪城の秀頼の要請に応じて味方する大名は一人もいなかった。

家康がギリギリまで大阪城攻めをしなかったのはこのためである。最早、豊臣恩顧の大名など口に出す大名はもういない。

今やすべての大名が家康に臣従している。大阪城に入る国持ち大名はいない。加藤清正なり浅野幸長など誰か一人でも、大阪城の秀頼に味方すると、それに引きずられる大名がいると家康は考えた。

それが最もまずい。芋蔓式に大阪城に入られては戦いにならない。

家康は天下普請などで徳川政権に不満な大名が、あちこちに少なからずいることを知っていた。

それに火が付くと止められなくなる。

その数日後、家康は東山の高台院お寧さんを訪ねた。

家康はあの日、二条城で巨漢の秀頼を見てから、本当に小柄な太閤の子なのかと秀頼の出生を疑っている。

高台院お寧さんはいつものようにニコニコと仏頂面の家康を迎えた。

家康と大阪城の秀頼が干戈《かんか》を交える寸前だと、そのあたりの経緯は承知の上での会見だった。お寧さんは京の東山から家康の動きも、大阪城の秀頼の動きも見ていた。

もう江戸と大阪は手切れになり、家康が秀頼を殺す許可を求めてきたとお寧さんは感じた。

「高台院さまにはお健やかにお過ごしのようでまことに結構でございます」

「三河さまも矍鑠《かくしゃく》となさっておられます」

「鷹狩りのお陰で脂もつかず、気分良く過ごしております」

「なるほど……」

「過日、二条城で秀頼さまとお会いして、あまりにも立派な姿に驚きましてございます」

「確かに、太閤さまは小柄なのにと、そうお思いでございますか？」

「はい……」

高台院お寧さんは家康の用向きをわかっている。やはり家康も秀頼の出生を疑っているのだと思う。殺すための小さな言い訳にはなる。

「秀頼を殺しますか？」

「そこまでは考えておりません」

家康は白々しくはっきり嘘を言った。だが、お寧さんは言葉とは逆だと思う。家康は必ず秀頼を殺すだろう。

そのために諸大名に大阪城の包囲を命じたのだ。

「三河さまの懸念は秀頼が太閤さまの実の子かということではありませんか？」

お寧さんがそう聞いてニッと微笑んだ。

「高台院さま、まことのことをお話しいただければありがたく思いますが……」

「三河さまもお人が悪い。この高台院に責任の一端を？」

「そのようには考えておりません」

「そうですか、三河さま、秀頼は間違いなく太閤秀吉のお胤でございますよ」

高台院お寧さんもきっぱりと嘘を言った。それを聞いた家康のこめかみがピクッと動いている。

その仏頂面は嘘だという顔だ。

高台院お寧さんに裏切られたと内心では思っている。家康は高台院を大切にしてきたつもりだ。

それが家康の求めた答えではない。秀頼を殺すなと言っている。

大阪城から追い出された格好の高台院お寧さんだが、格別に秀頼や茶々を恨んではいない。

秀吉の女たらしと浮気と大嘘にはあきれ返った。

今さら茶々に悋気する気もない。以前、悋気を爆発させて信長に戒められた。

「お前ほどの女はあんな禿げ鼠には勿体ないのだ」

信長がそう言った時、お寧さんは涙が出るほどうれしかった。

いつの頃からか子のいないお寧さんは豊臣家を、秀吉と自分の一代限りでいいと思うようになった。

大阪城の秀頼が太閤の子であるというならそれでいい。

秀頼が誰の子か高台院お寧さんは知っていた。だが、今さら太閤の子ではないなどという必要もない。

家康に秀頼を殺させたくはないが、ことここに至っては致し方ないかとも思う。

あの立派な偉丈夫の若武者に育った秀頼を見て、家康が脅威に思っても仕方ないことである。

人に定められた運命だろうと思うしかない。

あの世に片足を引っ張られている家康が、徳川家を守るため秀頼に殺意を持ったならもう止められない。

そこで高台院お寧さんはニコニコと嘘を言った。

家康とこのような勝負ができるのはお寧さんしかいない。

秀頼が太閤の胤だというのは家康に対する楔だ。笑顔で殺さないでほしいといっている。家康はそう感じた。だが、それは受け入れられない。

「そうでしたか……」

家康は納得を装ったが信じてはいないし、秀頼を生かそうとも考えていない。

ここまできたらもう高台院お寧さんの希望を叶えることはできない。家康は納得顔で高台院を出た。

その家康は秀頼が太閤の胤ではないと思う。だが一方で、もしかしたら本当に太閤の子かもしれないとも思うのだ。

真相は茶々に聞くしかない。

だが、にこやかな高台院お寧さんの言葉で、逆に太閤秀吉の子ではないとなんとなく確信した。

秀頼を殺すためそう納得したのかもしれない。

さすがの家康もいざ秀頼を殺すとなると寝覚めが悪い。殺すための言い訳の一つもしたくなる。

太閤秀吉との最後の約束を反故にするのだから、家康も結構複雑な心境になった。

「徳川家を永劫に残すためだ……」

天下人は未練を残すな。

正義も大義もなくていい。秀頼を殺すことで泰平の世が来るなら、それが家康のただ一つの言い訳である。

旗本六万騎を率いて江戸を発った秀忠が十一月十日に伏見城に入る。

あまりに急ぎ過ぎて家康から行軍を急ぐなと使いをもらっていた。兵が疲労すると戦いに使えない。

関ヶ原に遅参した時も兵に無理をさせたと家康に叱られた。

そこで十一月七日には近江水口で、行軍を一旦止めて後続の大軍を数日待ったほどだった。

家康の言いつけには従順な将軍である。

秀忠は関ヶ原の戦いに遅参したことを今でも恥じていて、戦いに間に合わなくなることを極端に警戒していた。

二度とあってはならないことだ。今度遅参したら将軍といえども腹を切るしかない。

家康に急ぐなと諫められて悠々と京に入ってきた。

ついに戦いの時がきた。すぐ家康のいる二条城で軍議が開かれ大阪城の動きが検討された。

その頃、大阪城には十万近い大軍が集結していた。

その大阪城を攻める徳川軍も続々と集まって二十万近くに達している。双方が一歩も引けない戦いだ。

負けた方が滅ぶしかない。

だが、大阪城に籠城する十万人を、二十万人で攻撃するのは無理だ。

本来、籠城を攻めるのは五倍から十倍の兵力が必要だというのが常識。それを二倍の兵力で攻めようという。

この時、家康は大阪城を落とせるとは思っていなかった。

秀吉から聞いた大阪城の攻略法は、何回かに分けて攻撃することだった。二回、三回と分けて攻撃すると徐々に籠城というのは疲労する。

攻城戦の名人の秀吉がいうのだから間違いない。

籠城というのはかなり危険な戦法で、援軍がない限り籠城する方は疲労する戦いなのだ。

包囲されると戦意喪失して逃げだす兵も少なくない。

籠城戦は一方的に攻められ続けるのだから精神もまいってしまう。

家康は兵糧が少ないこともわかっていた。大阪城が京の周辺まで米を買ってしまい家康は思うように兵糧米を集められなかった。

従って大阪城から引き上げる時期も、作戦の一部として頭の中に入れていた。

大軍はすぐ飢えることを知っている。

十一月一日に摂関家の当主たちが、大御所の家康と将軍秀忠に挨拶するため二条城に現れた。

公家はこういうことに抜け目がない。

その中で現関白の近衛信尚に大仏開眼のことで不都合があり、家康は会見を許さずやがて翌年には解任する。

この家康と秀頼の対決は公家にも武家にも何かと厄介だった。

豊臣恩顧の大名である福島正則や黒田長政、加藤嘉明などは江戸城の留守居を命じられた。

動くなということである。

家康は戦場に出すと秀頼に寝返る可能性があると疑っていた。人には弱い者に対する同情心というものがある。これは理屈抜きの感情だ。秀頼哀れと思えば何をしでかすかわからない。

向きを変えて家康に襲い掛かるかもしれない。戦場の心理は異常になる。事実、そういうことは充分に考えられた。関ヶ原の逆で戦いの最中に家康が裏切られる危険もある。

伊達政宗や加賀前田百万石などは裏切らない保証がない。上杉も池田も浅野も蜂須賀も疑えば危険だらけなのだ。そんなところに秀頼のためならほぼ裏切るだろう福島正則など出陣はさせられない。

家康は絶対有利だとはいえないことをわかっている。本当の勝負は次か次の次あたりと考えていた。体調のことも考えながら無理をせずに二年もかければいいと思っていた。

そんな中で十一月十五日に家康が二条城から出陣、大阪冬の陣といわれる戦いが始まった。

その頃、大阪城包囲に集まってきた徳川軍が仰天した。大阪城の周辺が水浸しになっている。

浮き城にするほどまだ水がたまらず、ビチャビチャの水浸し状態で東から南の低地に水がたまり始めていた。

湖にするには十日や半月では無理だ。一ヶ月や一ヶ月は充分にかかる。

徳川軍は洪水かと思ったがそんな雨は降っていない。淀川の堤を決壊させたのだと気づいたのは本多忠政と稲葉正成だった。

「本多殿、これは淀川の水だ。このままでは南に回れなくなる！」

「洪水か？」

「いや、洪水になるほど雨は降っていない。敵が堤を切ったのだ！」

「そうか、早く気づいてよかった。この程度の水なら決壊を止めればすぐ引くだろう」

「まずは決壊場所だ！」

豊臣軍が切った堤を修復して水を止めなければ戦いにならない。ここに野分の大雨でも降れば一面の湖になりかねない。

浮き城になってしまえば誰も城に近づけなくなる。

だが、広大な地域を湖にしたいのに水はなかなか溜まらない。秘策を実行するのが少し遅かった。

大雨で洪水になれば別だ。しかし空にはそんな気配がない。秋も終わりで寒そうな空が広がっているだけだ。二日三日で湖にするような雨は難しい。

折角の秘策が台無しになる。

大阪城の打つ手は戦いを知らない茶々が口出しする度に遅れるのだ。

二条城から出陣した家康は直接大阪城に向かわず、奈良方面に南下してその日は奈良に宿泊した。

これが最後の戦いだと信じる家康は慌てない。

じっくり構えて一年後二年後に大阪城がなくなっていればいい。

その家康は大阪城の周辺が水浸しだと聞いて、奈良に迂回し奈良街道から大阪城に近づこうとしている。

決壊を止めれば水はすぐ引くだろう。

十一月十六日に家康は法隆寺阿弥陀院に宿泊した。かなりの迂回だった。

その頃、将軍秀忠は大軍を率いて枚方《ひらかた》にいた。

翌十七日に家康は住吉まで来て布陣する。もう大阪城は近い。この時、家康は側室の阿茶局、お夏、十八歳のお六の方を連れていた。

高齢の千賀は駿府城にいた。

秀忠軍は先に大阪城の南に到着、平野川の左岸の小高い岡山に陣を敷こうとしている。決壊を止めても低地は水浸しだったが、小高い山は布陣になんら問題はなかった。

秀忠の陣所の真正面に丘のような篠山がありその先に真田丸が見えた。

「あれが出丸だな？」

「御意、真田が築いた出丸だそうにございます」

「真田？」

「はい、真田信之殿の弟信繁だそうにございます」

「高野山にいるのでは？」

「はッ、真田昌幸が亡くなりその後を信繁が継ぎましてございます」

「山を下りてきたのか？」

「御意、九度山から戦いに出てきたと聞いております」

「油断ならぬな……」

将軍秀忠が関ヶ原の戦いに遅参した原因が真田軍なのだ。

あの時、真田昌幸に油断させられ煮え湯を飲まされた。六文銭ののぼり旗は生涯忘れられない。だが、その昌幸が死んだと聞いてほっとしている。

実は真田が大阪城にいると聞いて家康の手が震えたと伝わる。

「親父か、息子か！」

家康は謀略家の真田昌幸の死を信じていなかった。徳川軍は二度までも昌幸に敗れている。一度は鳥居元忠、二度目が秀忠である。

三度目に家康がしくじったら天下の笑いものになる。

真田の六文銭にだけには負けられない。

「息子の信繁にございます！」

「そうか……」

息子の方だと聞いて家康の震えが止まったという。

その信繁とはどんな男か、名は聞いているが詳しいことは知らない。それでも赤備えの真田軍には油断はできないとわかっていた。

三途の川の六文銭は死を招く軍団で兎に角怖い。徳川軍には禁忌だ。

その六文銭の旗が林立しているのが出城の真田丸だった。その旗が将軍秀忠にこいこいをしている。

近づけば三途の川に引き込まれるだろう。

十八日になって南の紀州街道に家康軍が現れた。

徳川軍の大馬印の金扇と繰半月の小馬印は将軍の陣に立っている。家康の傍には金ふくべに金の切裂き小馬印と、厭離穢土欣求浄土の白い源氏の旗が立っていた。

この一戦こそ豊臣家の息の根を止め、天下を分ける戦いだと思う。

家康はもう水たまりしかない戦場を見ながら、紀州街道に近い茶臼山に入って陣を敷いた。

その前方に福島正勝、毛利秀就、伊達政宗、藤堂高虎、松平忠直らが布陣している。将軍秀忠の陣の前にも井伊直孝、寺沢広高、前田利常などが続々と陣を敷いて戦いの時を待つ。

家康も秀忠も大阪城の南に布陣した。

東には上杉景勝、佐竹義宣、真田信吉らが布陣する。信吉は幸村の甥で二十歳と若い武将だ。

家康は着陣するとすぐ秀忠を呼んで軍議を開いた。

この軍議で家康は各大名の布陣を確認、大阪城の秀頼が各地に築いた砦を壊すよう命じる。

砦を残しておくと戦いが始まって、後方から襲い掛かられる危険があった。

それは厄介だ。そういう危険は取り除いておくに限る。

まだ布陣に遅れている大名もいた。

この軍議が終わると家康は大阪城内の、織田有楽斎と大野治長に書状を出して和議を申し入れる。

戦う前から和議をしたいという。

これも大阪城を落とすための作戦なのだ。

有利な条件で和議ができればそれでもいい。例えば秀頼が大阪城を出るというようなことだ。

和議を結んで大阪城の堀の一部を埋めるでもいい。

包囲したのだから有利な和議を結べる。次の戦いを考えている家康はできる限り兵を損じたくない。

家康の謀略だ。二段構えの和睦作戦である。

大阪城の兵は浪人やキリシタンなどの寄せ集めだ。徳川軍はそういう痩せ浪人とは違う。

すべての兵が知行を持ち俸禄を持っている。

戦わずに和議ができれば、それらの厄介な痩せ浪人を大阪城から追い出すことができる。

家康は大阪城内が主戦派と和睦派に割れることも狙っていた。こういう寄せ集めの大軍にはあらゆる手で揺さぶりをかける。和議がまとまれば主戦派は落胆するだろう。

そういう戦意喪失も狙いだ。

家康の策は微に入り細を穿つ。何年も前からカリカリやりながら信長老と話し合ってきたことである。

下手な戦いをするとその信長老に笑われそうだ。

家康は秀頼も茶々も戦いたくないはずだとその心理を読んでいる。百戦錬磨の家康はあらゆる戦い方を知っていた。それがこういう戦いでは何よりも強味になる。

だが、さすがに大軍を眼の前にしても秀頼は騙されない。

秀頼は家康が騙しの名人だと思っている。

秀吉の秘策、浮き城作戦は実行が遅れて失敗だが、ここで和議に応じれば怯えたと見られる。

家康の言いなりの和睦になることは見えていた。

和議を拒否する。正しい判断だ。

秀頼は二十万の大軍の兵糧がいつまであるのか、大軍であるがゆえに必ず飢える時が来ると考えていた。

その通り。秀頼は賢い。徳川軍は何ヶ月も戦える兵糧を持っていない。だから家康は和議を持ちかけて、この戦いを早期に終わらせたいのだ。秀頼の判断は正しかった。

逆に家康は兵糧が集まらず失敗したと思っている。

二十万人が食う米を何万石も遠くから運ぶのは容易ではない。短期決戦にするしか方法はないと家康は思う。

秀頼が大軍を逆に兵糧で攻めてくるとは考えていなかった。

家康は明らかに秀頼をなめてかかった。兵糧こそ兵が働く原動力なのである。

腹が減っては戦ができない。

兵一人が日に六合食うと勘定する。

すると二十万の兵が日に千二百石食う。一ヶ月で三万六千石食う。二ヶ月で七万二千石食う。

十八万俵となる。その時代によって一石が四俵という時もあった。二俵半で勘定するとこうなる。荷車に五俵積んだとして三万六千台が必要だ。五百石船で百五十隻ほど必要な勘定になる。

それも生米では戦いに使えない。生米を食うと兵が下痢をしてしまう。生米を一旦炊いて、それを天日干しにして干し飯にしなければならないのだ。その手間暇たるや気が遠くなる。

どこの大名もそういう兵糧を作ってはいるが、何ヶ月分も持っているわけではない。それを準備するのは出陣を命じた家康の責任なのだ。信長老なら絶対しない失敗を家康はしてしまった。

まったくの油断でこういうのを上手の手から水が漏れるという。

何ごとにも慎重な家康らしくない大失敗だった。やがてこの失敗が家康に祟ることになる。

翌十一月十九日に木津川河口の豊臣方の砦に攻撃が始まった。

砦にはキリシタンの明石全登《よししげ》が八百の兵で守っていた。

そこに家康の命令で蜂須賀至鎮、浅野長晟《ながあきら》、池田忠雄の兵三千が猛攻撃を仕掛けていった。

海からは徳川義直、池田利隆の船四十隻が奇襲をかける。

水陸からの挟み撃ちでは、いかんともしがたく明石全登は砦を放棄して大阪城に逃げた。この本格的な戦いは海岸沿いの博労淵の砦に広がり、野田、福島の戦いに広がる。

大阪城の東の鴫野《しぎの》村にも広がった。

平野川と大和川の合流する鴫野村の砦にいた井上頼次二千に上杉景勝五千が攻撃を仕掛ける。

大野治長が一万二千の大軍で救援に現れ反撃する。

そこに後詰めの堀尾忠晴、丹羽長重、榊原康勝らが、上杉軍を助けに入り大野軍に襲いかかった。

両軍入り乱れて乱戦だったが豊臣軍が追い払われる。

その大和川の対岸の今福村に戦いが広がった。

家康はこの今福村に大阪城をにらむ城を築こうとした。豊臣方は矢野正倫と飯田家貞が六百の兵で守っている。

そこに佐竹義宣千五百が攻撃した。

豊臣方の木村重成が救援に入り戦いが膠着。それを大阪城の天守から秀頼が見ていて後藤基次に支援するよう命じる。

両軍一進一退の攻防が続いた。

戦いが不利になったため佐竹義宣は、対岸の鴫野村にいる上杉、堀尾、榊原に救援を求めた。

その上杉軍の銃撃に豊臣軍は今福村から撤退する。

豊臣軍は数の多い徳川軍に各地の戦いで敗れ、砦を次々と失い、ついに残りの砦をすべて放棄して大阪城に撤退するしかない。

この頃から早くも徳川軍の兵糧が少し心配になってきた。

局地戦だけで、まだ本当の戦いは始まっていない。それなのに兵糧が心配とは家康は何を考えていたのだ。

その家康は夏ごろからこの戦いを考えて、イギリスからカルバリン砲四門、セーカー砲一門を運ばせていた。

ちょうどオランダに注文した半カノン砲十二門が兵庫湊に到着した。

また、国友村の鉄砲鍛冶が鍛造した国産の大砲、芝辻理右衛門の大砲なども完成している。

つまり家康は早期決着を考え大砲を集めていた。

何んとも危ない話で、家康の大砲が先か、兵の兵糧が切れるのが先かという家康らしくない危ないことになっている。

長期の包囲戦は駄目だと家康は考えたのはいいが、兵糧をケチったのは途方もなくまずい。ケチったとは思いたくない。秀頼の兵糧集めが良かったというべきだろう。

地形を知っている家康は銃撃戦ではなく、川の対岸から大阪城に砲撃できる大砲が欲しかった。

だが、果たしてそんなに飛ぶ大砲があるのかということだ。

城を潰すにはどうしても三百間以上砲弾が飛ばないと、大阪城に命中しないとわかっている。

三貫目、四貫目の砲弾を、三百間以上飛ばす威力となるとなかなか難しい。

兎に角、家康は色々な大砲を戦場に持ち込んで、大阪城本丸を打ち崩したいと考えていた。

その大砲の威力は秀吉が九州征伐の時、宣教師のコエリョが秀吉を威嚇して船から撃った。

大砲がどんなものか、その威力がどうか家康はほぼ目星をつけていた。

大阪城には大砲などはない。日本のどこにもそんな大砲はない。貿易船が海賊撃退に積んでいるかどうかぐらいだ。

あるのは火縄銃だけだ。

大砲対火縄銃ではあまりにも威力が違い過ぎる。

家康はその大砲の到着を待っていた。大砲が間に合うか、兵が飢えるか厳しい状況になった。大阪城下に米がない。

徳川軍の兵糧は少なくなってきている。

一ヶ月もしないで寒さの中で兵が飢えれば、家康は撤退しなければならなくなる。そこを豊臣軍に追撃されるだろう。

そうなれば家康は負ける。豊臣軍は東海道を蹴散らして攻め下るかもしれない。

一発の砲弾

十二月に入ると北風が吹き急に寒くなった。

冬の鷹狩りで鍛えた家康でも野戦の風は身に染みる。

「お六、わしを抱けよ……」

「はい！」

十八歳のお六はよろこんで家康に抱きついた。それをお夏が後ろから支える。

「大御所さま……」

「何だお夏？」

「もう冬の戦はよしにして駿府に帰りましょう。また夏に来ればよろしいのではございませんか？」

「そうだな。夏もいいがもう少ししたらおもしろいものを見せてやる」

「何でございますか？」

「それは見ればわかる。もう少し辛抱しろ！」

「はい！」

そんな三人を阿茶がニコニコ顔で見ていた。

各地の砦が落ちて十二月に入ると大阪城は徳川軍に完全包囲された。

家康は各大名の陣所を見て回ったり、火縄銃の弾丸を防ぐ竹束を作らせたり、塹壕を掘らせたり土塁を築かせたり忙しい。

京の方広寺の炉で鉄を溶かして鉄楯を作り、それを火縄銃の弾丸を弾き返すものとして各武将に配る。

家康らしい心配りで裏切らないように眼を光らせていた。

だが、一方では兵糧が足りなくなってきている。

十二月四日には各軍団に大阪城から五、六町ほどまで間合いを詰めるよう命令を出した。

全軍がじわっと大阪城に接近する。

将軍秀忠は家康に総攻撃をするべきだと要請するが、今はまだその時ではないと却下した。

この日ついに、徳川軍と真田丸が激突する。

真田丸の正面には加賀前田利常二十一歳が一万二千の大軍で布陣、右翼に南部利直、左翼に松倉重政、榊原康勝が布陣、その左には井伊直孝四千に松平忠直一万が布陣していた。

攻める方は万全の構えで間合いを詰める。

守る方も鉄壁で真田丸には真田幸村以下五千が籠城して待ち構えていた。

井伊、松平軍一万四千を木村重成、後藤基次、長宗我部盛親など一万二千余の大軍が迎え討つ構えでいる。

前田軍が真田丸を警戒して塹壕を掘り始めると、幸村は真田丸の前方の篠山まで兵を率いて出陣、穴掘り中の前田軍に一斉射撃をして妨害した。

そんな時ついに大阪城から裏切りが出た。

伯耆の羽衣石《うえし》城主だったが関ヶ原で敗れて浪人、その南条元忠が伯耆一国を与える条件で藤堂高虎に裏切りを誘われた。

元忠は旧臣や浪人など三千を預かって平野口を守っていた。

伯耆一国十万石につられて元忠は藤堂軍に内通する。それを後方の大和橋に布陣していた渡辺糺《ただす》に見破られる。

元忠は大阪城内の千畳敷に引き出され秀頼から切腹を命じられた。

その事実を隠し、秀頼は元忠が藤堂軍と内通しているように偽装する。やられたらやり返す。

真田軍がしきりに篠山に出てきては、前田軍に鉄砲を放つので、前田利常は篠山を占領するため本多政重と山崎長徳を、夜陰に乗じて篠山に派遣したが真田軍はもういなかった。

六文銭の赤備えは動きが早い。もたもたしていない。真田丸からサッと出てきて鉄砲を放つと素早く戻って姿を消す。

夜が明けると真田軍が前田軍を挑発する。

それに引きずられ前田軍の武将たちが勝手に突撃を開始、真田丸の柵の傍まで攻めて行った。

だが、真田丸から火縄銃の射撃を食らって後退。

怒った利常が慌てて撤収させようとするが、それを見ていた井伊軍と松平軍が戦いに引きずられて攻撃を開始。

戦いはこのようにして、思わぬことから全面的に始まることが多い。

井伊軍と松平軍の攻撃に前田軍も本格的な攻撃に引きずられた。

真田丸の攻撃に竹束も鉄楯も持たずに突撃、柵に近づいた者はことごとく六文銭の火縄銃に撃たれた。

真田丸は幸村が作った完璧な防御陣地なのだ。

その時、大阪城内の火薬庫が事故で大爆発、内通している南条元忠の仕業と誤解して藤堂軍も突撃する。

内応を勘違いした徳川軍は真田丸に猛攻を仕掛けた。

だが、次々と返り討ちにあって真田丸の柵の前で、バタバタと倒れ土塁にも辿り着かない。

そこに赤備えの真田幸村が五百騎ばかりを率いて馬出しに現れた。

大混乱の徳川軍に十文字鎌槍を振り上げて幸村が突進、鎌槍は恐ろしい武器で突くだけでなく鎌で引っ掻くから厄介だ。

手や足や首やどこでも引っ掻くから次々と兵が倒れる。こうなると鎌槍から逃げるしかない。

竹束も鉄楯も持っていないから防御ができない。

「おのれッ、六文銭ッ、突っ込めッ、逃がすなッ！」

同じ赤備えの井伊軍が大将の直孝と突撃するが、幸村は逃げ足が速くサッと真田丸に引き上げる。

その真田丸から井伊軍に弾丸と弓矢が容赦なく降り注いだ。

この時、真田丸には長宗我部軍もいて井伊軍の突撃を待ち受けている。戦いは望むところだ。

「引けッ、引けッ！」

戦うことなく井伊軍は多くの犠牲を出して兵を引いた。

大阪城の堀外に張り出した真田丸は、徳川軍の突進を食い止めるだけでなく多くの兵を討ち取った。

この惨状を聞いた茶臼山の家康は退却を命じる。

攻撃すればするほど犠牲が増えるだけだ。家康は幸村こと真田信繁が大阪城の弱点を知っていたのだと驚く。

防御の竹束や鉄楯を持たない兵は撤退すら困難だった。

秀吉に人質として、真田家から差し出された弁丸の顔を家康は知っている。小姓の弁丸を何度か見ていた。

この戦いの前、大阪城に真田軍が入ったと聞いて家康の手が震えたのは事実だ。それほど家康は真田の六文銭を恐れている。

昌幸ではなく信繁と聞いて家康は安心した。ところがどうしてその六文銭が真田丸に籠って徳川軍に牙をむいた。

各軍の撤退が完了したのは申の刻になってだった。

家康は各将を呼んで、大軍だからと言って軽率な戦いは慎んでもらいたいと叱責したという。

攻撃に出る時は必ず竹束か鉄楯を使うことを厳命する。

犠牲が多くなり士気が下がるのを家康は恐れた。誰でも死ぬのは嫌なのだから防御が大切だ。

「使い番の隠岐守を呼べ！」

家康の命令で幸村の叔父真田隠岐守信尹《のぶただ》が呼ばれた。

「隠岐守、今日の真田丸の戦いを見たか？」

「はッ、信繁めがとんでもないことで……」

信尹が家康に謝罪する。

「信濃に十万石で説得できないか？」

「はッ、大御所さまのご意向を信繁に伝えて説得してまいります」

家康は真田幸村に十万石で裏切れという。

それを伝え説得する使者が叔父の真田信尹だ。なかなか難しい仕事だがすぐ信尹は真田丸に向かった。

戦いの痕跡は残るが柵の前は片付いていた。倒れた兵は引きとられている。

信尹は柵の中に通され幸村と対面した。

「しばらくだな？」

「はい、叔父上もお元気そうで何よりです。兄上も変わりなく？」

「うむ、信之殿も壮健じゃ」

「結構にございます」

真田丸の兵たちが見ている前での会見だ。

「それでな、大御所さまはそなたに信濃に十万石を知行するといわれておる。破格だと思うが……」

「叔父上、それがしは幼いころに大阪城へまいり、太閤さまには並々ならぬご恩がございます。秀頼さまをお助けすることは亡き父の本懐でもございました。そこをよしなに……」

「兄上の命令か？」

「はい、それゆえ九度山から出てまいりました」

二人の話はまとまらなかった。

幸村は死を覚悟でこの戦いに臨んでいる。

信濃に十万石の知行といわれても心は動かない。

茶臼山に戻って信尹が家康に復命すると、家康がいきなり十万石から四十万石に条件をつり上げた。

「信濃一国、四十万石で納得しないか？」

「よ、四十万石！」

信尹は関ヶ原の戦いの前に家康から甲斐に四千石を知行された。それが甥の信繁には四十万石だという。百倍だ。

大慌てで信尹は真田丸に向かう。

幸村は前回と同じように策の中に入れて会見した。

「大御所さまは信濃一国、四十万石を知行するといわれた。何とかならぬか?」

「叔父上、この話は聞かなかったことにいたします。豊臣家に対するそれがしの気持ちは揺るぎません。叔父上がこの真田丸においでになるのも、これを限りにしていただきたく思います。兵が動揺しますので……」

「信繁……」

「これが今生のお別れになるかもしれません。なにとぞご長寿を……」

幸村は柵の出口で叔父の真田信尹を見送った。

その信尹は寛永九年(一六三二)まで八十六歳の長寿を生きる。幸村は翌年に四十九歳の生涯を閉じる。

結局、真田幸村は家康の四十万石にも応じることはなかった。

武士としての誉を幸村は選んだ。人は永遠に生きることはできない。その与えられた生涯をどのように生きたかである。

六文銭の真田幸村は歴史に永遠の名を残した。

その頃、家康が待ちに待っている大砲が大阪城に向かっていた。

家康は砲弾が三百間以上飛んでくれさえすれば、この戦いの切り札になると考えている。

これ以上の犠牲は出したくない。

難攻不落という惣構えの大阪城を力攻めにすれば、一万や二万の犠牲は覚悟しなければならない。

真田丸一つを潰すのさえ容易ではない。

大阪城内には無数の長屋があり、朝夕の炊煙の数は数えきれないほどだ。天下無敵の大阪城が炊煙で見えなくなる。その大阪城をこの戦いで落とすのは無理だとわかる。

何んとしても落とすには、徳川軍の半分近くが死ぬことになるだろう。

それほど大阪城は頑丈だ。それに何よりも心配なのは兵糧である。飢えれば全滅もしかねない。

飢えれば大名たちが勝手に引き上げてしまうかもしれない。

そんなことになれば江戸の徳川政権がぐらついてしまう。ぐらつくどころか崩壊しかねないと思う。

油断のならない伊達政宗あたりに攻められると瓦解しかねない。

間違いなくそうなる。政宗はまだまだ天下をあきらめていないはずなのだ。家康の苦しいところだ。

そうしないための大量の大砲である。

三、四貫目の砲弾が大阪城に命中すれば、大筒や火縄銃の破壊力など子どもの玩具でしかない。

家康は砲弾が三百間以上飛んでくれることを祈るのみだ。

本丸を狙って砲撃する場所も決めて整備している。

先に到着した大砲を大阪城の南から撃ち始めるが、南からでは大阪城までの距離の半分ほどにも届かない。

試射のようなものだ。それでも大砲の砲弾が命中すると兵たちの長屋が破壊された。

大阪城本丸を狙うのは南からではない。

そこは大阪城に近い北側の淀川の中州、城の北の入り口である京橋の傍にある備前島だ。

その中州の南端からであれば大阪城は射程に入りそうだ。

家康は伊奈忠政、福島忠勝、毛利秀就、角倉素庵らに命じて、淀川の流れを尼崎に流すよう川替えを行わせていた。

備前島に大砲を備えるつもりで計画している。

そのため淀川には大和川の水が流れているが、水深は浅くなって膝くらいまでしか水がなくなった。

備前島には徒歩で渡れる。

一方、南側からは佐渡から金堀衆を呼び寄せて、大阪城内に出られる穴掘りをさせていた。

これは武田信玄が敵城の水の手を断つために使った戦法だ。

家康は大砲の搬入を急がせながら、一方ではあらゆる戦法を駆使し和議の交渉も続けている。

早期に戦いをやめないとまことに具合が悪い。

秀頼が兵糧米を買い集めて大阪城に運び込んだため、徳川軍は兵糧不足になってきている。

ところが実は、大阪城の豊臣軍も買い集めた兵糧を食い尽くしそうなのだ。

こういう大きな戦いは双方に甘くない。

大阪城も十万からの浪人の食い扶持は半端ではない。兵が一人で一日食べる兵糧米を六合ぐらいと計算する。

大阪城内でも一日六百石の米を消費する。

十日間で六千石、一ヶ月で一万八千石、二ヶ月になると三万六千石、三ヶ月になれば五万四千石を食う。徳川軍はその倍である。

戦いは二ヶ月を過ぎ三ヶ月になろうとしている。徳川軍は十万石などという兵糧を持っていない。

大阪城の米蔵を満杯にしたが、やはり十万石などという兵糧はない。

だが、徳川軍よりははるかに多かった。

ただ大阪城の方は備蓄している弾薬が不足してきていた。つまり弾切れになりつつある。

茶々は家康との戦いなど考えていなかった。

武器弾薬まで気が回らず備蓄が少ない。

それに大阪城に集まってきたのは、痩せ浪人やキリシタンで槍とか刀しか持っていない。その槍さえ持っていない浪人もいた。

城に入れば食えるからという理由だけで、集まってきた戦う気のない浪人が少なくない。

大名たちと違って浪人は武器弾薬も兵糧も持っていない。大小にかかわらず領地を持っている限り大名は必ず、兵糧と武器弾薬を蓄えているのが当たり前。

そこが大阪城の悲しいところだ。

大阪城内に立ち並ぶ米蔵の米が日に日に少なくなっていった。腹が減っては戦ができぬというのは本当だった。

家康は十二月に入ってからも講和交渉を継続させた。

大阪城の織田有楽斎と大野治長に対して、家康の側近の本多正純と後藤光次が矢文を打ち込んで交渉している。

まとまりそうな講和交渉ではないが続けるしかない。

和議の条件が厳しい。秀頼が大阪城から出ることも、茶々が江戸で人質になることも拒否している。

十二月十五日にその和議の交渉は打ち切られた。

その頃、備前島の南端にはイギリスのカルバリン砲、セーカー砲、オランダの半カノン砲、芝辻理右衛門の大砲など二十門ばかりがずらりと並んだ。

砲弾や弾薬が運ばれていつでも撃てる。

翌十六日に家康の命令が出てその砲門が一斉に火を噴いた。

落雷が束になって落ちてきたような轟音で、両軍が北の空を見上げて自然休戦の状況になった。

ドーンという音とヒューッという弾丸が風を切る音がして、砲弾が城の周辺に落下して土煙を上げ、川や堀に落ちれば水飛沫を上げる。

家康が心配したように砲弾はやはり大阪城まで届かなかった。

天守や本丸には届かないがそれを囲む矢倉などには命中、もう少しというところで本丸に届かない。

「届かなくてもよい。兎に角、城内に休まず撃ち込めッ！」

砲弾が届かなければそれで仕方がない。大砲を撃ち続けて城内の者たちを恐怖で怯えさせる。

すでに城内の女たちは凄まじい轟音に震え上がっていた。

「夜も眠らせるな！」

家康の厳命だ。城内の怯えた女たちを眠らせず疲弊させようという。

城から和議を申し込んでくるかもしれない。家康と秀頼の我慢比べのようになってきた。

家康の兵糧が尽きるか、城の女たちの神経が壊れるかだ。

秀頼は耐えに耐えた。徳川軍が兵糧切れを起こしているはずだと思う。確かにその状況に近い。

ところがどうしたはずみなのか、弾薬が多かったのかそれとも北風にうまく乗ったのか、放った角度がよかったのか一発が本丸まで届いた。

その砲弾が茶々や女たちのいる本丸御殿の部屋を直撃、ドーン、ガジャッ、バリッ、ドカンと壁や襖を破って飛び込んでくると、茶々の侍女八人に命中しその八人がすべて死んだ。

その惨劇に茶々がひっくり返って失神しそうになる。

大阪城は十年でも持ちこたえると聞かされていた茶々だ。途端に城内が大騒ぎになった。

砲撃はドカンドカンと続いて止む気配がない。

茶々は恐怖のどん底に突き落とされた。怯えて錯乱した茶々がわめき散らす。

「秀頼、秀頼殿！」

狼狽した茶々が自分で秀頼を探して歩き、「和議じゃ、和睦じゃ！」と大騒ぎで、一発の砲弾が戦いの趨勢を決めてしまった。

秀頼の戦いがあと一歩というところで頓挫する。

死の覚悟のできない者は、声高に戦いなどと口にしてはいけない。

大阪城は難攻不落じゃとか、豊臣家こそこの国の天下人だなどと威勢が良かった茶々だ。

「秀頼殿ッ、あの音が聞こえるか、和睦じゃ、もう和睦をするしかない！」

「母上、まず落ち着いて下され！」

「あの音がするとドカンとくるのじゃ、秀頼殿ッ、和睦をしてたもれ、大御所に殺されてしまう！」

恐怖で手の震えが止まらない。

まともに話もできないことになった。相変わらず砲撃は夜になってもドカンドカンと続いた。

こうなると大阪城内は戦いをする状況にない。

「和議じゃ、和議じゃ！」

死ぬ覚悟のできない茶々がわめき騒ぎまわる。

それに二十門の大砲が入れ代わり立ち代わり、間を置かずにドカンドカンやるものだから、城内は浮足立って怯えた女たちが大混乱だ。

腰を抜かした侍女が何人もいる。

いつまたあの恐怖の砲弾が飛び込んでくるかわからない。

和睦を主張する茶々に秀頼は同意、和議に応じる覚悟を決める。大阪城の兵糧も少なく弾薬も不足した。

茶々の神経が戦いに耐えられず破壊されたのである。

それに籠城兵十万というのは多過ぎた。何んでもかんでも城に入れてしまい諸《もろ》籠《ご》りになってしまった。

秀頼はその日のうちに和議に応じると家康に通告する。

家康は助かった。秀頼はもう半月我慢できれば、家康は兵糧切れで軍を引き、勝てた。やはり茶々が秀頼の足を引っ張った。

家康は偶然にも一発の砲弾に救われた。

もう少しで二十万の大軍を飢えさせるところだった。そんなギリギリで砲弾が本丸御殿に命中してくれた。

天運というしかない。神は厭離穢土欣求浄土の旗を見たのかもしれない。

三百間以上飛んだ砲弾はその一発だけだった。

翌十七日に朝廷から後陽成上皇の命令で、武家伝奏の広橋兼勝と三条西実条が派遣されてきた。

家康に和議を勧告して両者の和睦の主導権を握ろうとした。

朝廷は家康が秀頼を殺すのではないかと危惧したのだ。正親町天皇が秀吉に与えた豊臣という姓である。

新しい関白家として天皇が認めた新公家を朝廷は潰されたくない。

大阪城に西国の政権として豊臣家が存在していた方が、家康に圧迫されている朝廷には何かと都合がいいということだ。

そんな朝廷の思惑を家康は百も承知である。

ここで朝廷の介入をゆるすことはできない。家康は間髪を容れず朝廷主導の和睦を拒否した。

そこで家康主導の和議交渉が進められることになる。

この戦いは家康有利で展開したのだから、和議の主導権が家康にあるのは当然といえた。

それが嫌なら今すぐにでも大砲をぶっ放す。

そう威圧するが内心では早く和議を結びたくて仕方がない。だが、家康の威圧は恐怖の茶々をいっそう震え上がらせた。

茶々はどうでもいいから戦いを中止したい。

もう止めたいのだ。

あの砲弾の恐怖にはもう耐えられない。大阪城には大勢の女たちがいて籠城には不向きな城だったというしかない。

いや、茶々はあまりにも覚悟がなさ過ぎた。すべてが口先だけだった。

それに秀頼は母親の茶々にあまりにもやさし過ぎた。戦いを知らない女の恐怖心に振り回されたのである。

あと半月も辛抱すれば徳川軍は飢えて引き上げただろう。

おそらくその前に大名たちが帰り支度をするに違いない。徳川軍の内部分裂が起きたはずだ。

そういう混乱を嫌う家康はサッと大阪城から撤退したに違いない。

飢えた兵を連れて駿府や江戸には帰れない。飢えた兵の略奪が始まると手がつけられなくなる。

家康はそんなみじめな格好には絶対しない。

大御所と将軍の兵が飢えて略奪したでは天下の物笑いだ。家康への信頼が崩壊してしまう。

家康はそれを恐れ、撤退のことも頭に入れて攻撃を急いでいたのだ。
それを実にうまく一発の砲弾が解決してくれた。家康は南無八幡大菩薩という
しかない。

翌十八日に徳川軍の京極忠高の陣所で講和が話し合われた。

徳川方からは本多正純と阿茶が出て、豊臣方からは茶々の妹のお初こと京極忠高の義母にあたる常高院が出てきた。

女同士の和睦交渉である。この辺りの家康のやり方は硬軟をうまく使う。

阿茶は家康の代理人、常高院は秀頼と茶々の代理人ということだ。人柄といい聡明さといい阿茶には非の打ち所がない。

冬の陣

豊臣方が提示した講和の条件は、大阪城の本丸を残して二の丸と三の丸を破壊する。

惣構えの東堀、西堀、それに南堀を埋める。

それに茶々を江戸の人質にする代わりに、大野治長と織田有楽斎が人質を出す

ということにした。

一方の家康が提示した条件は、秀頼の身の安全と六十五万石の本領は安堵する。それに城中の諸士については不問にするという温いものだった。

兎に角、家康は早いとこ和睦して兵を解散したい。兵糧不足を大名たちに悟られたくない。

この条件には家康の次の策が隠されていた。

秀頼の身の安全と六十五万石を安堵するというのは、次の戦いで秀頼を殺し領地は没収するということである。

問題はその次の戦いに持って行く方法がこの講和条件に含まれていた。

それは城内の諸士については不問ということだ。

つまり城内にいる十万の浪人を不問にする。豊臣家で雇うなら六十五万石で雇いなさい。

秀吉の遺産金で雇いなさいということなのだ。

秀頼に十万人もの浪人を長期間雇う力はない。ましてや武功に知行を与えることもできない。

それを見越しての家康の甘い罠なのだ。

浪人は城内にいる限りは食うには困らない、酒も好きなだけ飲める。城から出て行けというなら銭をくれといえる。

何んとも始末の悪いのが浪人なのだ。

秀頼は次の戦いのことを考えると出て行けとは言えない。家康の難癖がどこから飛んでくるかわからない。

だからといって、無秩序な浪人が十万人もいれば、食い扶持は莫大で、その浪人は狼に変貌するかもしれない。

戦いがなく腐った浪人は大阪城内だけにいるわけではない。

城下に出て行って乱暴狼藉を働くに決まっている。大阪城は十万の浪人によって食い尽くされる。

秀吉の遺産金もこの戦いでだいぶ少なくなっている。

軍資金が欠乏すれば秀頼は浪人たちに、大阪城から追い出されかねない。家康はそこまで読み切っている。

兎に角、ここで和睦することだと家康は思う。

戦いのため十万もの兵を集めたのはいいが、戦いが中途半端になったことで、その十万の浪人が大阪城の重荷になるだろう。

戦いが終わったからといって黙って城から去る浪人たちではない。恩賞が欲しいと言い出す者が必ずいる。家康が浪人を追い払えといえば、強情な浪人たちでも一旦は城から出なければならない。

それを不問というのだから浪人たちは万々歳で有り難い。講和交渉は翌十九日に早々と合意、和睦というよりは休戦というほどのものでしかなかった。

翌二十日に誓詞が交換されて和睦が成立、翌二十一日に発表された。家康はすぐ松平忠明、本多忠政らを普請奉行にして、総動員で堀の埋め立てを開始する。

家康は兵糧が少なくなり急ぐ必要があった。

本来このような和睦の場合、二の丸と三の丸を破壊するといっても、一部分を少し壊して破壊したことにするとか、堀も一部分を崩して埋めたことにするというのが儀礼的な常識だった。

ところが家康は儀礼的ではなく本格的に突貫で外堀を埋め始める。帰りたい大名は帰っていい。後は徳川軍だけで出来る仕事だった。

家康は破壊と埋め立ては奉行たちに任せ、阿茶、お夏、可愛いお六を連れて戦場から離れた。

十二月二十五日には二条城に帰還する。

将軍秀忠は埋め立ての指揮を執ってから伏見城に戻った。

一段落の安堵感で家康はお夏やお六に腰を揉ませたり、熱い湯に浸かるなど大騒ぎだった。

暮れの押し詰まった十二月二十八日には参内して和議の成立を天皇に奏上。

正月には二条城を発って駿府城に向かった。

その途中、堀の埋め立てが気になって、家康は早馬を大阪に出して埋め立ての進捗を聞いている。

本気で埋めてしまえということだ。

徳川軍は外堀だけでなく内堀まで埋めて、天下無双、難攻不落の大阪城を平地にぽつんと立った裸城にしてしまう。

大阪城の埋め立ては素早く一月二十三日には完了した。

わずか一ヶ月で巨大な大阪城を裸城にする。次に攻撃する時は大軍で押し潰してしまえばいい。

堀も城郭もない裸城など一思いに捻りつぶしてくれる。

家康は二条城を発つ時に、鉄砲鍛冶の国友村に使いを出して、もっと飛ぶ大砲を作れと製造を発注している。

すでに家康の頭には次の戦いで秀頼の命を絶つ構想ができていた。

こういう家康の想像力と戦いの大局観は、信長には勝てないが抜群に優れたものがあった。

次に大阪城はこうなるだろうから、それにはこう対処するという塩梅だ。

もちろんその中には信長老の構想も含まれている。

大将には想像力と大局観が何よりも大切だ。天下に名を成した大将たちはそれを持っていた。

人は想像することができるという特徴を持っている。

西国の毛利元就、甲斐の武田信玄、越後の上杉謙信、天下人の信長、関白の秀吉、そして大御所の家康である。

この後、家康が想像したように大阪城の浪人軍団は荒れに荒れる。

大阪城の浪人長屋は無頼の巣窟になってしまう。

城下に出ての乱暴狼藉は目に余った。食いたいものがあれば貪り、呑みたければ酒を浴びるほど飲む。

銭があれば女を買い、銭がなければ手当たり次第に女を捕まえて乱暴する。欲しいものは押し込んで奪う。

浪人たちのやりたい放題したい放題で、それを見張る京の所司代板倉勝重もお手上げだった。

秀頼もこの浪人たちには手を付けられない。

迂闊なことをすれば何をするかわからない。城に火でもつけられたらとんでもないことになる。

秀頼を暗殺するぐらいは朝飯前の狂犬たちだ。

飼い主に噛みつくのは当たり前、仲間内の喧嘩や殺し合いも日常茶飯事だ。先に望みがないと人は刹那的に生きるしかない。

一弾指《いちだんし》の間に六十五の刹那があると仏は説いた。一弾指とは指で弾くごく短い間ということだ。

人の心はその刹那の中に生きている。実にはかなく悲しいといえる。

大阪城の破綻はすぐ訪れた。

絶対してはならないことに手を出した。

浪人は戦いがなければただ飯食いの厄介者でしかない。それを統率する者が大阪城にはいなかった。

もし、いてもいうことを聞かなかっただろう。

そこを家康は見切っている。

城下に出て放火したり、徳川軍が埋めた堀を掘り起こしたりと傍若無人だ。

ついに所司代板倉勝重は、大阪城の浪人たちの乱暴狼藉の一部始終を書き連ねて、駿府城の家康に不穏な動きありと訴える。

その訴えは三月十五日に届いた。

家康は夏の暑い頃かと思っていたが、意外に早く浪人たちは我慢できなくなったと思う。

食うだけ喰い、呑むだけ飲めば次は戦をしたくなる。

命を懸けての戦いには痺れるような快感がある。まさにその刹那こそ浪人の哀れな本懐だ。

その戦いに勝つしか浪人の生きる道はない。

まさに死ぬか生きるかの戦いを仕掛けるしかなかった。

家康は大阪城の秀頼に浪人たちの解雇か、それとも豊臣家の移封のいずれかだと迫った。

第二波の攻撃開始である。

和睦の時に不問にしたことをここで持ち出し解雇しろという。

ここまで来てしまうと和睦直後と違い、浪人たちは大阪城を棲み処にしてもう動かない。

「今さらふざけるな!」

居直り強盗になりかねなかった。

秀頼はまた家康の無理難題が始まったと思う。梵鐘の銘文と似た言い掛かりだ。

ここで浪人を手放せば攻めてくるだろう家康と戦えなくなる。秀頼は再び追い詰められる。

大阪城を出て移封といわれてもどこに何万石なのかわからない。

そこが家康の狡いところだ。

秀頼は家康のやり口をわかるようになった。移封を承知すれば大和に五万石とか、近江に三万石などといわれかねない。

そういう腹積もりだから家康はどこに何万石の移封といわないのだ。

茶々は家康の要求に何がどうなっているんだと茫然となるだけだ。

茶々は遥か昔に思考停止している。家康が秀頼を殺しに来ていると思えない。秀頼の正室は家康の孫娘のお千ではないか、将軍の御台所はわらわの妹のお江ではないかと思う。

権力争いや天下取りに、そんなことはまったく関係がないと理解できない。身内の情に流されては天下など握れないと思えない。そうしなければ天下など取れないのだ。

そこを理解できないのが茶々だ。

秀吉が秀頼のために何人を殺したか知らないはずはない。秀頼のためだから何人死んでも仕方がなくて、秀頼を殺すなどあり得ないというのではわがままに過ぎる。

だが、茶々はそう考える女だ。

いまだに秀頼は信長の血筋だと言いたいのが茶々である。

「秀頼殿、また戦になるのかえ？」

「はい、大御所はこの秀頼の首を所望なのです」

「秀頼……」

「これはお千には全く関係がありません。戦いになれば堀の埋められたこの城に籠城することはできません。全軍で戦うしかないのです。母上にもお千にも鎧を着て戦っていただきます！」

「あの大砲が？」

「母上、野戦になれば大砲も火縄銃も弓も槍も同じです。殺すかそれとも殺されるかだけですから！」

「秀頼殿……」

「戦う覚悟をしていただきます」

「嫌じゃ……」

「これから逃げますか？」

「どこへ？」

「どこへ逃げても敵は母上を追います。惨めな逃亡者になります」

「わらわはこの城から出ません」

「こんな本丸などあの大砲で吹き飛ばされます。堀はもうないのですから、米蔵にでも隠れますか？」

秀頼は潔くない母親を叱っている。

もう戦うしかないと秀頼は二度目の覚悟を決めていた。

家康が首を所望ならくれてやる。この大阪城を枕に思いっきり戦って、豊臣の名を後世に残したい。

秀頼は名を惜しむ武人に育っていた。

まだ二十三歳で今生に未練がないとはいえないが、太閤秀吉の子として正々堂々としていたい。

家康の要求は受け入れられない。

秀頼の覚悟を感じた家康は四月一日に畿内の諸大名に、大阪城から脱出しようとする浪人をことごとく捕縛するよう命令を出す。

その一方で信濃松本八万石の小笠原秀政に伏見城の守備に就くよう命じた。冬の陣が終わったばかりの大阪城の戦いの再開だ。小笠原秀政は榊原康勝の下で働きこの戦いで息子と一緒に戦死する。それほど激しい戦いになる。

家康の動きは早かった。

四月四日には義直の婚儀に出席するため、駿府城を発ち名古屋城に向かう。義直の正室になるのは亡き浅野幸長の娘春姫だ。

この頃、義直は六十二万石の大大名だった。

翌五日には道中で大阪城の大野治長から使者が来て、豊臣家の移封は辞退する旨を正式に伝えてきた。

むろん家康の想定内のことである。むしろ辞退してもらわないと困る。秀頼を殺す機会がなくなる。この頃、家康は体調に異変を感じていた。佶長老の薬湯が効かない気がするのだ。

かつて感じたことのない不調だった。

それでも家康はこの時も大好きなお夏を連れていた。お夏に誘われても抱こうという元気が出ない。

「どうかなさいましたか？」

空振りすることの多いお夏が本気で心配する。

「大事ない大事ない。少し疲れているだけじゃ。京に行ってからじゃ」

「はい！」

そんな具合で二人の夜はさっぱりはかどらない。お夏は大いに不満だ。

家康は食も細くなってきていた。

四月十日になって名古屋城に到着する。大阪方に敵意ありとの風聞が頻繁に聞こえてくる。

この日、江戸の将軍秀忠が大軍を率いて出立した。

家康は諸大名に大阪への出陣を命じる。

義直の婚儀は十二日に行われた。その婚儀が終わると家康はサッサと京に向かった。この戦いで秀頼を仕留められないと厄介なことになる。

秀頼より自分が先に死ぬのではないかと家康は思った。必ず秀頼を殺さないと江戸の政権が危ない。

家康は自分に正義のない戦いだとわかっていた。

無理矢理にでも秀頼に死んでもらわなければならない。その時、家康はふと自分が秀吉と同じではないかと思った。

太閤は秀頼のために何でもした。秀吉が秀次を殺した時と似ている。

家康は秀忠の政権のために何でもしようとしている。秀吉もこんな気持ちだったのかと思う。

人のすることはそう違わない。

四月十八日に家康は京の二条城に入った。

その頃、将軍秀忠は焦って行軍を急いでいた。家康に兵を疲れさせるなと叱られてばかりいる。

この将軍は真面目でとても律儀な人だ。

家康の傍にいる藤堂高虎に早馬で、将軍が到着するまで開戦しないように、大御所さまに伝えてくれと命じている。前回も今回も秀忠は戦いに遅参することを極端に恐れていた。

その秀忠は二十一日に伏見城に到着した。

家康を足止めして秀忠は大急ぎで上洛した。兵たちがいい迷惑で急行軍で疲れ切っている。こういうことをすると家康に叱られる。

翌二十二日に二条城で軍議が開かれた。

家康、秀忠、本多正信、正純親子、土井利勝、藤堂高虎である。この時の徳川軍は十五万で冬より五万人ほど少なかった。

大阪城の豊臣軍も浪人たちが密かに逃げだして、城にとどまったのは五万五千人と半減していた。

敵前逃亡する者はどんな戦いでも必ずいる。誰だって死にたくないからだ。

浪人たちは好き勝手をしていざ戦いとなると、夜陰に紛れてこそこそと大阪城から逃げ出す。

裸城では勝てないということだろう。

だが、かえって大阪城に残った五万五千人は、秀頼と一緒に死んでもいいという強者たちだ。その方がありがたい。城から出て野戦で戦うしかないのだから戦意のない者は困る。

家康は軍議で十五万の大軍を、河内路軍と大和路軍の二手にして大阪城に向かうことにする。

河内路軍が本隊で十二万、残りの三万が大和路軍ということだ。

この頃、大阪城内では大野治長が城内で襲撃されたり、まとまりのない混乱が起きていた。

冬の陣の時も織田信包が急死するなど暗殺の噂があった。

大野治長襲撃事件だけでなく、織田有楽斎も危険を感じたのか、家康に「大阪城にいたくないから出てもいいか」と許可を取って退散する。

大阪方はこういうことが続いた。

この有楽斎は信長の弟でありながら、本能寺の時も中将信忠を見放して逃亡、今回も秀頼を見放して逃亡する。

武家としてはいつも不覚悟で逃亡癖のある男だった。

だが、茶人として江戸の地名に有楽の名を残す。織田家の人としてはちょっと変わった人だった。

夏の陣

最初の戦いは四月二十六日に大和郡山城で始まった。大阪城から郡山城の筒井定慶に誘いの使者が出た。味方をすれば大和一国を与えるという。

そんな空手形があちこちで横行していた。筒井定慶がそれを拒否すると大阪城から、大野治長の弟治房、細川兵助ら二千余が出陣する。

生駒の暗峠《くらがり》を越えて郡山城に迫った。

その豊臣軍を筒井軍が三万の大軍と勘違い。夜の松明の数とはいえ二千余を三万とはひどい間違いだ。筒井定慶は戦わずに逃亡し、城に残った三十人が討ち取られ城下が焼き払われる。

その大野治房は徳川軍が奈良方面に進軍と聞いて大阪城に引き上げる。この二十六日の郡山城の戦いが夏の陣の始まりだった。

治房は大野治長の弟で、道犬斎で知られる治胤は治房の弟である。末に治純という弟がいた。

尾張葉栗大野村の大野佐渡守定長の四人の兄弟だった。

母は茶々の乳母大蔵卿局である。茶々の傍で権勢を振るっていた。

道犬斎の二千人は堺が徳川軍の味方とし、二十八日には堺を焼き討ちにして徳川軍の兵站を潰した。

堺焼き討ちという。道犬斎は戦いの後、大阪城から脱出するが京で捕縛される。

その身柄は板倉勝重によって堺衆に引き渡され、焼き討ちの報復として堺市中で火あぶりにされた。

その道犬斎は焼かれて灰になるが、燃えながらいきなり立ち上がったという。

傍の武士に斬りかかり一太刀浴びせて、そのまま灰になって崩れ落ちたという物語が残る。

一方、戦わずして逃げたことを恥じて、戦いの後に筒井定慶は切腹する。

その頃、家康は可愛いお夏に伏見城で待つように命じ、五月五日に二条城から出陣した。

その出陣に際して家康は兵たちに、「三日分の腰兵糧だけでいい」と命じている。

つまり裸城の大阪城を潰すのに、行きに一日、戦いに一日、帰りに一日でいいというのだ。

家康の絶対的な自信だが果たしてそううまくいくかだ。

大阪城には真田幸村、後藤基次、毛利勝永らがまだ残っていた。大軍を見ても逃げるような武将たちではない。

大和路軍を迎え討つため先鋒後藤基次軍六千四百人が出撃する。

その後藤軍の後詰めとして、真田幸村と毛利勝永軍一万二千人が、河内道明寺村に向かった。

裸城の大阪城は防御のしようがなく、全軍が城を出て戦うしかない。

大和路軍は水野勝成、松平忠輝、伊達政宗、松平忠明、本多忠政など三万四千三百人という大軍だった。

徳川軍十五万に豊臣軍五万が挑む戦いだから厳しい戦いになる。

五月六日になった真夜中、後藤基次は藤井寺を経由して、夜明け前には道明寺村に入る。

真田軍も毛利軍もまだ来ていなかった。

その時、基次は道明寺村に近い国分《こくぶ》村に徳川軍がいることを知った。

基次が率いていたのは二千八百人ほどだが、基次は後詰めを待たずに川を渡って、圓明村に進み小高い小松山に布陣する。

敵に近づき過ぎた。それを徳川軍に悟られ山を包囲された。

戦いが始まったのは午前七つ寅の刻だった。後詰めがいないまま基次は敵に攻撃を仕掛ける。

初戦は奥田忠次を討ち取るなど強かった。

だが、すぐ水野勝成軍が援軍に入るなど、第一段に水野勝成軍、二段に本多忠政軍、三段に松平忠明軍、四段に伊達政宗軍、五段に松平忠輝軍と、徳川軍は分厚い攻撃陣だった。

その軍の中に堀、松倉、奥田、丹羽、桑山など多くの隊があり頑丈だ。

後藤軍二千八百人に徳川軍三万四千三百人では勝負にならない。その分厚い包囲陣を破ろうとする。

何度か後藤軍は突撃して徳川軍を押し返した。

だが、数の多い徳川軍から次々と現れる新手を、さすがの基次も易々と撃退できるものではなかった。

伊達軍と松平忠明軍の猛烈な銃撃で後藤軍は次々と倒れる。

負傷した者を後ろに下げて後藤軍も撃ち返すが、後詰めの援軍がないまま基次が被弾する。

知勇兼備の優将がついに傷ついた。

黒田の八虎といわれ恐れられた豪傑、後藤又兵衛基次がわずかな兵と孤軍奮闘し倒れた。

ほぼ正午の午の刻ごろのことである。

基次はわずかな兵だけで四刻も戦い続けた。後世に残る豪傑又兵衛の名に相応しい戦いだった。

だが、又兵衛はここでは死なずに、秀頼と九州に逃げたという伝説が残る。

義経伝説に似た英雄譚である。

後詰めの真田、毛利、薄田、明石軍が遅れたのは、濃い霧が発生して道がわからず行軍に手間取ったからだという。

豊臣軍は寄せ集めで連携がうまくいかなかったようだ。

道明寺村に到着した後詰めが徳川軍と激突、後詰めの薄田兼相《すすきだかねすけ》が討死して誉田村まで後退する。

真田軍が逃げて来た味方を吸収、追ってきた伊達軍と戦い膠着状態になる。

そこにようやく毛利勝永軍が到着、真田軍も力を得て伊達軍を道明寺村まで押し返して行った。

「濃霧のためとはいえ、又兵衛殿をみすみす死なせてしまった。まことに恥ずかしい。ついに豊臣家のご武運も尽きたかもしれぬ……」

基次を助けられなかった真田幸村が気落ちして討死を覚悟する。

「真田殿、ここで死んでも何の益にもならぬ。ここを脱して秀頼さまの御馬前で華々しく死のうではないか？」

落胆する幸村を毛利勝永が励ます。

午後未の刻頃、大阪城から退却の命令が届き、真田軍が最後尾の殿軍になって申の刻頃に撤退を開始した。

翌五月七日が天下分け目の合戦となった。

真田幸村が茶臼山、毛利勝永が天王寺で一万四千五百人、真田丸跡に大野治房四千六百人、三ツ寺観音に明石全登三百人の別働隊、毘沙門池に大野治長一万五千人、あとは数千ずつで各地に布陣。

乾坤一擲、神仏のご加護のあらんことを。最後の戦いになる。

大阪城の秀頼の傍に茶々と長宗我部盛親がいた。

秀頼は鎧を着ていたが先陣には立たなかった。身分の高い者はそういう戦いの場には出ないということであろう。

茶々らしい考えだ。だがこの時、秀頼を城外に出して千成瓢箪の大馬印を立てるべきだった。それが滅びゆくものの美学ではないか。

豊臣軍の布陣に対して徳川軍は、岡山口に前田利常二万七千五百人という大軍団だった。

紀州街道の茶臼山方面に大和路軍の伊達や松平に浅野長晟など四万人。

阿倍野村方面には松平忠直一万五千人、天王寺口には本多忠朝一万六千二百人が布陣する。

十五万は雲霞のごとき大軍で蠢いていた。

その後方に大御所の家康一万五千人、奈良街道には総大将の将軍秀忠二万三千人である。

その前面に黒田長政、加藤嘉明、その前に藤堂高虎がいるという鉄壁の布陣だ。

黒田軍と加藤軍は前後を藤堂軍と将軍の大軍に挟まれている。

長政と嘉明が変な考えを起こして、豊臣に寝返ろうとしても高虎と将軍秀忠に挟まれて身動きができない。

両軍の布陣が整う。勝つか負けるか決戦の時が来た。

彼方の大阪城はすでに裸城で無きが如し、全軍が埋められた南堀の外に出て布陣、徳川軍と野戦で戦う。

傷付いた豊臣軍はもう五万人はいなかった。一方の徳川軍はほぼ無傷だ。

その徳川軍は冬の陣では大阪城を東西南北から包囲したが、今回は全軍が大阪城の南に集結して北と東西には一人の兵もいない。

豊臣軍五万と徳川軍十五万が掛け値なしの真っ向勝負だ。こういう戦いは数が多いから必ず勝てるとは限らない。

むしろ、戦いになると数の多い方が統率を欠き、大混乱して敗北することは有りがちなことだ。

その良い例が織田信長の桶狭間の戦いである。

今川義元の二万五千に対し、信長はわずか二千に満たない寡兵で、果敢に戦いを挑み勝利した。

あの時、家康はその戦いの場にいた。そんな歴戦の雄である家康に油断はない。

赤備えの六文銭が突撃。正午ごろに戦いが始まった。

真田幸村、毛利勝永、大野治房らが家康の首だけを狙って突撃を開始した。豊臣軍が勝つ方法はただ一つである。

全軍が討死覚悟で家康の首を取ることだ。その瞬間に勝ちだ。

家康の首さえとれば大軍は崩壊する。

将軍秀忠など腰を抜かして逃亡するだろう。大軍の崩れは立て直せない。

逆に徳川軍は何がなんでも家康を守り切ればいい。圧倒的な兵力で豊臣軍を破壊できる。

結局、家康の首対幸村たち豊臣軍の武将の戦いだ。

赤備えの真田軍が六文銭ののぼり旗を背負って、怒濤のように茶臼山から突撃を始めた。

それに応えて水牛角の兜をかぶり、毛利勝永が兵を率いて徳川軍に突進する。

「突っ込めッ、家康の首一つだッ！」

「家康の馬印を探せッ、金ふくべのぶっ裂きを探せッ！」

毛利勝永の狙いは家康の首だけだ。辺りの雑兵などには見向きもしない。首を取った瞬間討死してもいい。

戦いの前、勝永は妻子に「秀頼さまのために一命を捧げたい。そなたらが難儀をすることになるだろう」と泣いた。

すると妻で龍造寺家の姫のお安が、「君の御為に働くのは家の誉にございます。

もし心配が残るのであれば、わらわと子たちは海の波に沈み一命を絶ちましょう」

と答えたという。

　武将の妻はかくありたいもの。

　おそらくこの美談も英雄を惜しむ物語であろう。なぜならこの戦いの五年前、安姫は死去し勝永は剃髪して出家、この戦いの時には一斎と号していた。

　そんな伝説が残るほどこの戦いの毛利勝永の活躍は凄まじかった。

　その勝永は真正面の真田信吉軍と、その右の細川忠興軍の間に突進、その隘路を駆け抜けて彼方の家康の本陣を目指す。

　そこに金ふくべがあり家康がいるはずだ。

「敵が来るぞッ！」

「突撃だッ、鉄砲隊ッ、前ッ！」

　豊臣軍の決死の突進を防ぐ徳川軍は、鉄砲隊や弓隊を前に出して応戦の構えをとる。

「放てッ！」

「撃て、撃てッ！」

　まだ射程に入っていないのに鉄砲を撃ち始める。

最早、馬でも人でも弾が当たればいい。大地を揺るがして突っ込んでくる騎馬隊の圧力は凄まじい。

鉄砲を構えながら恐怖に小便を漏らす者が少なくなかった。

「撃て、撃てッ！」

弾丸を兜で弾き返しながら、決死の毛利軍が黒い塊で突進する。

一方、赤備えの六文銭は紀州街道の伊達政宗と阿倍野村の秋田実季の間に突入、後ろの松平忠直の大軍を撃破して、家康の本陣の横っ腹に突撃する目論見で突っ掛けていった。

「真田だッ！」

「赤鬼だッ、撃てッ、撃ち殺せッ！」

幸村は自慢の十文字鎌槍を振り上げて、近寄る敵を足といわず手といわず、当たるを幸いにどこでも掻っ切って倒す。

鎌にひっかけられて五人、十人と大怪我をして敵兵が倒れる。

その頃、破壊された真田丸跡にいた大野治房と道犬斎の四千六百人が、奈良街道にいる将軍秀忠の本陣を目指して突進した。今生に未練はない。

篠山麓を南下して木野村を突っ切り、岡山麓の前田軍二万七千五百人と激突する。

最早、逃げ場のない死兵と化した治房軍は猛烈に強い。地獄への一本道を突き進むしかない。

前田軍の前面にいた片桐且元軍と激突した。

「裏切り者ッ！」

「裏切り者を殺せッ！」

「構うなッ、狙うは将軍の首だッ！」

この時、片桐且元は病を押して戦場に出てきた。この戦いの二十日後に京に戻って死去する。誰もが命をかけての戦いである。

「突撃ッ！」

治房軍は難なく片桐軍を蹴散らす。

前田軍が治房軍の突撃に混乱していると、一段、二段、三段と突破して奈良街道に出てきた。

そこにいた井伊直孝軍と激突したが猛将直孝も止められない。

死に物狂いの治房軍は藤堂高虎軍に突進、四千六百人という小人数が幸いした。

大軍の徳川軍の動きが鈍い間をスルスルと抜けて、川を渡って黒田、加藤軍に激突する。

その後方に将軍秀忠の金扇の大馬印が見ていた。

「南無八幡、天祐われにありッ！」

大野治房はあちこちに傷を負いながら、勇将らしく満身創痍で戦い抜いてきた。将軍の大馬印を見て猛烈に秀忠の首が欲しくなった。

「主馬さまッ、将軍の本陣に突っ込みますッ！」

「おうッ、わしも行くぞ！」

治房の騎馬隊はみな傷だらけで、徒歩兵も槍を杖に肩を貸し合って立っている。ここが死に場所なのだ。

勇将は死ぬ前に秀頼と茶々の顔を見たい。振り返ると遠くに大阪城はまだ無事に立っていた。実は大野治房と茶々は相思相愛だった。治房は亡き鶴松は自分の子だと思っている。

「殿ッ、まいりますぞッ！」

「よしッ、姫さまさらばでござる！」

茶々への未練を振り切って治房は兵を集めると、休む間もなく将軍の本陣に突撃していた。

その治房軍を将軍の旗本が鉄壁の防御を敷いて守る。大番組、鉄砲組、書院番など将軍の馬前に命を投げ出す旗本だ。

その旗本に治房は三百ほどの兵で突進した。

決死の一撃が将軍の首に届くかだ。金扇の本陣が見えてきた。その時、治房の馬が鉄砲に撃たれて蹴躓《けつまず》いたように前足から崩れた。

治房は草むらに跳ね飛ばされる。

その治房を助けて味方の兵が続々と将軍の本陣に殺到した。もう一歩だった。

だが、やはり将軍の旗本は強い。

味方が槍に突かれバタバタと倒れる。

将軍の本陣の前にひときわ強い武将が太刀を抜いて立ち塞がっていた。敵の突進を見ても微動だにしない。

この武将こそ将軍の剣術指南役柳生新陰流の柳生宗矩《むねのり》だった。

その前まで迫った治房の家臣が数人いた。

「来いッ！」

宗矩は将軍と近習を後ろに中段の剣で睨む。その剣はあまりに強かった。本陣の前で一人斬られ二人斬られる。五人や十人で倒せるような剣士ではない。

三人斬られ四人斬られ、味方の突進が完全に止まり数人で剣士を取り囲んだ。

その周辺では旗本と治房軍が激しく戦っていた。

宗矩は落ち着いている。

猛然と槍で襲いかかるが宗矩は、その槍を刀ですりあげ槍下にスッと入って首を刎ね斬った。

あまりにも鮮やかな剣だ。

五人斬られ六人斬られ、ついに七人が斬られて倒された。そこに将軍の旗本たちが殺到、戦いはついに逆転し治房軍はほぼ全滅した。

「殿ッ、戦いはここまでにございます。引き上げを！」

「将軍の首はッ？」

「もう兵がおりませんッ！」

治房は家臣の馬に飛び乗って大阪城に引き上げる。

この戦いで柳生宗矩は将軍を助けて七人まで敵を斬り倒した。

父柳生石舟斎《せきしゅうさい》の活人剣を標榜する柳生宗矩が、人を斬ったのは生涯でこの七人だけである。

やがて宗矩は徳川政権の大目付となり一万二千石の大名になった。

こういう野戦での戦いは、どこで何が起きるかわからない。劣勢でもわずかな援軍が入るとガラッと様相が一変する。

大野治房軍が突撃を敢行している時、豊臣軍全体が徳川軍に猛攻を仕掛けていた。

真田幸村軍も明石全登隊も毛利勝永軍も射撃しながら、家康の本陣を目指して一斉に突撃、徳川軍の前線は総崩れ状態になった。

その中を真っ赤な火のように六文銭の真田軍が、一万五千の松平忠直軍に突進して防御を突き破って駆け抜ける。

その後方にも徳川軍が五段、十段と陣を敷いていた。

敵陣を次々と突破して家康の本陣を目指す。幸村の朱塗りの十文字鎌槍が陽にきらきらと輝いている。

「突っ込めッ！」

真田の赤い軍団が戦場を切り裂いて怒濤の突撃をする。

冥銭の六文は死者を葬る棺に入れる六文銭だ。それは奪衣婆《だつえば》に払う三途の川の渡し賃だともいう。

真田の六文銭の真の意味は不惜身命《ふしゃくしんみょう》である。

仏法のために身命を捧げることを惜しまず、という仏の教えを六文銭にして背負っている。

幸村の十文字鎌槍は奈良の宝蔵院で考案された。槍の先端が通常の槍より重く、名人上手でなければなかなか扱いづらい。信長の家臣第一の豪傑、森乱丸の父森三左衛門がこの十文字鎌槍の名人だった。

幸村の鎌槍は朱塗りの柄がしなる槍で、しなる分だけ名人上手でも扱いづらい槍だった。

だが、逆にしなる分だけ反動がつきやすい。

幸村の鎌槍に当たると間違いなく死ぬか、大怪我をする極めて危険な武器だった。そのしなる十文字鎌槍で家康の旗本に襲い掛かる。馬であれ、人であれ幸村の鎌槍に当たると深手を負って倒れる。

「家康の首一つだッ！」

「突っ込めッ！」

家康の本陣に突入、そこはもぬけの殻で家康は近習に守られ、本多正信と一緒に危険を察知して逃げ出している。

「家康が逃げたぞッ！」

「おのれッ、狸親爺を探せッ！」

「探し出せッ、まだ遠くには行っていないはずだッ！」

逃げる家康の後を金ふくべの小馬印を立てた近習が走る。その小馬印が真田軍に見つかった。

「家康だッ、家康がいたぞッ！」

徳川軍の大馬印は将軍秀忠の金扇だ。家康は金ふくべに切裂きを下げた小馬印を立てている。

「あれが家康の馬印だッ！」

「追えッ、追い駆けろッ！」

「逃がすなッ！」

幸村がいきなり馬腹を蹴って一騎駆けで金ふくべを追った。

逃げる近習たちを幸村が次々と鎌槍の餌食にし、逃げる金ふくべを蹴倒して家康に迫った。

「佐渡ッ、これまでだ。疲れた、腹を切らせろ！」

家康の弱気の虫がいきなり顔を出して、例の死にたい虫が限界だと叫ぶ。

「ふん、糞狸親爺が、死にたければその辺りの藪で腹を切れや！」

正信が家康を罵る。そう言って死にたい家康を励ます。

「糞爺が、まだ走るのかよー」

「死にたくねえから……」

「この刀が馬鹿に重いな？」

家康と正信はよろよろ走りながら、罵り合い励まし合って逃げる。

家康の馬印が倒されたのは二度目だ。最初は信玄に殺されそうになった三方ヶ原で逃げた時だ。

「家康ッ、覚悟ッ！」

騎馬が一騎突っ込んできた。幸村だ。

咄嗟に正信が家康を傍の藪の中に押し倒した。

「糞爺ッ、何をするかッ！」

家康は藪の中に転がって怒ったが、この正信の機転がよかった。

「家康ッ、地獄に行けッ、三途の川の渡し賃を持ってきたぞッ、覚悟ッ！」

幸村が狙いを定めて鎌槍で家康を突いた。だが、藪にその鎌が引っ掛かって中まで通らない。

一本槍なら家康は突き刺されて落命していた。

幸村がいくら押しても鎌が藪の枝に食い込んで家康に届かない。無理に押せば朱塗りの柄が折れるか鎌が折れてしまう。

鎌槍を一度引いてまた突き刺したがやはり中まで届かない。眼の前で家康が大きな眼で睨んでいる。傍に正信と近習がいた。家康も藪が邪魔で刀を抜けない。

殺す方も殺される方も何んとも無様な格好だ。

そこに家康の本陣から旗本が二十騎ばかり駆けつけてきた。幸村一人ではいかんともしがたい。

「大御所さまッ！」

「くそッ、命冥加《いのちみようが》なッ！」

幸村は鎌槍を引いて馬首を回して藪から離れた。まだあきらめたわけではない。

家康の周りに続々と旗本が集まりだすと、幸村の傍にも味方が集まってきて戦いになった。

すると、藪の中からもそもそと這い出して、家康と正信が近習に守られまた逃げ出した。もう馬印は立っていない。

ところが金ふくべの馬印を拾って担いだ近習が家康を追った。

家康の居場所を「ここだ！」と教えているようなものだ。だが、大将が馬印を立てないで逃げるのはみっともないことでもある。

大将なら誰でも立てるのが馬印で分身なのだ。

敵味方に大将はここにいると知らしめるのが馬印で、馬印が倒されることは大将の死を意味する。

幸村は家康が逃げ出したのを知っていた。

家康の本陣から押し寄せてきた旗本たちを切り崩して、もう一度、逃げる家康を追ってその首を取りたい。

大激戦の中で真田軍も次々と倒され数が少なくなる。

「天運われにありやなしや！」

幸村は鎌槍を振り回して旗本を一騎、二騎と倒して前進する。分厚い守りに大軍の威力が表れている。

倒しても倒してもきりがない。

ところがどうしたはずみか、幸村の前にぽっかりと道が開いた。

「それッ！」

馬腹を蹴って幸村は混戦から抜け出す。

「家康の首ッ！」

最後の力を振り絞って人馬一体で家康の金ふくべを追う。その赤備えの鎧は返り血を浴びてポタポタと血がしたたり落ちる。

「家康ッ、見参ッ！」

元和偃武

家康は体調も良くないし嫌な戦いだと思う。

腹を切ればすべて終いにできる。人生の終わりにこんな惨めな戦いがあるかと情けなくなった。

信長老がいればこんなことにならなかっただろうと思う。

「佐渡よ、うぬは妙に元気だな？」

「死ぬ前の賑わいでしょう」

「そうか。もう歩くのも面倒くさいわい」

「駕籠も馬も無し、ぼちぼち仕舞いにしますか？」

「そうだな。しつこい真田め……」

家康が腰兵糧をつかんで口に放り投げる。そこに正信が瓢箪を渡す。

「水か？」

「はい……」

家康がガブリとやってブホッと吐き出した。

「おのれ、酒ではないか！」

「はて、水だと思ったのですが……」

「糞爺が！」

家康がポイッと瓢箪を放り投げて、よろよろとまた走り出した。その瓢箪を近習が拾い上げた。正信が家康を追う。

本気で死にたい家康は重い刀を近習に持たせて丸腰だ。いざという時の短刀だけは懐に入れている。

「真田だッ！」

近習が叫んだ。

「くそッ、佐渡、またあの六文銭だわ……」

家康が立ち止まった。三、四町ほど後を幸村が追ってきたが勢いがない。人馬とも疲れている。

「また藪の中か？」

「御意、もうしばらく首を渡すことはできませんので……」

二人は大きな藪を探して隠れた。

その藪の前には三十人ばかりの近習が並び、槍を構え防御陣を敷いて金ふくべを立てた。

援軍が来るまで旗本と近習が戦う構えだ。

そこに片方の鹿の角が折れた兜をかぶった真田幸村が追い付いてきた。

「うぬらどけッ！」

近習が槍を向けて幸村を囲んだ。

「邪魔するなッ、死ぬぞッ！」

鎌槍が近習たちの頭の上を薙ぎ払っていく。思わず槍を引いて近習たちが二歩、三歩と後ろに下がる。恐ろしい十文字鎌槍だ。

「家康ッ、まだ命が惜しいかッ！」

幸村は輪乗りをしながら巧みに手綱を操って藪の中の家康を窺っている。

「こそこそと隠れおって！」

「真田左衛門佐ッ、この戦いはうぬの負けだ。あきらめろッ！」

正信が幸村に叫んだ。

「本多佐渡だな？」

「おう！」

「イヤーッ！」

幸村が微かに見えた家康に鎌槍を突き刺した。

パキーンと鎌槍の片方が折れた。やはり藪の枝が邪魔で穂先が一尺ほど家康に届かなかった。

実はこの時、家康に槍が突き刺さって致命傷を負ったともいう。

その家康は堺の南宗寺に運ばれ落命したというのだ。その南宗寺には家康の墓が残されている。

だが、この時、堺の南宗寺は大野治房に焼き払われてなかったはずである。

その真相は謎だ。

南宗寺は焼け残っていたのかもしれない。後年、秀忠や家光が南宗寺を訪ねている。

この南宗寺で家康の影武者が誕生したのかもしれない。

だとすればその影武者は家康の双子の弟、生き写しの樵臆恵最こと恵新ではないかと思われる。

家康を殺し損ねた幸村は、駆けつけた家康の旗本に追われることになった。

生き残った真田軍をまとめると撤退を始める。

真田軍を支援するように、毛利勝永軍がすぐ後ろまで追いついてきていた。だが、真田軍が撤退を始めては毛利軍も引くしかない。

幸村が家康を討ち損じたことで豊臣軍の敗北が決定的となった。

真田軍は四天王寺に近い安居神社の境内に入り、傷つきながらも生き残った者たちの傷の手当てをしていた。

そこを越前松平忠直の鉄砲隊西尾宗次《むねつぐ》に包囲される。

「この首を手柄にせよ」

真田幸村は逃げることなく討ち取られた。

幸村の首というのがいくつかあって、実際は生國魂《いくくにたま》神社の辺りで、西尾宗次は幸村とは知らずに声をかけ、互いに下馬して戦ったともいう。

正午ごろに始まった戦いは、一刻半後の申の刻にはほぼ終わっていた。壮絶な乱戦だった。

敗残の豊臣軍は大阪城内に徐々に集まってきた。

城内といっても外堀も内堀もない裸城で、豊臣軍が防戦する手立てはもう何もなかった。

一番乗りの松平忠直軍に蹂躙され豊臣軍は次々と討ち取られる。

最早、最後は秀頼の助命嘆願しか残されていない。家康に嘆願するため千姫が城外に出された。

その一方で大野治長は片桐且元に、家康と将軍に助命嘆願をしてくれるよう願う。

治長はその時、秀頼が本丸ではなく山里丸にいることを話してしまう。且元はそれを将軍秀忠に通報する。

千姫は家康の陣に急ぎ、泣きながら家康に秀頼の助命を嘆願した。

「お爺さま、秀頼さまを助けて……」

「お千よ、そういうことはこの爺には決められないのだ」

家康は孫娘の千姫の話に取り合わず逃げた。

「それでは……」

「うむ、それを決められるのは将軍さま一人なのだ。わかるな？」

「お爺さま……」

この時、千姫は十九歳だった。

「ここは戦場じゃ、将軍の本陣まで送らせよう」

家康は将軍秀忠も助命などするはずがないとわかっている。秀頼を最も殺したいのは秀忠なのだ。

案の定、将軍の本陣に赴いた千姫は、父親の将軍からひどく叱責される。

「敵の大将を助けろとは何事だ。秀頼のために幾千、幾万の兵がここと関ヶ原で死んだと思うのだ！」

取りつく島もなく千姫は叱られ、城に戻れとまでいわれて将軍を怒らせてしまう。

夜になると大阪城が燃えて落城、その火が大阪の夜空を赤く焼いて、京からも真っ赤な空が見えた。

難攻不落の巨城も最後の時を迎えた。

栄華をほしいままにした太閤秀吉自慢の大阪城である。

生き残りの浪人大名が家康に嘆願したが受け入れられず、大阪城に火を放ってその混乱に乗じて逃亡しようとした。

だが、そんなことで逃げられるものではない。

秀頼は天守に登って自害しようとしたが家臣に止められる。

山里丸が包囲され、そこにもいられなくなった秀頼たちは糒蔵に移り、真田幸村の嫡男大助が蔵の隅で腹を切った。

秀頼が自刃すると毛利勝永が介錯、勝永は息子の勝家と弟の山内勘解由《かげゆ》とともに、蘆田矢倉で自害した。

「姫！」

「主馬……」

「すぐまいります」

大野治房は愛する茶々の心の臓を一突きにした。治房は火中に身を投じて茶々の後を追ったという。

大野治長と母の大蔵卿局も自害した。

ここに豊臣家は滅亡する。秀頼の嫡男国松は捕らえられて処刑。

秀頼の娘の天秀尼は千姫の養女となり、鎌倉の東慶寺に甲斐姫と一緒に入って尼となった。

長宗我部盛親は戦いの最中に大阪城から脱出する。

京の八幡橋本の葦原に潜んでいたところを、蜂須賀至鎮に発見され五月十五日に京の六条河原で処刑された。

戦いが終わった翌五月八日に家康は二条城に凱旋する。ハラハラしながら家康の無事の帰還を祈っていた。

いち早く飛んできたのが伏見城にいたお夏だ。ハラハラしながら家康の無事の帰還を祈っていた。

「大御所さま！」

「おう、夏、終わったぞ」

「お怪我などは？」

「ないわ、この通りピンピン元気だぞ」

「それはようございました」

そう虚勢を張った家康だが体調がよくなかった。

大阪城の秀頼を始末して上機嫌なだけなのだ。

ここに応仁の大乱以来百五十年も続いた戦国乱世が終焉した。七月十三日に改元が行われ慶長から元和になる。

よってこの戦国乱世の終焉を元和偃武《えんぶ》という。

八月に家康は二条城において、中院通村《なかのいんみちむら》に源氏物語の初音と帚木《ははきぎ》を読ませた。

実に天下は静謐である。

これ以後を天下泰平ともいう。

伏見城にいる将軍秀忠は忙しかった。

側近の土井利勝や金地院崇伝などの博学を集めて相談。

武家諸法度を発したり、一国一城令を発したり、禁中並公家諸法度などをわずか十日ばかりで決めて発した。

大阪の陣の興奮は徐々に冷めていった。

もういつ死んでも安心になった家康は、八月二十三日に住み慣れた駿府城へ悠々と帰還する。

お夏だけは不満顔の帰還だった。

このところ空振りばっかりでお夏は泣きだしたい気分だ。

九月になると家康は十四日と十八日に、時期は少し早かったが駿府城外に好きな鷹狩りに出かけた。

その鷹狩りから戻ってくると、六男松平忠輝に不埒なことありと咎めて勘当する。実は、忠輝は大阪の陣に遅参していた。

久しぶりに家康は江戸城を見ようと駿府城を発った。家康の最大の病は鷹狩りで不治である。

江戸に向かいながら十月一日、五日、七日と道中で鷹狩りを楽しんだ。七十四歳の家康は大阪城の決着がついて生き急いでいる。江戸城で秀忠や側近たちと会ったが格別に話すこともない。話せばあれこれといいたいことばかりだ。

家康は江戸城を出て十月二十一日には戸田、二十五日に川越で鷹狩りをして喜多院で天海と会う。

もちろん自分の死後のことで相談することがあった。二人の話は極めて重要で長引いた。

家康はすでに死の近いことを悟り、富士山の湧水の清流である柿田川のほとり、古城泉頭《いずみがしら》城の整備と縄張りを命じていた。その清らかな流れの傍で明鏡止水の心境で死にたい。

死ぬ場所ぐらい自分で決めたい。人は誰も天命に逆らうことはできない。

十一月に入っても二人の話は終わらなかった。

ようやく、家康は十日に岩槻、越谷で鷹狩りを始める。

十二月に入ると相模の平塚に戻り七日、十二日と中原御殿の辺りで鷹狩りをして駿府城に帰った。

元和二年（一六一六）の年が明けると早速、五日には駿府城の郊外で鷹狩りをした。

正月十二日には鷹狩りをするため、家康は大井川に近い藤枝の田中城に向かった。亀甲城ともいう。

珍しい亀甲に似たほぼ円形の城で三重の堀に守られている。

酒井忠利が改修拡張した城だが、忠利は川越に移されて今は駿府城の直轄になっていた。

死を悟ったのか家康は鷹狩りに熱中する。

まとわりつく死神を追い払おうとしていたのかもしれない。

この辺りは焼津にも近く瀬戸川、栃山川、大井川と絶好の狩場で、家康はここで何度も鷹狩りをしてきた。

京から茶屋四郎次郎が来て家康に鯛の天ぷらを供した。

この鯛の天ぷらにあたって家康が落命したというが、家康は体調管理には人一倍気を遣っている。

天ぷらの食い過ぎなどという間抜けではない。

江戸城内では天ぷらを禁止にするが、それは家康が天ぷらを食って倒れたからではない。

奥女中が天ぷらをして火事を出したからである。

家康は正月二十一日に鷹狩りに出て、その狩場にて吐血し床几からひっくり返った。

「大御所さまッ！」

傍にいた近臣の本多正純が駆けつけて大騒ぎになった。

「騒ぐな……」

家康はついにその日がきたことを悟った。腹の中に大きな腫れ物ができているのを感じていた。胃癌である。

「駕籠ッ！」

正純の指揮で駕籠に乗せられた家康は田中城に向かった。

家康というと小太りな苦労人で、鈍重な感じだがそうではない。ちょっと信じられないが家康は武術の達人なのだ。

剣は奥山休賀斎こと奥平孫次郎公重に奥山流を学び、上泉伊勢守信綱の流れを汲んだ新陰流の正統である。

同じ新陰流の柳生石舟斎からは、京の嵯峨野で無刀取りを伝授された。

そこで石舟斎の息子の柳生宗矩を召し抱えた。

また、鹿島新当流の塚原卜伝の弟子松岡則方からは、卜伝の秘剣一の太刀を伝授されている。

将軍秀忠のために神子上典膳《みこがみてんぜん》こと、小野派一刀流の小野忠明を指南役として召し抱えた。

「大将たる者は身を守る剣は必要だが、人を斬る剣は不要である」

家康の口癖だった。

馬術は大坪流、騎乗した馬術の名人家康がどのように小橋を渡るかと、誰もが注目しているとひょいと馬から飛び下りた。

すると家臣に負ぶさって橋を渡ったという。さすが名人家康というしかない。

君子は危うきに近寄らず。または君子は器ならずとも。

弓は騎射が得意で馬上から易々と敵を射倒すことができた。

ことに鉄砲は名人上手で浜松城の矢倉にとまった鶴を、六十間ほど離れたところから火縄銃で仕留めた。

何につけても一所懸命な家康だが、さすがに病には勝てずついに倒れた。

信長老が生きていてもいかんともしがたかったであろうか。

田中城から駿府城に運ばれ家康が病臥した。七十五歳の家康の病を誰もが心配したが本人はいたって暢気なものだ。

「来るものが来ただけよ……」

などという。

「おもしろい一生であったわ。そうだろ千賀?」

「はい、もう一度……」

「ここに来るか?」

「はい……」

この二人はそこが病床であることを忘れている。ぼけたのかもしれない。

大阪城が片付いたからであろうか。

お夏が心配して見舞いに来ると、「夏、この病が治ったら抱いてやるからな」ととぼける。

最愛の千賀には「後を追うことは許さぬぞ。どこかへ嫁に行けぬのか?」と七十を過ぎた婆さんをからかう。

嫁に行けと側室たちに指図をして何かと忙しい。

大御所倒れるの報に将軍秀忠は江戸城を飛び出す。精鋭の騎馬五百騎ほどに守られて二月二日には駿府城に現れた。

すぐ将軍秀忠が全国の寺社に、大御所の病気平癒の祈禱を行うよう命令を発する。

徳川家の一門が続々と駿府城に見舞いに現れたが、勘当された松平忠輝だけは家康に会うことができなかった。

諸大名も続々と登城して家康を見舞う。

その中に福島正則がいた。

「左衛門太夫をここへ……」

家康は正則を枕元に呼んだ。

「左衛門太夫、江戸の将軍に無道のことあらば、そなたらがとってかわるべし……」

江戸の将軍が道に外れたら正則たちが天下を取っていいという。

家康はまだ正則を信じていなかった。

正則が帰ると家康は側近の本多正純を呼んで、正則がどんな様子だったかを聞いたところ、「何んと情けない言葉かな」と正則が泣いていたと報告、すると病臥している家康が納得したようにうなずいた。

死の床にありながらも家康は正則の本心を探った。あまりにも家康らしい振舞いである。

このことを家康贔屓は、天下は徳川家だけのものではない、といったと解するむきもあるようだが、果たして家康はそんな温い男か。

医師たちが集まって手を尽くしたが、家康の病は快方に向かうことはなかった。吐血を繰り返し黒い便をして見る見る痩せていった。医師が家康の腹を触ると腫れ物がわかるほどだ。

三月二十一日に朝廷は家康に太政大臣を宣下する。

これは武家としては平清盛、足利義満、豊臣秀吉に次ぐ四人目である。それを伝達する勅使が三月二十七日に駿府城へ入った。

天下を握った家康の気力は凄まじい。

家康は直衣《のうし》装束で正装し勅使の前に出た。天皇の使いである広橋兼勝と三条西実条が太政大臣任官の宣旨を伝える。

家康が謹んで宣旨を受け、天皇にお礼の言葉を奏上、勅使饗応の儀まで自らの手で行った。

死ぬまで天下静謐の大権を実行しなければならない。

四月二日に家康は枕元に本多正純、南光坊天海、金地院崇伝を呼んで、後事を託したがもう喋るのもつらくなっていた。

「わが遺体は久能山に納《おさむ》べし、葬儀は江戸の増上寺にて、位牌は三河の大樹寺に立てるべし、なお、一年の後に日光山へ小さき堂を建てて勧請すべきこと……」

先にゆきあとに残るも同じ事つれて行けぬを別れとぞ思ふ、というのが家康の辞世である。

連れて行きたかったのは千賀かそれともお夏か、いや阿茶かもしれない。

四月十七日の午前七つ巳の刻頃に徳川家康が生涯を閉じた。

七十五歳は長寿である。

数多《あまた》の人々と邂逅し困難を生き抜いた泣き虫竹千代が旅立った。

その夜、家康の遺体は遺言通り久能山に運ばれ奥社の廟に安置された。神階に昇ることが決まっていて葬儀は行われない。

朝廷はすぐ家康に東照の神号を下賜した。

この神号は日本、威霊、東照、東光の四案を朝廷が提示、その中から幕府は東照を選んだ。

そこで東照に対する尊号を大明神にするか、それとも大権現にするかで考えが